光文社文庫

感染捜査　黄血島決戦

吉川英梨

光　文　社

目次

感染捜査　黄血島決戦

プロローグ

また泣いたまま、寝てしまった。

上月麻衣《こうづきまい》は電話の子機を握った状態で、目が覚めた。「もしもし」と受話器にかじりついてしまう。電話は切れていた。受話器の向こうで泣いていた夫の声を思い出す。

〝生きて帰れないかもしれない〟

カーテンの隙間から朝日が差し込んでいた。掛け時計は五時半をさしている。

隣の和室の襖《ふすま》を開けた。布団の隅で、娘の小春《こはる》が寝息を立てている。娘は汗だくで、片足を夏用の掛け布団の上に出していた。

娘の布団を直してやっていた夫の背中を思い出す。刑事という仕事柄、帰宅は深夜が多かった。

あんよ出ちゃってるよ、おてんばだな。

夫の声は楽しげで、嬉《うれ》しそうだった。思い出すと涙が出る。こんなに大切にされ愛されてきたのに、夫が娘を触るその手が、不潔に見えた時期があった。

——今晩も遅かった。どうせ、あの女を抱いてきたんでしょ。

夫の浮気を疑ってばかりいた。恋人同士になった直後も、婚約したときも、結納《ゆいのう》が終わったときも、結婚式当日も——。

麻衣は夫の前の女が目障《めざわ》りで仕方なかった。

出会ったころ、夫とあの女は喧嘩《けんか》ばかりで、くっついたり離れたりしていた。麻衣は根気よく夫の愚痴を聞いて、夫を褒《ほ》め、立てた。料理を作ってあげた日もある。前の女から手料理を振るまわれたことがなかったらしく、夫は感動していた。男性に手料理すら出せない女のなにがよくて三年もつきあっていたのか。麻衣は理解に苦しんだ。

よほど魅力的な女なのだろうか。

夫を奪っても、不安はつきまとった。なにせ別れた女と同じ捜査一課、特殊犯捜査係に所属している。夫とその女は、直属の上司と部下という関係だった。夫は事件が起こると、帰れない日も多くあった。麻衣と過ごす時間よりも、前の女と過ごす時間の方が長い。

麻衣の妊娠中も出産後も夫は仕事や訓練に多忙で、家をあけっぱなしだった。たまに帰ってくる夫の背中を見るたびに、夫のスーツを脱がすあの女のいやらしい手の気配を感じた。『夕飯はいらない』とメッセージが届けば、あの女と食事に行くのだと思った。『捜本が立ったから、しばらく帰れない』とメッセージが届くたび、あの女と温泉旅行にでも行っているのだと疑った。『着替えを持ってきてほしい』と頼まれて警察署に行き、働いている姿を見てほっとしても、その捜査本部で資料をめくっているあの女の姿を見かけて、どん底に突き落とされる。

娘が二歳のときに離婚した。表向きの原因は、家事育児の分担を巡るいざこざだった。本当の原因はあの女、天城《あまぎ》由羽《ゆう》。

夫はそんなこと、みじんも思っていないだろうが。

麻衣は娘を連れ警察官舎を出て、夫が家賃を払う小さなマンションで暮らしていた。夫は娘に会いによく来てくれた。働き始めた麻衣のために、保育園の送迎も手伝ってくれるようになった。娘が熱を出したとなれば、すぐさま仕事を切り上げて娘を病院に連れて行ってくれた。「俺たち、どうして離婚したんだっけ」と酔った夫に迫られて体を重ねたときは、結婚生活の中で完全に失われていたなにかを取り戻したと思った。

麻衣は、娘の汗をタオルで拭《ぬぐ》い、カレンダーを見やる。二〇二〇年六月二十四日に、麻衣と娘でハートのシールをたくさん貼った。

復縁した日だ。

その一週間後、夫はお台場《だいば》に停泊していた豪華客船クイーン・マム号に乗り〝出征〟していった。クイーン・マム号では、新種の感染症が蔓延《まんえん》していた。ＨＳＣＣと略す難しい名前がついていた。どこかのマスコミが書いた『急性ウイルス性ゾンビ様症候群』の方が、わかりやすい。ゾンビは最初一人だったのが、あっという間に六百人規模に膨れ上がっていた。

東京２０２０オリンピックの開催が迫っていた。政府はゾンビの海上隔離を決定した。クイーン・マム号を、本土から一千キロ以上離れた南の洋上に追いやり、世界中から客を集めてスポーツの祭典を開くことにしたのだ。

六百人のゾンビを警備するため、警察官と海上保安官の合計二百名が集められた。第一次感染捜査隊という。

夫はそれに〝召集〟されたのだ。婚姻届を持って復縁を迫った夫は、必ず生きて帰ると微笑《ほほえ》みながら、相続の話を始めた。一人息子だから、世田谷区内にある実家の土地建物はいずれ自分の名義になる。現在の預貯金、投資信託、財形、生命保険——。急な復縁は、麻衣と小春に財産を残すためだったのだ。

クイーン・マム号がお台場の東京国際《こくさい》クルーズターミナルを出港して、十日経《た》った。テレビのニュースは東京オリンピック一色だ。クイーン・マム号の報道は一切なかった。船内の様子は、夫が毎晩かけてくる電話でしかわからない。

壁の向こうから、子供がやかましく叫ぶ声がした。隣の一家には息子が二人いる。動物のようにうるさい。母親が叱る声まで丸聞こえだ。

〝まだ宿題やってないんでしょ、早く起きなさい！〟

お隣の部屋の主、工藤晴明《くどうはるあき》警部補は、夫の部下だ。共に召集されてクイーン・マム号に乗っている。妻の方とはイマイチ気が合わないが、仕方なくママ友づきあいはしている。あちらの次男の明翔《あきと》と娘の小春が同い年なのだ。明翔君ママは、こう言う。

「うちの旦那は、豪華客船の旅を満喫しているっぽいですよー。ゾンビは大人しくてなんの問題も起こっていないって。元気出してください、小春ちゃんママ」

管理職ではない警部補は気楽でいい。麻衣の夫は警部で係長、部下をまとめて指令を出し、守らねばならない立場だ。

〝訓令13号。あれがある限り、灰人《ハイド》に致命傷を与えることができない〟

灰人とはゾンビのことだ。感染し発症すると血の気を失い、神経系統が黒く変色して肌の色が灰色に見える。クイーン・マム号の第一次感染捜査隊員は『灰人』と呼んでいるらしかった。政府は灰人をゾンビとは認めていない。感染者、病人として扱っている。致命傷を与えることを一切禁じた。海上隔離を決定した時点で、人権派から猛烈な逆風が吹いたせいだ。積極的殺害に動いた場合には、殺人罪で起訴するとまで言って政府は体面を保った。現場の隊員たちはたまったものではない。

明翔君ママは訓令13号の話をしても、ちんぷんかんぷんな様子だ。

「旦那どもは適当にやりますよ。私たちが心配したってしょうがないし。大丈夫、大丈夫」

明翔君ママは小四になる長男の晴翔《はると》もいる、二男児の母だ。息子二人が部屋を駆けずり回っている足音が、いまも聞こえてくる。親子揃《そろ》ってガサツだ。

麻衣はそうっと和室の襖を閉めて、テレビをつけた。

今日のニュースも、もうすぐ開幕する東京オリンピックの話題ばかりだ。クイーン・マム号の報道はない。第一次感染捜査隊を心配している人はこの世にいないようだった。

ニュース速報の音がする。

『HSCC患者を海上隔離していたクイーン・マム号が沈没した模様』

葛飾区青戸《あおと》にある官舎から、霞《かすみ》が関《せき》の警視庁本部庁舎までの道中のことは、記憶がない。我に返ったとき、麻衣は十七階にある道場にへたりこんでいた。明翔君ママに連れてきてもらった。彼女は夫が警備にあたっていたゾンビ船が沈没したというのに、冷静だった。

「沈没だって想定内のはず。きっと救助されていますよ」

麻衣は腰が抜けてしまっていて、歩くのがやっとだった。娘の小春はずっと泣いていた。麻衣は娘を支えなくてはと思うのだが――。

あの船が、沈んだ。

目を閉じると、第一次感染捜査隊の一員として出港した夫の姿が思い出される。あの姿を目に焼き付けなくては、いやその必要はない、夫は必ず生きて帰ってくると一心に自分に言い聞かせていた。

平和な日本に生まれた自分が、あのときは魂が抜けたみたいに、ぼんやりしてしまった。

現実感がなく、気持ちがふわふわしていて、心と体がバラバラになってしまったようだった。

「第一次感染捜査隊の幹部のうち、誰ひとり連絡がつかない」

「海上保安庁からの連絡もない」

「現場はパニック状態、死傷者多数と思われる」

「脱出者、怪我《けが》人を巡視船が収容」

情報は細切れにしか届かない。自分の夫は、息子は、どうなっているのか。船はどこでなぜ沈没したのか。

怒号が飛び交い続けている。新たな情報が入るたびに、家族の無事を確認しようとする声が溢《あふ》れた。小春が麻衣の隣で泣いている。その肩を抱いて勇気づけているのは、晴翔君だった。今日も阪神《はんしん》タイガースの野球帽をかぶっている。まだ小学校四年生なのに、しっかりしていた。弟の方は小春と同じで、なにが起こっているのかわかっていない。畳敷きの道場を他の子供と走り回って遊んでいる。

学者や研究者、官僚に死傷者がいないという情報は入っている。警察官や海上保安官も沈没船から脱出し生き残っているはず――午前七時ごろは、そんな楽観的な空気が道場に流れていた。七時半に発表された情報で、みんな凍りついた。

クイーン・マム号を運航する民間乗組員の死傷者数が、あまりに多かった。

「生存者は四十一名。残り五十九名は安否不明。沈没したクイーン・マム号内に取り残されているものと思われる」

救助は行われているのか、進んでいるのか。それすらわからない。

機動隊員の両親が、涙ながらに訴えた。

「夜中の三時ごろ、息子から電話がありました。船内は灰人だらけでパニック、感染が一瞬で広がってゾンビだらけなのに、訓令13号があるから殺せない。殺さないと生き残れないのだから、自殺するしかないと言ったんです。そして銃声が聞こえて――」

同じように、自殺をほのめかす電話やメールを受け取っている家族が、続々と名乗り出てきた。

　警視庁と海上保安庁の幹部三十名の安否情報が入った。

　全滅。

「お父さん」「パパ！」と泣き叫ぶ少女や、顔を真っ赤にして涙を流す少年たち、茫然《ぼうぜん》自失の妻たちの姿が見えた。

「小春ちゃんママ、早く！　生存者リストが来たみたい」

　明翔君ママに腕を引っ張られた。道場の入口付近に人だかりができている。

「第一次感染捜査隊、二百名の生存者リストが届きました！」

　スーツ姿の警視庁職員のそばに、家族が殺到する。麻衣は腰が抜けたまま、明翔君ママに引っ張られ、混乱の渦の中に飛び込んだ。

「生存者の数は、三十八名です」

　絶望的な沈黙が、道場を包む。

「うち、警視庁警察官の生存者は」

　職員は声を詰まらせた。

「三名です」

　訓令13号のせいだ。灰人を撃ったら殺人罪で起訴される。普段、犯罪者を送検する立場の警察官はなによりも自分が容疑者、被疑者になることを恐れる。海上保安庁側は早くから、訓令13号の遵守《じゅんしゅ》を懐疑的に見ていた。双方の考えに深い溝があると麻衣は夫から電話で聞いていた。

——訓令13号のせいで、九十七名の警察官は、命を落としたのだ。

「生存者の名前を読み上げます」

警務部の職員は紙切れを震えながら持っている。

「第六機動隊第二中隊四班——」

知らない警察官の名前だった。どこかで大きな悲鳴が上がった。母親と思《おぼ》しき人が腰を抜かして、泣いている。歓喜の涙だろうか。周囲の目を気にしてか、父親らしき人が母親を引きずり、道場を出て行った。父親もうれし泣きしていた。

「工藤晴明、工藤晴明、工藤晴明……」

隣の明翔君ママは念仏を唱えるように、夫の名前をつぶやいていた。麻衣は心の中で祈った。上月渉《わたる》、上月渉、上月渉……！

次の名前も知らない警察官だった。

「三人目」

最後のひとりの名前が読み上げられた。

「東京湾岸《わんがん》署、強行犯係。天城由羽巡査長」

第一章　大田区大森《おおもり》会社員強盗傷害事件

灰色の手が伸びてきて肩をつかまれた。灰色の顔をした怪物に腕を咬《か》まれ、出血する。咬まれた。感染してしまった。私もゾンビになる。

全身がぐらっと揺さぶられ、天城由羽は目を覚ました。

電車の中だった。

「天城、着いたぞ」

肩をつかんだのは、上司の立岡哲也《たておかてつや》警部だった。全身を揺さぶったのは、電車だ。

扉が開く。黒や紺のトレンチコート姿の男たちがぱらぱらと降りていく。『桜田門《さくらだもん》』の駅名が見えた。発車メロディが鳴り響いている。

「やばっ」

由羽はビジネスリュックをつかんで、電車から飛び出す。右足首が引きつれるように痛む。足首あたりを少しさすった。十時半、桜田門駅構内はガラガラだった。

「大丈夫か、天城」

立岡が探るように由羽を振り返る。立岡と由羽は同い年の三十五歳だが、あちらは大卒で由羽より四年遅く警視庁に入庁した。階級は上で直属の上司でもあり、後輩でもある。気楽な存在だった。

由羽はまた悪夢を見ていた。うなされていたはずだ。立岡は心配しているようだが、なにも訊《き》いてほしくない。改札を抜け、警視庁本部南門に出られる四番出口から地上に出た。雲一つない青空が広がっている。風は冷たい。ケヤキの枯れ葉が風に吹かれ、歩道の地面をカラカラと音を立てながら流れていく。

紺色と水色のバイカラーの大判マフラーを改めて首に巻き直す。ビジネスリュックのサイドポケットから通行証を出し、警視庁本部のゲートを抜けた。

エレベーターを降りて、立岡と共に刑事部の捜査支援分析センターの大部屋に入った。由羽は第二捜査支援、情報分析係に所属している。

「戻りましたー」

デスクの椅子にビジネスリュックを投げ置く。男ばかりのデスクのシマから、投げやりな返事がくる。

由羽はリュックからポーチを出し、女子トイレへ直行した。このフロアには女性刑事が少ないので、トイレはいつもがらんどうだ。個室に入って便座に蓋をし、その上に座った。スラックスの右裾《すそ》を捲《まく》りあげて、靴下を脱いだ。

赤と肌色、黄色のまだらの皮膚が現れる。専用のクリームでマッサージする。ぼこぼことした手触りに、ため息をつく。足首から下は極端に肉が削《そ》げている。重傷のやけどを負った二十四センチの右足は、一回り小さくなった。靴は特注品でないと履くことができない。歩けるが、ちょっと引きずる。走るのは難しい。

さっきのように咄嗟《とっさ》に駆け出したら、拘縮《こうしゅく》した足の皮膚が引きつれてぴりぴりと痛む。毎朝毎晩、乾燥する冬場は昼も、皮膚科医が処方してくれる専用のクリームを塗りたくっている。かつてのように足首が自在に動くことはもうないだろう。尻の皮膚を取って移植までしたが、よくならなかった。

右足首もぼこぼこなら、お尻も手術のせいでぼこぼこだ。お嫁にはもういけないわと弟にぼやいたら〝もともと行く気なかったでしょ〟と悲しげな笑顔で返された。

〝そこらの男を手当たり次第に漁《あさ》って、ひどい男遊びをしていたくせに〟

〝あはは、バチがあたったのかな〟

後遺症が残った体を由羽は笑い飛ばした。弟は、生き残っただけでよかったと声を振り絞っていた。警視庁はたったの三人しか生き残れなかったのだ。

由羽はスニーカーを履き直し、トイレを出た。

フロアのテレビがつけっぱなしになっていた。ＮＨＫニュースが流れている。

「続いてスポーツです。昨夜、開会式を迎えた冬季北京《ペキン》オリンピック。二日目の今日は
――」

立岡がテレビを消した。このフロアは、第一次感染捜査隊から生還した由羽が異動してきて以来、『オリンピック』が禁句になった。『豪華客船』とか『クイーン・マム号』とか。『感染症』もだ。

あのゾンビ船は沈んだのだ。八百七十名の犠牲者を出して。

本土に感染が広がることはなく、一年延期された東京オリンピックも無事終わった。

ゾンビ感染症に怯《おび》えたあの夏から、もう一年半以上が経とうとしている。

由羽が所属する『捜査支援分析センター』は、警視庁管内で起こるありとあらゆる事件――殺人や強盗以外にも、交通事故、詐欺事件、ＤＶ事案などの捜査を、文字通り「支援」する部署だ。主に防犯カメラ映像の解析と、証拠品として押収した電子機器の解析を行う。

もう一つの任務がプロファイリングで、由羽の担当だ。捜査本部では、日々現場の刑事

が証拠集めに奔走している。それらを多角的に見てプロファイリングし、報告書にまとめて捜査本部に返すまでが由羽の仕事だ。今日も、朝一番で上司の立岡と共に世田谷署のひき逃げ事件の捜査本部に入り、プロファイリングで割り出した犯人像を報告してきたところだった。

溜《た》まっている書類をざっと確認した。新宿署管内の傷害事件、八王子《はちおうじ》署管内の空き巣事件、麻布《あざぶ》署管内の強制性交事件――人が人を生きたまま食うゾンビ事案など、ない。

書類から顔を上げて、周囲を見渡す。電話をしている人、キーボードを打つ人、上司に報告を上げている人、新聞を広げる人――。

目を閉じる。

人の皮膚を食いちぎる音や血が垂れ落ちる音、人の肉を咀嚼《そしやく》する音が蘇《よみがえ》る。獣《けだもの》の咆《ほう》哮《こう》にも似た、喉を鳴らす音もあった。シグやベレッタなどのけん銃の発砲音、アサルトライフル89式自動小銃の腹に響く発砲音、空気を切り裂くような、ＭＰ５サブマシンガンの炸裂音《さくれつおん》が後を追うように脳裏に浮かぶ。血なまぐさいにおいと、灰人の腐臭、硝煙のにおいも混ざり合う現場だった。

終わったのだ、もう危機は去ったのだ、安全な場所にいるのだ、と一年半言い聞かせてはいる。元の人生には戻れそうもなかった。

デスクに積み重なっていた書類の下に、一枚のメモが残っていた。電話を受けた旨を報告するものだった。

『午前零時半過ぎ、天城さんあてに電話がありました』

そんな時間にかけてきているのは――。

『上月麻衣様』

用件は、『明日十時にお待ちしております』だった。

由羽はデスクを開け、過去のメモの束をめくる。全て上月麻衣からの電話だ。

『一週間後、十時にお待ちしております』

『六日後、十時にお待ちしております』

『五日後、十時にお待ちしております』

麻衣は上月渉の妻だ。上月はクイーン・マム号対応で死んだ。エレベーターの中で灰人に襲われそうになっていた由羽を助け、咬まれて発症、他の隊員に射殺された。

麻衣とは離婚したと聞いていた。遊び半分、暇潰し半分で、由羽と関係が復活していたのに、上月は〝赤紙〟が来て復縁していたらしかった。

由羽は知らず、クイーン・マム号の出港直前まで、上月と体を重ねて、死の任務に就《つ》く身を慰《なぐさ》め合っていた。

最後に由羽の体に痕跡を残した男が上月渉だということに、虫唾《むしず》が走る。既婚者とヤッていたことになる。セックスはスポーツであり、愛情は必要ないと思っている。かといって誰かを傷つけるものではない。既婚者には絶対に手を出さないのが、由羽の流儀だった。

いまでも上月を思い出すと嫌悪感がある。一方で、その死に責任を感じて胸が塞《ふさ》がれる。由羽は上月の死に、直接的にも間接的にも責任がある。彼の最期について麻衣に事情を説明する責任があった。

あの船で最後、なにがあったのか。海上保安庁と警視庁で箝口令《かんこうれい》が敷かれている事項は多い。最後、船を爆破させて沈没させたことも、だ。

『クイーン・マム号は沈没し、ウイルスは殲滅《せんめつ》、感染症は完全撲滅した』

こんな勝利じみた宣言が出ただけで、詳細は報道されていない。あの船を誰がどうやって爆破させ、誰がそのスイッチを押したのか。そこに至るまで、誰がどれだけの灰人を殺害したのか。全て非公表となっている。生き残った人は少ないし、積極的にしゃべる人間もいない。

特に、あのゾンビウイルスが誕生するに至った経緯については、箝口令以上に厳しい措置が取られている。最高機密に分類され、政府の要人か、警察・海上保安庁のごく一部の幹部しかアクセスできない情報となっている。あとは当事者しか、あのウイルスが誕生した経緯を知らない。

　由羽は知っている。当事者だからだ。

「大森署の捜査本部からだ。強盗傷害事件」

　立岡が、目の前に書類を投げ込んだ。由羽は我に返り、書類をめくった。

　昨夜二十三時五分ごろ、大田区大森北《きた》四丁目の住宅街にあるマンションのエントランスで、男性会社員が金属バットを持った男に襲撃された。

「現場周辺の防カメ映像は確認済み。襲撃現場は確認できず」

「マンションのエントランスなのに？」

　マンションの敷地内で最も多く防犯カメラが設置されている場所だ。

「オートロックを過ぎてエレベーターホールに向かう廊下の入口という、微妙な位置だった。四台あるカメラの死角だ」

「犯人は下見してるね、確実に」

　計画的犯行か。

「ガイシャを追って防カメからフレームアウト。逃走する犯人の姿も映っていた」

　防犯カメラ映像を見る。黒い目出し帽をかぶった中肉中背の男がエントランスをくぐって見えなくなる。十六秒後、血の付いた金属バットを肩に担ぎ、引き返してくる姿が映っていた。

「周辺の幹線道路、および最寄り駅、両隣の駅に設置されている監視カメラを分析中だが、いまのところヒットなし」

「金属バットを持ち歩いているのならすぐに判明しそうだけど」

東京二十三区内には警察設置の監視カメラだけではなく、民間の防犯カメラも無数に設置されている。どこにも映らないように逃走するのはほぼ不可能だ。

「凶器はエントランスを出たところで捨ててる」

「指紋は？」

立岡は肩をすくめただけだ。

「ちなみに現場から百メートル離れた民家の庭に、犯行時に使った手袋も捨てている」

向かいのコンビニの防犯カメラが、手袋を脱ぐところを一部、映していた。

「AIで拡大、鮮明化してみた。おもしろいことがわかったぞ」

犯人は、指を何本か欠損していた。右手は人差し指と中指の第一関節、左手は人差し指と中指、薬指の第一関節から上がない。

「指の欠損。マルBかな」

暴力団員のことだ。

「防カメの死角での犯行、しかも十六秒で犯行を終えている」

「プロの仕業《しわざ》だね」

逃走も用意周到だ。カメラの少ない住宅街エリアで変装を解除しているかもしれない。

「だとしたら、解析に何か月かかるか」

「鑑取り捜査を強化した方が、ホシに早く辿《たど》り着けるかも」

鑑取り捜査とは、被害者の人間関係を洗う捜査のことだ。怨恨、男女関係のもつれや、金銭トラブル等がなかったかなどを聞き込みする。

ガイシャの会社員はどんな人物か、立岡が資料をめくった。読み上げる。

「東辺《ひがしべ》俊作《しゅんさく》、四十七歳。現住所は大田区大森北四丁目の大森レジデンス十階」

一撃目で頭頂部から左額上部に十センチの裂傷と打撲を負っていた。その後はしゃがみこみ、両腕で頭部を守ったようだ。腕は打撲で済んでいた。

「凶器は金属バットでしょう。骨が一本も折れなかったのは奇跡ね」

「中肉中背ながら、筋骨たくましい男だ。聴取をした刑事が報告書に書いている」

事件直後から意識はある。出血がひどかったようだが自ら一一〇番通報し、救急車の中でもはっきりと受け答えをしていた。

「犯人が手加減したから、とも考えられるわよ」

現場を下見済みのプロによる計画的犯行なのに、殺害には至っていないのだ。

「奪われたのはビジネスバッグのみ？」

「そう。ジャケットの内ポケットのスマホ、スラックスの尻ポケットに入っていた財布は手付かず」

当初はバッグを奪われたこともあり、強盗傷害事件と捜査本部は見立てていたようだ。

「だが現場から百メートルの公園の生垣に、バッグが丸ごと遺棄されていた」

紛失しているものはなく、ビジネスバッグのファスナーもしっかりと閉まっていた。バッグを奪ったのは、強盗事件と思わせるためのカムフラージュか。

家族関係を見る。独身、恋人なし。

「仕事の線かな」

立岡が指を鳴らした。次の資料が由羽のデスクに滑り込んでくる。

「特殊な仕事だ。サルベージ技師だってさ」

「へえ。サルベージマスターかぁ」

立岡は感心した顔だ。

「サルベージって言葉ですぐわかるのはさすがだ」

「元東京湾岸署の刑事なので。あそこの強行犯係に五年もいたのよ」

東京湾岸署は警視庁管内の所轄署で唯一、水上安全課があり、警備艇を保有している。管轄は東京湾東京港一帯。よく警備艇に乗って海に出て捜査した。船の乗組員や港湾関係者の情報提供者を多く抱えていた。

「サルベージ会社は沈没船の引き揚げとか、海難事故の後始末もやるから、よく連携していたの」

東辺は、海洋工事や海難事故の後処理の計画を立案し、現場の作業船や作業員を動かすサルベージ技師だった。

「いま、ガイシャの東辺が担当している事案はなに」

「それが、ダンマリ」

「本人が？」

「会社も」

由羽は背もたれに寄りかかり、腕を組んだ。

「契約組織との守秘義務があるとか、なんとか。海洋工事を請け負うにしても、襲撃されても守秘義務を持ち出してダンマリは妙だろ」

「海洋工事じゃなくて、沈没船の引き揚げかも」

「守秘義務を持ち出すほど沈没船の引き揚げはセンシティブなことなのか？　そもそも海上保安庁がやるんじゃないの」

海上保安庁。

由羽の心にぴりっと走る痛みがある。クイーン・マム号で第一次感染捜査隊を率いていた海上保安官のシルエットが、由羽の脳裏に浮かぶ。慌ててかき消した。

「海保は沈没船の引き揚げはしないでしょ。救難のみ。警察だって同じよ」

交通事故の車両は捜査のために所轄署に持っていくことはあっても、その後の処理は所有者か民間業者に依頼する。沈没船も同じで、基本は船を運航する会社が民間のサルベージ会社と契約して、引き揚げてもらう。

「沈没船の引き揚げに守秘義務を持ち出すか？」

「東辺は、確かに〝契約組織との守秘義務〟って言ったの？」

立岡が調書の該当ページをめくり、指で叩《たた》いた。文字でそう書いてある。

「妙ね。契約企業じゃなくて、契約組織」

「対象は民間の船じゃないってことかな」

由羽はパソコンを立ち上げ、海上保安庁の統計ページを確認した。去年一年だけで二千件近く海難事故があった。このうち、沈没、転覆、横転、座礁など、サルベージ会社が出てくる事案はいくつあるか。

「海難事故一覧が欲しけりゃ、海保に電話するのが早いんじゃないの。知り合いはいる？」

第一次感染捜査隊の隊長だった男の顔が、またちらつく。彼の連絡先を知らない。知っているのは名前だけだ。いまの所属を知らないし、そもそも、まだ海上保安官を続けているのかどうかすら、わからない。

来栖《くるす》光《ひかる》。

政府が禁止していた感染者の殺害を積極的に行ったとして、由羽が逮捕を執行した。来栖は誰よりも多く仲間を、灰人を殺害した。爆破沈没処理されることになったクイーン・マム号に残り、殉職しようとしていた。だから由羽は逮捕した。逮捕すれば生きたまま陸へ連れて帰ることができる。

そんな経緯で生き残った来栖が、海上保安官を続けているとは、到底思えない。

祖父は船大工だと話していた。来栖のプライベートで知っているのは、それくらいだ。もしかしたらいま、どこかの海辺で船でも造っているのかな、と想像する。

立岡がパン、と手を叩いた。

「オッケイ、俺が上と相談して、海保に情報をもらうよ」

「お願い。午後にも東京港に行ってみよ」

足で捜査だ。由羽の湾岸署時代の情報提供者がたくさんいる。


「由羽ちゃん、お疲れ〜い」

昼、警視庁本部庁舎の一階にある食堂で、天城謙介《けんすけ》と拳をぶつけ合う。

「悪いね、ランチの時間まで」

謙介は三歳年下の弟だ。きょうだいで刑事をやっている。由羽は定食のお盆を脇にやって、電話をかけていた。手帳には男の名前がずらりと並ぶ。謙介がちらりとのぞきこんだ。

「やってるねー、由羽ちゃん。ようやく精力を取り戻し始めた？」

「なに言ってんの」

今夜遊ぶ相手をピックアップしているとでも思っているらしい。姉の男癖の悪さをよく知っている。同じ組織にいるから回り回って謙介の耳に入るらしかった。

「男遊びはよくないけどさ、ボケーッとしたり、部屋に閉じこもったりもよくないよ。

『男は筋肉、たまに愛嬌《あいきょう》』の精神はどこへいったの」

遊んでいたころはそれを合言葉に、男を食い散らかしていた。

「事件捜査だからね。さっき電話で話したやつ」

防犯カメラ映像から切り取った、東辺俊作襲撃犯の静止画を謙介に示した。

「手を見てみて。グローブを脱いでいるでしょ」

由羽は該当部分を拡大した。

「両手の指のあちこちを欠損しているの」

謙介は濃い眉毛を内側に食い込ませた。組織犯罪対策部の刑事だ。暴力団、半グレを始めとする反社会的勢力に詳しい。

「指詰めしているからヤクザかなぁと思ったんだけど」

謙介は否定した。

「マルBのエンコは基本、左手の小指からだよ。利き手のはずの右手、しかも使用頻度の高い人差し指や中指を先に詰めてる輩《やから》がいるかなあ。しかも指先だけじゃん。中途半端」

一応、マルB照会――警察庁が管理している暴力団員リストとの照会はしてくれるという。謙介は画像を転送すると、照会センターに電話をかけて確認した。

「残念。該当なし」

改めて画像を見て、謙介はアドバイスする。

「これは指詰めじゃなくて、事故かなにかで指を失った人かもしれないよ」

あとは専門外と言わんばかりだ。オーダーの列に並び定食のお盆を持って、戻ってくる。

がつがつカレーを食った。事件の話はもう終わったと思ったのか、雑談を持ちかける。

「去年の秋の異動でうちの課長に収まった人の話、したっけ？」

「知らない。誰それ」

「元白バイ隊員だったんだってさ」

なんの話か察しがついた。由羽は聞き込みリストに見入った。無視しようかと思ったが、声は耳に入り、心を揺さぶる。

「親父《おやじ》のこと、知っててさ」

父親。

顔を思い出せない。二十年近く会っていなかった。

「参ったよ。〝お前、菊《きく》やんの息子だったのか〟ってヘッドロック。必死に教育したのに三年で辞めやがって、って」

由羽の出生名は菊田《きくた》由羽だった。十三歳のときに両親が離婚して、母親の旧姓に苗字《みようじ》が変わった。

父親は警視庁の職員で白バイに乗っていた。三年で辞めた。儲《もう》け話に目がない放蕩者《ほうとうもの》だった。

「由羽ちゃん。親父と連絡、取ってる？」

軽い口調で父親の話を始めたのに、謙介の目は深刻そうだ。

謙介はしょっちゅう父親に電話やメールをしているらしい。世界中を飛び回って忙しく働いていると謙介は言うが、遊び歩いているということだ。

「スマホの番号、教えるけど」

「結構。間に合ってます」

「間に合ってるって、なにがよ。俺たちの父親はあの人しか――」

「謙介」

謙介は箸を指で挟んだまま、手のひらを見せた。

「わかった、わかった。それ以上は言わないで」

母さんを早死にさせたのはあいつだから。

父親の話になるといつも由羽が言うセリフだ。口にするたび、謙介は悲しげな顔をする。

「でもさ、親父はすごく心配してるんだよ、由羽ちゃんのこと」

「だから黙りな」

「第一次感染捜査隊として出港したときも」

「謙介」

「生還してきたいまも。由羽はトラウマに苦しんでるんじゃないか、って」

ゆりかもめで青海《あおみ》まで出ることになった。有楽町《ゆうらくちょう》線で豊洲《とよす》に向かう。豊洲駅はゆりかもめの始発駅だ。電車がやってきて車両が空っぽになるなり、立岡は中に駆けこみ、先頭車両の一番前の席に陣取った。

「天城、早く早く。座って」

ゆりかもめは自動運転で、運転席がない。先頭車両一番前の座席は眺めがいい。高架橋で臨海地域を巡るように走る。レインボーブリッジ付近では無駄にループする、観光モノレールだ。

「子供じゃあるまいし」

由羽は苦笑いで、シートに座る。立岡は由羽の背後に立った。隣に座ろうとしない。

「こんなところまで聞き込みはなかなかないからな。帰り、一緒に飯でも食って帰るか？」

由羽は無言で立岡を見上げた。立岡は真っ赤になって慌てた。

「いや、全然断ってもいいよ。いろいろ大変だろうし」

立岡はたまにこうやって由羽を誘い、結局自分で打ち消す。様々な用件を作ってはまめに連絡をしてくる。由羽は立岡の気持ちに気づいてはいたが、知らんぷりしていた。今日はいい機会かなと思った。由羽は席を詰めた。隣のシートを叩く。

「隣、座って」

立岡は躊躇《ちゅうちょ》を見せたが、結局、座った。

「立岡さん。私を部下として引き入れて、心配して、見守っているうちに、情が出てきたふうだね」

「え？」

「つまり、恋愛感情ってこと」

立岡は真っ赤になった。「な」とかろうじて出したあと、神妙な顔になった。

「私はやめときなって、立岡さん」

「やけどの後遺症を気にしているのか？」

「違うよ。あの件で何百人殺してきたと思ってんの」

「それは、任務が」

「あのゾンビウイルス。私が作ったの」

「は？」

「私があのウイルスを作った。全部私のせいなの」

立岡は笑った。悪い冗談と思ったようだ。

「俺——昔からモテなくてさ。いろんな理由つけて断られてきたよ」

彼氏がいる、好みじゃない、警官は危ないからイヤ……。

「ゾンビウイルスを作ったからなんて断られ方は、初めてだな。新しいパターン」

「最初で最後でしょうね」

由羽は笑ってやった。


最初の聞き込み先は沖田潜水《おきたせんすい》だ。江東区にある、社長ひとり潜水士二人、事務員一人の小さな会社だ。東京湾岸地域の港湾工事には必ず潜水士を出す老舗《しにせ》でもある。大手サルベージ会社から依頼されて、沈没船の引き揚げ対応にあたったこともある。東辺のことを知っているかもしれない。

由羽はふ頭の間の運河を、橋から見下ろした。

「いたいた」

全長十メートルほどのボートが浮かんでいた。青と白の旗を掲げている。『潜水士を潜らせている、付近の航行に注意せよ』という意味だ。コンプレッサーの音がやかましい。機材だらけでせせこましい甲板から、黄色の送気ホースが海中に延びていた。

現在、沖田潜水は橋梁《きょうりょう》の補修工事を行っていると聞いた。身を乗り出して運河をのぞきこむと、たまに、海中で光るものが見えた。溶接でもしているのかもしれない。

「沖田さーん！」

由羽は社長の名前を橋の上から叫んだ。潜水支援船の船長を兼任している。船のキャビンの扉が開き、よく日に焼けた丸刈りの男が顔を出した。

「おお、由羽ちゃんか」

「お久しぶりです。少し話、いいですか」

「いいよ。そこの固定梯子《ばしご》から降りてきな」

立岡の表情がひきつる。

「え、まさか船に降りるの」

「橋から聴取はできないでしょ。事件の詳細を叫び散らすようなもんだわ」

「そうだけど、この恰好《かっこう》で……」

きれいなトレンチコートや革靴を汚したくないのだろう。由羽は「お好きに」と言い残し、橋を渡って岸壁に向かった。風雨で汚れ錆《さ》びついた固定梯子をつかむ。岸壁にへばりついていたフナムシが一斉に動き出す。ゴキブリみたいだ。

潜水支援船の舳先《へさき》はすぐそこだ。沖田船長が甲板から手を差し伸べる。

「由羽ちゃん、スーツか。そんな恰好してんの初めて見た」

かつてはTシャツにジーンズが多かった。霞が関勤務になると許されないので、ここの所ずっと黒か濃紺のパンツスーツというつまらない恰好をしている。

沖田船長に手伝ってもらいながら、すとんと甲板に降り立つ。機材は多いし、全長二十メートルもない船なので、足の踏み場がない。キャビンに案内された。立岡は後からおっかなびっくり固定梯子を降りてくる。フナムシを見て悲鳴を上げていた。「ヤロウはいいや」と沖田船長は笑う。

物置場になっていた木のベンチを片付け、由羽を促した。半地下になっている場所に休憩スペースと小さなキッチンがある。インスタントコーヒーを淹《い》れてくれた。

「お気遣いすみません」

「いやいや、懐かしいお客さんだから。嬉しいよ。元気そうでよかった」

海の人間関係は狭く、噂《うわさ》話もすぐに広まる。船長は由羽がゾンビ船に乗っていたことを知っているのだろうが、触れなかった。

立岡が、キャビンに張り付くようにして甲板を通ったあと、中に入ってきた。コートにフナムシがついていないか、確認している。

「で、なんの事件。最近、このあたりで刑事さんが動くようなことがあったっけ？」

水死体でも上がれば大きな騒ぎになるが、めったにない。

「実は、大森での傷害事件なんです」

サルベージマスターが殴打されたと話す。

「日本最大手の日出《ひので》サルベージの技師、東辺俊作さんと言います。ご存じですか」

コーヒーを出そうとした沖田船長の表情が、あからさまに引きつった。気まずそうに目を逸《そ》らし、誤魔化すようニコニコ笑った。「ま、コーヒーをどうぞ」と言い添え、立岡に視線を移す。

「お兄さんもコーヒーでいいかな」

「僕は結構です。船長さん、東辺さんを知っていますか」

沖田船長はくるりと背を向けて、立岡が断ったはずのコーヒーを淹れ始めた。

「この業界で東辺さんを知らない人はいないよ。若くしてマスターになった。伝説になってるようなところもあるから」

「さほどの有名人でしたか」

「若くしてオランダのサルベージ会社に引き抜かれたのよ」

荒れる極寒の北海《ほっかい》に面したオランダは、サルベージ技術の最先端を行く国家らしい。

「日出サルベージの社員になったのは、いつごろでしょう」

「どうだったかな。うーん、まあ東辺さん自身はとても有名な人だけども……」

沖田船長の背中にくっきりと拒否反応が出ている。東辺のことは話したくないようだ。

「東辺さんは自宅マンションで目出し帽をかぶった男に襲撃され、重傷を負いました」

由羽は犯人の画像を見せた。沖田船長は老眼鏡をかけてじっと画像を見た。

「目出し帽かぶってちゃ顔がわかんないよ」

「手元を見てみてください。両手のいくつかの指の第一関節から上が欠損しているんです。ヤクザの指詰めではこうなりません。事故でなったのかと推測しています」

立岡も前のめりになる。

「海や船関係のお仕事は危険が伴いますね。怪我が多そうですが」

「まあな。水中工事なんかは陸の工事現場と同じだ。手に怪我しちゃうのは多いよ」

コンクリートカッターの手入れをしようとして、スパンと指を切り落とすとか、クレーンの吊《つ》り具に指を挟んで皮一枚でぶら下がっている状態になってしまったとか、沖田船長は話した。

犯人が船や港湾関係者の可能性はないか、由羽は改めて沖田に尋ねる。

「東辺さんは現在、なにか大きなプロジェクトを担当しているようですが、本人も日出サルベージも、契約組織との守秘義務を建前にプロジェクトの内容を教えてくれません」

沖田が犯人の画像を突き返す。

「悪いが言えない。うちにも守秘義務がある」

「まさか、沖田潜水もそのプロジェクトに関わっているんですか」

「他の船や港湾関係の人脈にあたっても、無駄だと思うよ。うちも商売だ。信用第一。コーヒーを飲んだら、帰ってくれ」


由羽と立岡はあきらめず、臨海地域を回った。三社回ったが、どこも沖田潜水と同じような態度だった。四社目の聞き込みは川崎《かわさき》港だ。台船《だいせん》の運営をしている川崎総合商運《しょううん》に足を運ぶ。


「台船ってのはなんだい」

立岡に訊かれ、由羽は台船が係留されていないか見渡したが、出払っているようだ。

「船倉《せんそう》に収まらないくらいでかいものを運ぶときに使う船よ。広場みたいにだだっぴろくて真っ平ら。自走できないから、タグボートで引っ張って走らせる」

建設機材や巨大船の艤装《ぎそう》部分などを運ぶ。新幹線などの鉄道車両を運んだ話も聞いたことがある。

「海上花火の発射台とか。東京オリンピックのときは、お台場沖にオリンピックのエンブレムを載せてしばらく会場に設置されてた」

立岡のスマホにセンター長から電話がかかってきた。付近は工業地帯なので、トラックの走行音や金属音がやかましい。立岡は片耳を押さえながら電話に出たが、声を荒らげ始めた。立ち止まってしまう。

嫌な予感がした。

電話は切れてしまったのか。立岡は茫然《ぼうぜん》と由羽を振り返った。

「捜査、やめろって？」

「なんでわかった」

「東辺が仕切っているのは、日本中の港湾工事関係者が関わる極秘のプロジェクトだよ。相手は『契約会社』ではなくて『契約組織』、つまり民間会社ではない」

国、政府だ。

「捜査への圧力はこれで三度目」

バカでも感づく。


最寄りの浜川崎《はまかわさき》駅は無人駅だった。ホームに電車を待つ乗客もおらず、閑散としている。

「三度目、ってのはどういう意味なの」

立岡が尋ねた。放心したように両手足を投げ出してベンチに座っている。捜査中止なんて目に遭ったことがないのだろう。由羽もかつて熱心に聞き込みに回っていた先で、捜査中止の命令を受けた。頭にカッと血が上ったものだが、いまではその判断は、妥当だったと思っている。

「覚えているでしょ、お台場の人食い事案」

スペインバルで少女の誕生日を祝う貸し切りパーティが行われていた。ゾンビウイルスに感染していた深海魚を客が食べたことで感染し、家族親類や店長、店員が食い殺し合った。由羽は当初それを殺人事件として捜査していた。

「そりゃ、政府は一旦隠すべきと思う。ゾンビウイルスが陸に持ち込まれて発症者が出たとなったら」

「天城。自分が作ったウイルスだと言ってたな」

立岡が悲しそうに、問いかけた。由羽は頷《うなず》いた。

「どういうことだ。自分で作っておいて、知らずに捜査していたってことか」

貨物列車が通過する。立岡は一旦身を引いた。延々とコンテナが通り過ぎていく。ようやく通過した後の沈黙は、やけに痛々しい。

「やばい薬物を運ぶ船が現れる、新種の違法薬物だ、というタレコミがあってね。瀬取りだと思って捜査していたら、上から中止命令が出た」

これが最初の、捜査圧力だった。

「本当は、違法薬物ではなかったの」

由羽は額を拭った。寒いのに汗をかいていた。

「海外の機関が作った狂犬病の亜種のウイルスを、米軍の依頼で横田《よこた》基地まで運ぶことになっていたのよ。海上輸送については海保の特殊部隊が担っていた。極秘にね」

陸地の輸送は自衛隊が担当するはずだったのだろうか。移送計画の全体を、由羽はよく知らない。

「違法薬物の瀬取りと勘違いした私が、上からの捜査圧力を無視して、件《くだん》の船を臨検しちゃったの」

移送の指揮を執っていた特殊部隊の隊長は、陸でウイルスが到着するのを待っていた。後に第一次感染捜査隊の隊長となる、来栖光だ。

「アホな女刑事が警備艇から停船を呼び掛けてきたと知って、彼は慌てたの。私がケースを開けたら感染しちゃうでしょ。押収したらもっとまずい。だから私が乗り込む前に、ウイルスのケースを海底に隠したの」

三重にした防水ケースにブイを繋《つな》げて沈めるよう、来栖は指示した。後で回収するつもりだったらしい。

「私が件《くだん》の船を停《と》めた場所が悪かった。浦賀水道《うらがすいどう》」

東京湾の入口だ。

「横須賀《よこすか》と富津岬《ふっつ》に挟まれて狭い海域になっている。船の渋滞海域でもある」

東京港や横浜港など、関東の物流拠点に向かう船舶がひっきりなしに行き交う。

「ブイは東京湾を出る運搬船のスクリューに絡まってしまった。相模《さがみ》湾沖まで運ばれたところで、ケースが破損したみたい」

海中の魚には汚染がなく、深海生物にウイルスが広がっていることがあとからわかった。

恐らく、ウイルスの入ったケースは海底に落ちて壊れ、中身が流出したのだろう。

「狂犬病の致死性を低めた弱いウイルスでしかなかったのに、深海生物に感染が広がるたびに変異を繰り返して、魚特有の特性を取り込んでしまったらしいわ」

「特性、って？」

「共食い」

西日が差し込み、立岡の表情に深い影を作る。

「こんな経緯で、ゾンビウイルスが深海で爆誕したというわけ。そして海上保安庁の潜水士が、ウイルスを回収しようとして感染。行方不明になった」

五日後、ヒトの肉を求めて浮上してきた。この潜水士が、最初の感染者——ペイシェント・ゼロだ。

「偶然付近を航行中だった豪華客船クイーン・マム号が、遭難者と勘違いしてペイシェント・ゼロを救助したことで、感染が乗船客にまで広がった」

全て自分のせいだったと知ったのは、上月渉が感染したときだった。発症する直前に教えてくれた。いや、教えたというよりは、糾弾《きゅうだん》だった。

〝お前のせいだ！〟

非難する声が再び、由羽の乾いた心を引き絞る。震えてしまう。立岡が遠慮がちに由羽の肩に触れた。

「なにも知らなかったんだ、仕方がないことだよ」

由羽は身をひねり、立岡の手から逃れた。

「立岡さん。襲撃事件の捜査、やめよう」

ようやく電車がやってきた。立岡は腰を浮かしかけたが、立ち上がれない由羽を見て、すとんと尻を落とした。扉が閉まる。電車は行ってしまった。

「天城。飲みに行こう。浴びるほど飲むぞ」

浜川崎、川崎、東京、と電車の乗り換え場所で飲み歩き、霞が関に到着するころには、四軒目に行く流れになっていた。由羽は久々に泥酔状態だった。立岡は酒に強いようで、顔色一つ変わらない。たまに足を絡ませてよろめく由羽の腕をつかんで、支える。そのまま抱きしめてしまえばいいのに、やはり立岡はしなかった。色気のない提案をする。

「警察手帳を持ったまま飲み歩きたくないな。一旦本部に戻ろう」

霞ケ関駅のエレベーターの中で、由羽はからかうことにした。

「ねえ。本部なんか戻らないで、ホテル行こうよ」

立岡は一瞬だけ絶句して由羽を見たが、ゲラゲラ笑った。

「悪いけど、俺の流儀に反する」

「なにそれ」

「恋愛にルールは持たない主義？」

「あるよ。既婚者とは絶対しない」

「それは当たり前のことだ」

「立岡さんの流儀ってなによ」

「つきあってから一か月はしない」

「してみないと、つきあっていいかどうかわかんないじゃん」

立岡はまた目を丸くした。結局二人揃って大笑いした。

警視庁本部に入った。掛け時計を見て驚く。

「やだ。まだ八時だったんだ」

「そりゃそうだろ、一六〇〇《ヒトロクマルマル》から飲んでたんだ」

同僚に飲み歩いていたことを悟られないよう、「会話は極力しないで、警察手帳だけ置いてすぐ出よう」とエレベーターで事前に打ち合わせる。フロアに入った。残業している同僚たちに黙礼だけして、デスクのシマを抜ける。警察手帳をデスクの引き出しに収めて鍵をかけた。

立岡は顔が真っ赤だった。いまごろ酔いが回ってきたのだろうか。駆けだしそうな足取りでフロアを出た。由羽も後を追う。エレベーターがちょうど来ていた。立岡が駆けこみ由羽を手招きする。顔を真っ赤にして口を閉じている。

由羽は足を引きずりながら急ぎ足でエレベーターの中に入った。扉の操作盤の前にスーツ姿の男性がいた。由羽のために『開』ボタンを押し続けている。黙礼し、立岡のもとに飛び込む。

エレベーターが閉まった途端、立岡は喉を鳴らして息を吸った。由羽は笑い転げる。

「やっぱ立岡さん、息止めてたんだ」

顔がゆでだこみたいになっていた。

「そりゃそうだよ。息したら酒臭いのがばれちゃうじゃないか」

「しゃべんなきゃ大丈夫なのに、わざわざ息を止めていくなんて」

由羽は腹を抱えて笑ってしまった。箱の中に先に乗っていた人を気にしてか、立岡が唇に指を当てた。その真面目な顔が面白くて、由羽はまた噴き出す。操作盤のすぐ目の前に立つ男は、首に来客者用の赤いストラップをかけていた。外部の人に、酔っぱらい警察官が本部庁舎内にいると思われるのはまずい。由羽は必死に笑いをこらえ、立岡の背中の後ろに隠れるようにして立った。

赤いストラップの客人がちらりと由羽を振り返る。立岡の肩越しに、その横顔がはっきり見えた。太めの黒縁眼鏡《めがね》をかけ、濃紺のスーツを着ている。髪をきっちり七三に分けていた。由羽を振り返ったときに、前髪が一束、額にこぼれた。

由羽は一瞬で、『罪』に引き戻された。

来栖光。

由羽は立岡の腕をつかんだ。声がちょっと震える。

「ごめん。今日はもう無理」

警視庁の一階にある喫茶店はもう店じまいしていた。仕方なく、喫煙所のすぐ脇にある休憩スペースのベンチに座る。来栖は由羽の右足を気にしていた。

「座ってろ」

自動販売機に金を入れて、ボトルの缶コーヒーを二本買う。一本を由羽に投げた。

第一次感染捜査隊が召集され、結団式が行われた日も、同じように来栖は由羽に缶コーヒーを買って投げた。あのとき、来栖は真夏の真っ白の海上保安官の制服を着用していた。

今日はスーツだ。しかも眼鏡をかけている。変装しているつもりなのだろうか。太い黒縁の眼鏡をかけても、切れ長の鋭い瞳を隠しきれていない。

「タイミングが悪かったな」

来栖はベンチに座るなり、言った。

「楽しそうにしていたのに、すまない」

由羽は首を横に振り、缶コーヒーを口にした。来栖は無糖を選んでいた。苦い。

由羽と来栖はクイーン・マム号で、最後は相棒のように動いていた。灰人だらけになったクイーン・マム号に重油をまき、搭載艇に乗り移って夜明けの絶海を漂いながら、二人で手を握り合い、あの船を爆破するスイッチを押した。

由羽がウイルスを極秘輸送していた船を臨検してしまい、極秘輸送の指揮を執っていた来栖が海底に隠すと判断してしまった。

そして、あのゾンビウイルスは誕生した。

二人の罪だった。

二人で罪を確認し合い、二人で感染した人を何百人と殺してきた。由羽と来栖は普通の男女ではなかった。友達でもないし、恋人でもない。妻にも夫にもなりえない。体の関係などもない。だが、由羽と来栖がしてしまったこと、してきたことは、男女のどんな関係をも凌駕《りょうが》するものだった。

陸に生還した後、由羽が来栖に一切連絡を取ろうとしなかったのは、『罪』を避けたかったからではない。来栖に、『罪』を意識させたくなかったからだ。

いつかどこかで再会してクイーン・マム号であったことを懐かしみ、語らう――そんなことは絶対できないほど、ひどい経験をした。戦場のようだったが、戦争に行った男たちが終戦後に集まり、酒を酌み交わすことができる人もいるのは、誰かの命令で行った殺し合いに参加しただけだからだ。

由羽と来栖は、原因を作った側の人間であり、自らの手を汚した側でもある。

「右足は大丈夫か」

来栖が気遣った。入院中に来栖が見舞いにくることはなかったが、由羽のやけどを気にしていたのだろう。由羽はスラックスの裾を持ち上げ、靴下を引き下ろしてやけどの痕を見せた。弟の謙介にしか見せたことはない。来栖はじっと見つめるだけだった。

「警視庁に、なにしに来たの」

「仕事だ」

「いまなんの仕事をしているの」

「同じだ。海上保安官。出向して内閣府にいる」

クイーン・マム号事件のときの所属に復帰していたらしい。内閣官房直属の情報機関、内閣情報調査室にいた。そこで、米軍から依頼されたウイルスの移送の秘匿任務を負っていた。

「相変わらず影の部隊にいるのね。今日も極秘任務で警視庁に来たの」

来栖は答えず、缶コーヒーを傾けた。

「その恰好は変装なの？　スーツとか眼鏡とか」

かつては真っ黒のタクティカルスーツに半長靴《はんちょうか》を履き、銃器を体中にぶら下げて対応にあたっていた。任務外は白いTシャツに黒のスラックス。いつも半長靴の足に裾を入れ込んで、軍人風だった。霞が関でそんな恰好をしているのはおかしいが、来栖のスーツ姿を見るのが初めてなので、奇妙に感じる。

「変装じゃない。海上保安官は管区本部や本庁勤務のときは基本、スーツだ」

陸にいるときは眼鏡で、海上勤務のときはコンタクトレンズにするという。

「眼鏡じゃ、目出し帽をかぶれないものね。バラクラバっていうんだっけ。気配を消すのもうまいよね。エレベーターで、全然気づかなかった」

「楽しそうにしていたのに、水を差したな。彼氏か」

由羽は首を横に振った。

「いい人そうだ。これまであんたが遊んできた男とはちょっと種類が違うようだが」

由羽は来栖にプライベートを話したことなどないが、彼は内閣情報調査室にいる人間だ。調べたい放題だろう。一年半前も、ウイルスの移送船を臨検した由羽を、徹底的に調査したはずだった。恐らく、来栖は弟よりも由羽のプライベートに詳しい。いま警視庁にいることにしろ、生還してからの由羽のことも、来栖は知っているのではないか。

「こんな体じゃ男遊びはできないでしょ。右足はケロイド、お尻は手術痕でボコボコ。男は引く」

「そういう状態だからこそ、あんたと真剣に向き合ってくれる男性と出会える」

「そういう考え方、キモい」

「男癖が悪い原因はなんだったんだ」

来栖が興味なさそうに訊く。

「あんたなにしに警視庁に来たのよ。なんで私のプライベートを根掘り葉掘り訊くわけ」

「話の流れだ。要は、あんたはひとりの男性と真剣に向き合うのが苦手ってことだろう。男と一晩だけの関係しか結べない、結婚しない、すぐ飽きてポイ捨てする」

「やめてよ。プロファイリングでもしているつもり？」

「あんたのいまの専門はプロファイリングだったな。あんたは男性に対する強い恨みが根本にあるように見える」

「だから――酒も入っていないのに、なんでこんな話に？」

「あんたはべろべろに酔ってる」

「あんたは一滴も入ってないでしょ。それでよく女の心の中にずけずけと入り込むような質問をするわ。たとえ話の流れであっても」

改めて由羽は来栖に向き直る。

「今日はなんの任務で警視庁まで来たの」

「あんた、父親と確執があるんじゃないのか」

由羽は深いため息をついた。今日はやたら『父親』という言葉を聞く。昼間も謙介がその話を振ってきた。言い返そうとしたとき、来栖が空き缶を片手で握り潰した。スチール缶を片手で潰せる握力に驚くが、それ以上の衝撃を受ける。

左手の薬指に指輪をしている。

「あんたには関係ない」

由羽は言った。来栖は立ち上がり、空き缶をゴミ箱に放る。由羽を一瞥《いちべつ》し、立ち去ろうとした。由羽はその腕を引いた。

「あんたがなにしに警視庁に来たのか、当ててあげる」

ぎろりと来栖が由羽を見下ろす。

「うちの警備部に、東辺俊作の身辺警護の依頼でもしに来たんじゃないの？」

東辺俊作という個人名を出したところで、来栖は表情一つ変えない。誰だとも訊かない。大森で襲撃された日出サルベージの技師だということを絶対に知っているはずだ。

「さすが、現役の刑事だな」

来栖はあっさり認めた。彼は鉄の意志で任務を遂行する男だ。秘匿事項を由羽にさらしたということは、いま彼が関わっている秘匿任務に、由羽を巻き込むつもりだろう。

「私もまぜてよ、来栖さん」

来栖は黙って由羽を見ている。

「ゾンビ船を引き揚げるんでしょう」

全国の潜水会社や港湾業者が、国家的な極秘プロジェクトに参加している。箝口令が敷かれている中で、日本屈指のサルベージ会社の技師が襲撃された。よほどきな臭いものを海底から引き揚げようとしているとしか思えない。

ゾンビ船クイーン・マム号の引き揚げしか、思い当たらなかった。

「本音を言えば、あの船を引き揚げるのは反対。やっとの思いで海に沈めて陸への感染蔓延を防いだ。感染者の遺体は回収すべきじゃない」

沈没前に、爆発炎上させた。ウイルスは消えたはずだが、どんなリスクがあるかわからない。

「それでもあなたは引き揚げのプロジェクトに関わっている。一度は逮捕され、海上保安庁を追われたはずなのに」

来栖は黙っている。

「沈没当時のことを誰よりも知るあなたの助言がないと、引き揚げられないからよね。つまりあなたも積極的にあの船を引き揚げようと思っている。国の威信とか、感染症の研究目的に引き揚げるわけじゃなさそう」

「感服だ」

来栖は無感動に言った。

「プロファイリングのプロフェッショナルは予想以上の推理力だな」

「正解ね。引き揚げなくてはならない、喫緊《きっきん》の事案が海底で——沈没船の中で発生している、ということね？」

「明日にも沈没地点に出港だ」

由羽は唾を呑《の》み込んだ。

「それまでに上司を説得できるのなら、あんたも来い」


由羽はフロアに戻り、デスクから警察手帳を取り出した。急いで警視庁を出ようとした。ロビーで立岡に呼び止められる。今日はもう無理だと言ったのに、待っていたようだ。

「尋常でない顔をしていたから、ほうっておけなくて」

由羽にとっては都合がよい。出港まで時間がないのだ。

「一体あの男は何者なんだ」

「海上保安官よ。第一次感染捜査隊の隊長だった人」

「来栖光か」

立岡は容疑者みたいに呼び捨てにした。クイーン・マム号の件で逮捕されたことは広く報道され、名前も出た。

「なにしに来てたんだ。天城に用があったのか？」

由羽は立岡を自宅官舎に誘った。立岡は最初、強く拒否した。つきあっても一か月は云々《うんぬん》とかいうくだらない流儀のせいだ。

「ヤりたくて誘ってんじゃないの。外では話せないことだから」

立岡はようやく由羽の官舎の部屋に来てくれた。猛烈に反対する立岡をひと晩かけて説得し、警察手帳を預けた。

翌朝、由羽はスーツケースを転がして、自宅官舎を出た。品川駅で京急《けいきゅう》本線エアポート快特に乗り換える。成田《なりた》空港に直行する電車だからか、由羽と同じように大型のスーツケースを持った人がたくさんいた。

これからゾンビ船が沈む太平洋南方沖に向かう人は、この電車の中で、由羽だけだろう。出港は横浜港だと来栖から聞いているが、由羽は反対方向の電車に乗っていた。

スマホを見る。

『本日、十時にお待ちしております』

早朝の四時五分に届いた、上月麻衣からのメールだ。

最寄り駅に到着した。コインロッカーを探したが、大型のスーツケースは入らなかった。

由羽はゴロゴロとスーツケースを転がして、駅から二十分、歩いた。

住宅街の一角に、五階建てでタイル張りのマンションが見えてきた。グランドール青戸と銘板が出ている。広々とした駐車場の中で、主婦が二人、立ち話をしていた。傍らでは二、三歳の子供がボール遊びをしている。一見普通のマンションだが、ここは警視庁が借り上げたファミリー官舎で居住しているのは警視庁の職員とその家族のみだ。エレベーターはついていない。由羽はトランクをえっちらおっちらと持ち上げ、五階へ上がった。

五階の角部屋、508号室の前に立つ。

『上月』の表札が出ていた。

警察官の主は死んだが、それでも格安の官舎に住み続けられるのは、殉職したからだろう。殉職警察官家族には手厚い補償がされる。自警会の慰労金や職員のカンパなどを合わせると億単位の金が入ることもある。殆《ほとん》どの家族が一家の主を亡くしても生活できるので、官舎を出て行く。麻衣は心の病を患い、入退院を繰り返していると聞いた。新居を探せる状況にないのだろう。由羽は長いため息をつき、覚悟を決めた。

インターホンを押した途端、扉が開いた。扉の前で待っていたのか。

麻衣は腰に届きそうなほど長い髪をしている。櫛《くし》が入っていない。前髪が瞼《まぶた》まで分厚くかかり、視線に影が差す。由羽を食い入るように見つめていた。

由羽は深く頭を下げた。

「警視庁の天城です。今日はお時間をいただいて、ありがとうございます」

「入って……」

視線は強いが、声は幽霊のようだった。麻衣は背を向けて、ふわふわと浮かぶような足取りで廊下へ引き返す。閉じかけた扉が、由羽の体にどんとぶつかる。早く入れ、と扉に急《せ》かされているようだった。

「お邪魔します」

由羽はトランクを持ち上げて、三和土《たたき》に載せた。

「あの、トランクをここに置いておいていいですか？」

返事を待ったが、沈黙しか返ってこない。由羽は隅にトランクを置いて、靴を脱いだ。スリッパはなかった。靴下の足で廊下の先へ進む。

対面式キッチンの目の前にダイニングテーブルがある。ぬいぐるみやおもちゃ、衣類が散乱していた。ダイニングテーブルの上は書類の山が雪崩《なだれ》を起こしかけていた。真新しいランドセルは空っぽの状態で放置されている。

「仏壇に」

短く命令が出た。由羽は慌ててリビングの横にある和室に入った。立派な仏壇がある。灰色のリボンがかけられた、大きな遺影があった。

あの上月が、遺影になっている。

死ぬ瞬間を見たくせに、通夜にも葬式にも出ていない。それがあったのかどうかすら、知らない。改めて、上月はもうこの世にいないのだと痛感した。座布団の上に正座し、ろうそくに火をともした。お線香をつけて香炉に挿《さ》す。手が震え、灰が落ちた。

両手を合わせる。背筋を伸ばして、頭《こうべ》を垂れた。

〝お前のせいだ！〟

遺影の中の上月は満面の笑みをたたえていた。

和室も物が散乱している。仏壇の下に安っぽいハンカチが落ちていた。紺色のタータンチェックで、男性物のようだった。上月の遺品ではなさそうだ。ハンカチはブランド物とこだわっていた。

「娘の七五三のお祝いのときに、写真スタジオで撮った写真なんです」

麻衣が背後から言った。どうしてか悪寒《おかん》が走った。由羽は振り返ることができない。

「素敵な、写真ですね」

「慶事用のネクタイをしていたので、葬儀屋さんが、ビジネス風のストライプのネクタイに合成したんです。うまいことやるんですね、葬儀屋さんって」

由羽は頷いた。

「夫は娘を本当にかわいがっていました。その手に、ちっちゃな着物を着た娘を抱いている写真なんですよ。本人も、まさかこの写真が自分の遺影に使われるなんて、思いもよらなかったでしょうね。すごい笑顔」

上月の最期を改めて思い出す。灰人に咬まれ、発症寸前だった。手足から血の気がなくなり、神経が黒く浮き出て両手の皮膚の色が灰色になっていくのを、上月は茫然と見つめ由羽にこう言った。

〝妻と、子供に……〟

遺言を残したかったのだろう。だが、怒りと悔しさが先に出た。くそうと絶叫して悪態をつき、由羽を糾弾した。

由羽は上月の命を奪った挙句に、家族に宛てた最期の言葉すら、奪った。もしあの場にいたのが由羽ではなく他の警察官なら、命が終わる瞬間を、ウイルスの原因を作った女への怒りで終わらせなかったはずだ。

妻と娘は、上月の最期の言葉も、受け取れなかった。由羽は麻衣にだけは、どうしても、全てを話さなくてはならなかった。立岡に話したように、事の顚末《てんまつ》をあますところなくさらし、土下座して謝罪するつもりだった。

座布団を下りる。畳の上に改めて正座をし、勇気を振り絞って麻衣に向き直った。ミモレ丈のスカートから、ふくらはぎの一部とくるぶしが見える。裸足《はだし》だった。彼女の顔を見上げる。由羽は固まってしまった。

麻衣が包丁を両手で持っていた。

ブルブルと刃先が震えている。由羽は身を起こした。正座のまま、彼女が飛び込んでくるのを待つ。制圧するつもりはない。受け止めるつもりだった。

死ぬのだと覚悟を決めたとき、頭に浮かんだのは、家族の顔でも仲間の顔でもなく、来栖の顔だった。彼をひとりにしてしまう。来栖は由羽が遺族に殺害されたと知ったら――そんなふうにあっさり死ねた由羽を、羨ましく思うだろう。来栖をひとり残して逝くということは彼に全部かぶせて逃げるということだった。申し訳なくて仕方ない。だが麻衣の気持ちは受け入れなくてはならない。

どれだけ上月の妻と対峙《たいじ》していたか――。

麻衣は結局、一歩たりとも由羽に近づくことはできなかった。そのままくずおれた。しくしくと泣き始める。由羽は落ちた包丁を拾い、シンクに置いた。

「失礼します」

由羽は上月の自宅を出た。もう二度と来られないし、謝罪もできないと痛感する。由羽が全てを話したら、麻衣を犯罪者にしてしまう。階段へと向かう長い廊下を、スーツケースを引きずって歩く。来たときよりも重く感じた。

永遠に続くように思える、長い廊下だった。『上月』を筆頭に、『工藤』『小峰《こみね》』と続く。

この官舎には、第一次感染捜査隊に召集された捜査員が何人か住んでいる。小峰は上月の部下だった。工藤という隊員がいた記憶もある。遺族の中には、麻衣のように精神を病んだ人が、他にもたくさんいると聞いた。

〝お前のせいだ！〟

上月の声が増幅していく。

横浜駅を経由して、みなとみらい線に乗った。地下駅の馬車道《ばしやみち》駅から地上へ出て、海上保安庁の桟橋《さんばし》がある横浜海上防災基地へ向かう。本能でここまで辿り着いた、という気がする。

立岡から何度もメッセージが届いていた。やはり最後に会いたい、いまから港に向かうとメッセージを連投していた。こんなメッセージを送ってほしくないし、優しい目で見ないでほしいし、支えようとしないでほしい。

横浜海上防災基地のクリーム色の建物が見えてきた。金網のフェンスを抜けて桟橋に入る。海上保安庁の巡視船が停泊していた。海上保安官の作業制服にキャップ姿の職員が通り過ぎる。

横浜港大《おお》さん橋や横浜ベイブリッジが見える岸壁に、巨大な巡視船が停泊していた。近づくにつれ、その大きさに圧倒される。

ファンネルから黒い煙が出ている。出港目前だ。桟橋を忙《せわ》しげに走る乗組員がいる。係《けい》留索《りゅうさく》を岸壁の係留柱《ちゅう》から外しているところだった。

船にかかる舷梯《げんてい》の前で、来栖が待ち構えていた。

上下真っ黒のタクティカルスーツ姿だった。かつてのように、くるぶし丈の半長靴の中に、スラックスの裾を入れ込む軍人風のスタイルだ。眼鏡も外し、風に吹かれて崩れる七三分けの前髪を、無造作に整えていた。

由羽は来栖を見て、泣いてしまった。

第二章　殺しのライセンス

巡視船あきつしまは海上保安庁最大級の船だという。全長は百五十メートルでヘリ甲板が船尾部にある。ヘリも二機搭載されていると聞いた。

客を乗せる船ではないから、案内板もないし、案内係もいない。船内図はあったが、構造が複雑すぎて自分がいまどこにいるのかよくわからない。

通路は狭く、階段は急だ。来栖がスーツケースを持ってくれた。階段は幅も狭い。来栖は腰をひねり、足を横向きにしてカニのようにすたすたと下りていた。さすが慣れている。

来栖は涙のわけを訊くでもなく、駆け寄って慰めるわけでもなかった。ただ「行くぞ」とだけ言って背を向けた。いまは「スーツケースでは来るなと言うのを忘れた」と、ぶつぶつ言っている。

「巡視船あきつしまは隠密《おんみつ》船だ。一般公開はしないし船内構造も秘匿となっている。写真撮影などはしないように」

乗組員の居住区に入った。

「この一番奥が女性乗組員専用の居住区だ」

由羽は目元をごしごしと腕で擦《こす》り、笑顔で答えた。

「了解。誰かと相部屋？」

「いや。いま、あきつしまには女性乗組員はいない」

「お風呂もトイレも独占できるのね」

「とにかく段差が多いから、右足は気を付けろ」

わかってる、と言ったそばから、つまずいた。来栖が由羽の腕をつかみ上げる。今日は左手の薬指に指輪をしていなかった。

部屋は四畳半くらいのスペースだ。来栖はデスクの脇にスーツケースを置いて、由羽に向き直る。

「目的地まで三十時間だ」

沈没地点への到着は明後日二月八日の午前中か。

「それまで好きに過ごしてくれてかまわないが、船内にいる間に計画の詳細を教える。いつがいい」

「いますぐにでも」

「昼飯は食ったか？」

忘れていた。

「先に食ってからにした方がいい。朝飯も食ってないような顔だ」

確かにそれどころではなかった。

「泣いても苦しくても飯だけは絶対に食う。海上保安官の鉄則だ」

由羽は船内の食堂で、十分で昼食をたいらげた。運用指令室という場所に案内される。

広々としたスペースに、長テーブルや椅子がずらりと並んでいる。壁には大型モニターが取り付けられ、ホワイトボードがいくつも置いてあった。

「事案が起こったときはここに対策本部が置かれる」

「警察でいうところの捜査本部ね」

警察の捜査本部とのいちばんの違いは、テーブルや椅子が床に固定されていることだろう。荒れた海上でも、海上保安官は船の中で戦術会議を開く。さすが、海の警察だ。

来栖はホワイトボードをいくつか引っ張ってきた。時系列表でみっちりと出来事が書かれている。関係各所の連絡先一覧もあった。『日出サルベージ　東辺俊作』の文字が目につく。他、潜水会社や港湾工事業者名も並ぶ。

「青海の沖田潜水の文字はないね。聞き込みに行ったらダンマリ。今回のＱＭ号引き揚げに関わっているように見えたけど」

「沖田潜水からは潜水機材をいくつか貸してもらっている。潜水士を出してくれるように も頼んだが、断られた」

海図が張り出されたホワイトボードに目を留めた。楔形《くさびがた》の島が海図の中央にある。

「これは黄血島《おうけつじま》ね」

小笠原《おがさわら》諸島の南西部の外れにぽつんとある。太平洋戦争の激戦地として有名だ。日米合わせて三万人以上が犠牲となり、いまだ数千の遺骨が見つかっていない。米軍の上陸に備えて旧日本軍が島全体に地下壕《ちかごう》を張り巡らせ要塞化したためだ。現在も地下壕の全貌は明らかになっておらず、遺骨が放置されたままになっている。戦後、米国から返還されたあとは、自衛隊が管理する島となっている。住民はいない。一般人が上陸することも禁じられている。

「クイーン・マム号は二〇二〇年七月十一日の沈没当日、午前零時の時点で黄血島南西沖二十キロの地点にいた。しかしその直後に封鎖線が崩壊、船内に灰人が溢れてパニック状態になった。制圧に失敗し、〇二〇〇《マルフタマルマル》には総員退避命令が出た」

乗組員の脱出が始まれば、船は完全にコントロールを失う。海に流されるままとなる。

「俺たちが重油を船内各所にばらまいている間に、船は台風の反時計回りの渦の風に流され、黄血島の南五キロの地点に迫っていた」

そこで、由羽と来栖は船から脱出。共に起爆ボタンを押した。

「特に船首部側が木っ端《こぱ》みじんになっていたわよね」

「小型の爆弾を全て船首側のエレベーター前に設置してきたからな。もっとまんべんなく設置したかったが、時間がなかった」

爆弾を設置したのは来栖だ。誰にも言わずにひとりでやり、船内に残って船と運命を共にしようとしていた。

来栖がパソコンを立ち上げた。CG動画のようなものを見せる。黄血島沖でクイーン・マム号が爆破され、船首部が吹き飛んで木っ端みじんになる。船首部から大量の海水が入り、台風の風と激浪に流されながらゆったりと沈んでいく——その様が、シミュレーション映像で再現されていた。

「これはAIによる漂流予測だ。これを基に沈没船の位置を推測し、探しあてた」

海流や風の向きを示す矢印が動き、沈没船を流している。クイーン・マム号は台風の反時計回りの風で北へ流された。完全に水没した後は、西へ流れる海流に乗った。最終的に、黄血島の北一キロの沖合で海底に激突し、停止したという。

「黄血島沖一キロ……」

よく見るとトランプのダイヤを歪《ゆが》めたような形をした黄血島は、南側に親鳴山《おやなきやま》と呼ばれる山がある。北の海にせり出した岬から北へ約一キロの、水深八十メートル地点にクイーン・マム号はいるらしい。

「沈没後、海保が周辺海域をモニタリングし続けていたわよね。三か月連続でウイルスの検出はなかったということだった」

政府は二〇二〇年十月二十日、ＨＳＣＣの完全終息宣言を出している。

「あれはうそだったということなの」

「あんたに命を救ってもらって、本当によかったと思っている。死に恥をかくところだった」

来栖はノートパソコンを閉じ、目の前のモニターに向けてリモコンを操作した。

「水中カメラの映像だ」

全体的に青っぽい映像だった。カメラが先に進むたびに、白い粒子が舞う。沈没船内の廊下のようだが、暗くて水中カメラのライトが照らす範囲しか見えない。

壁も床も真っ黒だ。爆炎で焼けたせいだろう。ふわりと布の端切れが流れていく。塵《ちり》のようなものが大量に積もっていた。長短、大小、様々な形の白いかけらが布に紛れて散乱している。まあるいボールのような形をしたものが埋もれていた。黒い穴が二つ見える。

頭蓋骨だろう。

「みな、白骨化しているのね」

「海の中は早い」

山も早い。生物が餌として食べてしまうし、微生物が死体を分解し腐敗を促す。

「あまり魚の姿は見えないけど」

「食いつくしたからだろう。餌がなければ魚は集まってこない」

「魚に感染は広がっていないの？」

「広がっていない。そのために重油をまいて焼きつくしたんだ」

由羽と来栖がしたことは、失敗ではなかったようだ。

「それなら、なぜ船を引き揚げる必要があるの」

水中カメラが右へ曲がったのが映像からわかる。大量の骨が散乱する狭い部屋に入った。真っ黒に焼け焦げた人工的な物体が方々に転がっていた。

「ここは十二階のランドリールームね」

洗濯機や乾燥機が十台くらい並ぶ、六畳くらいのスペースだった。

由羽と来栖が十二階の廊下に重油をまき始めたとき、このランドリールームは灰人がひしめき合っていた。洗濯乾燥機と天井の隙間に女性海上保安官が逃げこんでいたからだ。

来栖と由羽で灰人を撃退し、救出しようとした。

「重油をまいていたから、銃器を使えなかったのよね。私は警棒で、あなたは素手で灰人を殺害していて……」

「あの場所に百人近い灰人が密集していて、殺しきれなかった。手が回らず、何人かは洗濯機や乾燥機の中に放り込んで閉じ込めた」

重油をまいていたことを知らなかった女性海上保安官が、灰人に向けてけん銃を撃ってしまった。絨毯《じゅうたん》に引火し、一気に爆炎があがった。由羽と来栖は命からがらエレベーターの中に逃げ込んで、別の階へ逃れた。

「あの爆炎でいくつかの洗濯機や乾燥機が部屋の隅に吹き飛んで山を作ったようだ。扉は壊れ、中の灰人は焼け死んだ」

ランドリールームの片隅に追いやられた煤《すす》だらけの洗濯乾燥機の山が、パソコンの画面上に現れる。骨があちこちに散乱し、塵や粒状のものが視界を濁らせる。

「その一時間後には、俺が船首側に仕掛けた爆弾が爆発したが、ランドリールーム付近には火が回らなかったようだ」

まいた重油が最初の爆発で燃えてしまったからだろう。

由羽は改めて映像を見る。黒く焦げた洗濯乾燥機の隙間で、なにかが動いている。水中カメラのライトに反応しているようだ。灰色っぽい物体だった。ガラクタと化した洗濯乾燥機の奥の方に、原形をとどめた一台がある。その半円状のガラス窓に、ぺたりと灰色の手形がついた。

歯を剝《む》いた顔が現れる。水中カメラを威嚇しているようだ。灰色の肌と、海底の青っぽい映像の中で、口腔《こうくう》内の真っ赤に爛《ただ》れた色が生々しく見えた。

灰人だ。

「元気いっぱいね」

由羽はため息をついた。

政府がゾンビウイルスの終息宣言を出した二か月後には、まだ感染者が一人残っていたと判明していた。由羽は納得できない。

巡視船あきつしまの運用指令室で引き続き話を聞く。

「そもそも、なぜ船内に水中カメラを入れたの。まだ生き残っている灰人がいる可能性があると気づいていたから、調査をし直したということ？」

「違う。基本、海に船が沈没したら、可能な限り運航会社は船を引き揚げる。引き揚げるにはまず船内調査が必要だ」

「海の墓標とするのが普通だと思ってた」

タイタニック号がその代表格だろう。世界一有名な沈没船だ。

「かつてはそうだった。船内の財産を引き揚げて終わり。船体は海の墓標とする。運航会社は必ず船に保険をかけて、沈没すればサルベージ会社に依頼して財産だけを引き揚げていた。いまは環境保護の観点から、船体の引き揚げが検討される」

「それじゃ一年半前にクイーン・マム号が沈没した瞬間から検討されていたの」

来栖は頷く。

「全国、いや全世界のサルベージ会社が手を挙げていた」

場合によっては早いもの順だ。今回は事案が事案だけに、国家的規模の引き揚げ作業になると世界中のサルベージ会社が注目していたようだ。

「早くから政府と海保が全国から引き揚げの専門家を集めて有識者会議を開き、検討委員会を立ち上げていた」

引き揚げが果たして可能か判断するために、水中カメラで船内の様子を調査しているさなかで生き残りの灰人を発見したようだ。

由羽は、画面に大写しになっている灰人を改めて見た。顔の肉がすでに腐り始めている。大口を開けるたびにめりめりと口角が裂けていた。

「一年半経ってもまだこんなに元気なの？　洗濯乾燥機の中はとっくに酸欠になっていそうだけど」

「酸素がなくても灰人は生きていける。なにせ体は冬眠状態だからな」

感染するとヒトを生きたまま食う。厄介なのは潜伏期間に相当の幅があることだ。由羽の知る限り、最短で一秒か二秒、最長で一週間だ。数秒で発症されたら一般の人は対処できない。一週間も潜伏期間があったら、殺すに殺せず、対処者の心身に負担がかかる。

体が冬眠状態になって死ににくくなることも、厄介だった。首を絞めても死なない。胸を刺してもけん銃で撃っても、出血も殆どない。四肢を切り落としても痛がることなく、生きる。

体が冬眠状態だから、人の平均寿命の三倍近くを生きるかもしれない、と国立感染症《こくりつかんせんしょう》研究所《けんきゅうじょ》の研究者は話していた。

「本音を言えば放置して死ぬのを待ちたい。だが二百年以上先の話になる」

「それはダメね。未来の世代に危険を押し付けることになる」

「そもそも海に没した洗濯乾燥機の中だ。いつまで水密状態が続くかわからない。金属もゴムもどんどん劣化する。蓋のロックが外れたら、灰人は海に躍り出てくる」

腹ペコだろう。ヒトの肉を求めて、泳ぎ出す。

「当然、向かうは、一キロ南にある黄血島だ」

黄血島は小笠原諸島の一部で、住所的には東京都だ。都心からは千二百五十キロ離れている。東京から北は知床《しれとこ》、南は奄美《あまみ》諸島と同等の距離だ。黄血島から最も近い島は小笠原諸島の母島《ははじま》だが、それでも百キロ離れている。まさに絶海の孤島だ。

島全体が活火山で、いまでも日々隆起を続けている。黄色い硫黄《いおう》が血を流すように島のあちこちから流れ出ているから、黄血島と名付けられたらしい。

「いま黄血島は、自衛隊管理になっているのよね。一般の人は上陸できない」

「ああ。住民もいないが、数百人の自衛隊員が常駐している」

自衛隊の航空基地が黄血島にある。米軍が夜間飛行訓練場としても使用している。米軍兵士も合わせると五百人近くが滞在するときもあるらしい。

「知っていると思うが、黄血島は太平洋戦争の激戦地だった。戦没者の遺骨の収集事業は現在も行われている」

二〇二〇年の夏以降は中断しているらしい。

「黄血島沖の海中に灰人がいるからね」

「民間人を巻き込むわけにはいかない。だが遺族はみな高齢だ。何年も遺骨収集事業を先延ばしにはできない」

黄血島は鎮魂の島でもある。本土に米軍を上陸させまいと戦った英霊が眠る。政府も自衛隊も、ゾンビなど絶対に上陸させたくないだろう。

一刻も早く、クイーン・マム号を引き揚げ、生き残りの灰人を始末する必要がある。

「俺たちの手で始末をつけねばならないが、ただ引き揚げて始末するという単純な話ではない。家族の意向もあるし、なにせ未知の感染症だ。研究者の探求心にも火をつけている」

由羽の脳裏に、ひとりの研究者の顔が浮かぶ。村上《むらかみ》と言ったか。国立感染症研究所の職員で、早くからHSCCウイルスの研究に没頭していた。クイーン・マム号にも、感染者の経過観察のため、乗船していた。あのパニックの夜、紫色のスウェットを着て右往左往していた。

「あの紫パジャマの研究者？」

「村上はまだまともな方だ。米軍直属の研究機関がいろいろと言ってきている」

なるほどな、と由羽は頷いた。

「もともとのウイルスは、彼らが奪ったものだったしね」

米軍側には、感染者を引き取る権利がある。

「エリア51にでも連れて行くのかしらね」

ネバダ州の砂漠のど真ん中にある米空軍の試験訓練場内の一地区だ。宇宙人やＵＦＯの秘密の研究がされているという噂をよく聞く。周辺に住民はいないし、ＨＳＣＣの感染症研究には適しているかもしれない。

「この灰人の個人が特定できたこともネックになっている」

来栖が映像の中の灰人を指さす。短髪の男性で由羽と同年代くらいか。

「警視庁捜査一課、特殊犯捜査係の隊員だった。工藤晴明警部補。米軍はこの灰人のことを、リックと呼んでいる」

ＬＩＣＫ、と来栖がアルファベットで書いた。

「Lucky Inspector, Kudo の頭文字等を取ったニックネームだ」

「ラッキーインスペクター工藤、ねえ……」

ゾンビとして生き残ったことは、工藤本人にとってラッキー、幸運だったのだろうか。

「リックは今年で三十六歳。妻と小学生の息子が二人いる」

青戸の官舎で『工藤』の表札が出ていたのを思い出す。上月の部下だった人だろう。

「家族には知らせたの？」

来栖は重く頷いた。

「生きているのなら、治療してほしいと言っている」

「現実を知らないから、そう言うわよね」

「だから現実を伝えた。映像も見せた」

妻の方は迷い出したらしい。当然だろう。

「引き揚げたら即射殺した方が、本人のためにもいいような気がする。研究対象として米軍に引き渡すなんて人体実験のマウスとして差し出すようなもんでしょう」

「ご家族は、工藤警部補本人に会ってから決断したいと言っている」

「会う……」

簡単な話ではない。無防備な妻子と、危険な灰人を対面させる場を設けるのは、相当に骨が折れることだ。だが由羽は、家族の意向にあらがえない。来栖も説得しきれなかったのだろう。

「リック引き揚げ後の処遇は、家族が決めることになった」

国立感染症研究所のBSL-4施設で治療をするか。研究対象とするため、米軍に引き渡すか。その場で殺害するか。

「殺害するとして、誰がやるの？」

「我々だ」

来栖がファイルをめくり、書類を何枚か出した。

「引き揚げ現場には〝リック警護隊〟が立ち会うことになっている」

クイーン・マム号事件で生き残った第一次感染捜査隊の中から、十二人が選抜され結成されたらしい。リストを見せられた。隊長はやはり、来栖だ。海上保安官ばかりで警察官はいなかった。

「なぜ私に声をかけてくれなかったの」

「足が不自由だ。万が一のとき走って逃げられない。足手まといだ」

納得はできる。

「それじゃ、昨日、警視庁のエレベーターで乗り合わせたのは？」

「ただの偶然だ」

「私を誘いに来たわけじゃなかったのね」

来栖は頷く。

「QM号引き揚げのリーダーであるサルベージマスターが命を狙われている。彼に万が一のことがあったら、引き揚げ計画は仕切り直しになる。いま彼は政府要人並みの警護が必要だ」

黄血島は住所的には東京都だから、警視庁の管轄となる。警視庁のSPに応援を要請しに来ていたようだ。

「偶然私の知るところとなったから、ということなんでしょうけど、私を連れてきてよかったの」

由羽の足は不自由なままだ。

「足手まといの私をリック警護隊に入れてくれたのはなぜ」

「知った以上は来るべきだろう。あんたには、その責任がある」

来栖は決して、由羽を断罪しているのではなかった。

「生きた灰人が残っている船を引き揚げるプロジェクトがある。それに俺も参加するとわかっていて、陸にあんただけ残るのは、死ぬほど辛《つら》いだろうと察した」

「ありがとう。来栖さんの一存で私を入れて大丈夫なの？」

「隊長だ。リック警護隊の全権を担っている」

「ずいぶん偉くなったのね」

嫌味ではなく、ただ不思議に思った。

「乱暴な言い方をするが、警視庁が俺に逆らえると思うか？」

来栖らしくない、王様のような言い草だ。

「訓令13号の遵守を現場に求めた警視庁は、百名派遣して九十七名を死なせた」

来栖は、訓令13号の破棄を上層部にも現場にも求めていた。隊長だった来栖の指示を無視したから、生き残り三名という悲惨な結末に繋がった。警視庁もそう認識している。だから、今回のリック警護隊について、警視庁側は来栖の言いなりのようだ。由羽を使うも使わないも、来栖の自由ということか。

サルベージマスター、東辺の襲撃事件の捜査に圧力をかけた理由がよくわからない。

「犯人が野放しになるけど、いいの」

「犯人は恐らくもう国内にはいない」

来栖はノートパソコンを再び立ち上げ、何枚かの航空画像を示した。黄血島の北西部の一部が画像に収まっている。画像の殆どが青い海だった。

「空自の輸送機から撮影された、一昨日の画像だ」

島の北側に、船が何隻もいる。

「これは日本の船団だ。真ん中にいるのが、引き揚げ準備をしている潜水支援船、それから日出サルベージの司令船、周囲を三重に取り囲んでいる計二十隻の船は海保の巡視船だ」

よく見ると、更にその周りに、五、六隻の大型船が見える。海保の巡視船より一回り大きい。

「この大きな船は？」

「海上自衛隊と米海軍の護衛艦だ」

来栖は、黄血島の西側の海岸沖に固まる無数の船団を指さした。

「ここに寄り集まっている大小様々の船は、全て中国船籍だ。ツボ岩《いわ》沖、五キロの地点に固まっている」

ツボ岩は、黄血島の西海岸のほぼ中央にある、海に突き出た地域だ。

「なにしに来ているの。ここは日本の領海じゃないの？」

沿岸から五キロなど、領海侵犯ではないのか。

「領海であっても、無害通航権が国際法で認められている」

たとえ他国の沿岸、領海内であっても、通行証も許可証もいらない。どこの国籍の船でも通過できる。ただし、他国の領海内の資源——例えば魚などを獲《と》ってはいけないし、海底油田なども勝手に採掘してはならない。調査等も禁止されている。

「入ってはいけない、通ってはいけないという法律はないんだ」

だが、ただちに通航することが要求される。つまり停船するなということだ。由羽は航空画像を指さした。

「航跡が写ってない。停船しているように見えるけど」

「ああ。停船して居座っている。海保の巡視船が警告しているが、通航中であるとしれっと主張して領海を出る。数日で戻ってきてまたこの周辺に居座る。その繰り返しだ」

「目的はなんなの」

「リックだろう」

由羽は背筋がぞっとする。

「米軍がリックの身柄を引き取るかもしれないという情報を得ているんだ。非公式に強い懸念を表している。なにせゾンビウイルスだ。陸に蔓延すれば一日で国は亡びる。最強の生物兵器になりうる」

中国側に言わせれば、米国による生物兵器転用を阻止するために見張っている、ということか。一方で、中国側はこうも主張しているらしい。

「ＨＳＣＣのもとになっているウイルスは、中国の研究所で作られて米国に奪われたものだから返却せよ、という話だ」

由羽は細かく頷いた。

「やはり、あのウイルスは中国が作ったものなのね。民族紛争を抱えた国家としか来栖さんは言っていなかったけど」

「実は、ロシアも同じ主張をしている」

「え？」

来栖は再び自衛隊機が撮影した航空写真を見せる。黄血島の東海上五キロの地点に、別の船団がいた。

「これはロシアの船だ。日本の領海内だが、中国と全く同じ主張をして、沖に居座っている」

ロシアまでも引き揚げ現場を見張っているというのか。

「ロシアもまた、あのウイルスは自国で作ったものだと言っているの？」

「ああ。ロシアの研究所で作られたものを、米軍の特殊部隊が奪ったと」

こんなきな臭い状況下で、東辺の襲撃事件が起こったのか……。

「結局、あのウイルスはどこの国が作ったものなの？」

「米国は明言していない。我々も知らない」

「東辺襲撃事件は、リックの引き揚げを邪魔したい第三国の仕業と来栖さんは見ているのね」

犯人がかぶっていた目出し帽の下は中国人か、ロシア人か。

「お宅の公安部だけでなく、公安調査庁が手にした情報が、内閣情報調査室にも上がってきている」

中国の工作機関と推定される中国語学校の関係者たち、在日ロシア人ビジネスマン――

彼らの動きが年明けから非常に活発になっているらしい。

東辺襲撃が隣国の工作員の仕業なら、もう犯人は国内にはいないだろう。警告だったのかもしれない。東辺は来週にも退院して黄血島に戻ってくるという。

「引き揚げ作業が始まったら、黄血島海域は日米中露の船で一触即発になる」

来栖が強く由羽を見据えた。

「だからこそ、政府はリック警護隊を発足させる必要に迫られた」

引き揚げ後、リックを生かすにしても殺すにしても、リックの身柄を死守する警護隊が必要ということだろう。

来栖は五枚の書類を出した。ペンを突き出す。

「リック警護隊に入隊する上での、いくつかの確認書類だ。内容をよく読んで、サインしてくれ」

「訓令13号みたいなやつだったら、サインしないわよ」

「今回は逆だ。万が一のときはリックを即座に射殺する。射殺したところで罪には問わないとする文書だ」

つまり、リック殺しのライセンス、というわけだ。由羽はサインした。

黄血島到着まで、暇だった。
来栖は海上保安官として船務を手伝っているようだが、由羽はなにもできない。昼間は甲板に出て外の景色を眺めたが、遠くに伊豆《いず》諸島の島影が見える程度で、あとはひたすら海で飽きた。
スマホも一切電波が入らない。こんなことなら雑誌でも買ってくれればよかった。するこ
とがないとぼやくと、来栖が黄血島のパンフレットを貸してくれた。自衛隊が発行してい
る隊員向けのものだった。余暇のおすすめが面白かった。ゴルフやテニス、水泳ができる
設備があるようだが、他にも『天体観測』『ホエールウォッチング』と記されている。南
国らしい。笑ってしまったのは『果物採取』だった。
ノック音がした。来栖が顔を出す。
「ちょうどいいところに来た。この果物採取ってなに」
由羽はパンフレットを指さしながら、ベッドから降りた。
「後でいいか。あんたに会わせたい人がいる」
来栖が脇に除《よ》ける。背後に母と二人の小学生くらいの男児二人が立っていた。
「工藤警部補のご家族だ」
母親が深々と頭を下げた。

「生前は――と言っていいのかわからないですが、とにかく、工藤がお世話になりました。妻の千夏《ちか》です」

千夏に促され、少年が立て続けに自己紹介する。

「工藤晴翔です」

「明翔です」

兄の方は阪神タイガースのキャップをかぶっていた。小学校五年生と一年生だという。晴明という父親の名前をそれぞれもらった息子たちを見て、由羽は心を揺さぶられる。

「同じ船に乗っていらしたんですね」

「ええ。警視庁の方も乗船してらっしゃると聞いて、ご挨拶したくて」

工藤警部補は特殊犯捜査係にいたという。由羽は思わず前のめりになった。

「そうだったんですね。実は私も昔、特殊犯捜査係にいたことがあるんです」

「えっ、そうだったんですか」

「上月さんの部下だったんです」

「上月さんの……」

母親の表情が微妙に歪む。上月一家とは官舎がお隣同士のはずだ。青戸の官舎で表札を見た。麻衣のことをよく知っているだろう。

由羽は来栖に頼んだ。

「少し話がしたいんだけど、場所はある？」

工藤警部補の妻と、二人きりで話がしたかった。


第一公室という、幹部乗組員向けの食堂に入った。工藤警部補の子供たちは、隅の方で固まり、ゲームをしていた。「電波が入らないから先へ進めない」「Ｗｉ－Ｆｉのパスワードを教えて」と、来栖を困らせている。

由羽は工藤警部補の妻、工藤千夏と向かい合って座る。厨房《ちゅうぼう》にいた乗組員がコーヒーを淹れてくれた。来客用だろう、カップに海上保安庁のコンパスマークが入っている。

「正直、こんな事態になるなんて思いもよらなくて、戸惑いっぱなしです。息子たちがいなかったら、心がどうなっていたか……」

千夏は席に座るなり、由羽に弱音を吐いた。初対面だが、夫と同業者であること、同じ女性であることで、本音を言いやすいのだろう。世間話のあと、クイーン・マム号沈没時の話になる。

「警視庁に集められて死亡を知らされたときは、みんな泣き崩れていました。上月さんの奥さんとは、青戸の官舎から一緒に霞が関に行ったこともあって……」

「お隣同士なら、なおさらですよね。上月さんの奥さんと工藤さんとで、お互いに支え合ってこられたんですね」

千夏は曖昧に笑った。その後も、麻衣の話になるたびに、千夏は表情が険しくなった。

「実は昔っからちょっと、上月さんの奥さんのことは……」

苦笑いで言葉を濁す。その先を知りたい。由羽はあえて曖昧に共感してみせた。

「わかります。彼女、ちょっとアレなところがありますしね……」

「そうなんです。あのマウント取り。しんどいですよね」

由羽の顔色を見ながら、小さな声で千夏は言った。由羽が悪口にノッてくれたら話すし、そうでなかったらなかったことにしたい、という意図が見えた。由羽はとりあえずニコニコして、味方のふりをした。千夏は少しずつ話し始めた。

「上月さんとうちの夫は同期なんですよ。でも上月さんは係長、警部だったでしょう。うちは警部補でしたけどまだ五級でした」

警部補には四級と五級があり、四級にならないと警部昇任試験を受けられない。狭い官舎で、妻同士の小さないざこざがあったのかもしれない。

「うちは、明翔と小春ちゃんが同い年で、お隣同士でしたし、つきあわざるを得なかったというか」

小春ちゃんというのは、上月の娘のことだろう。初めて名前を知った。

「小春ちゃんママは、二人目を欲しかったんだと思いますけど、ことあるごとに、男の子二人は地獄だとか、母親は形相が変わるとか言われました。嫉妬からなんでしょうけど」

官舎の奥様同士のいざこざは、由羽の知らない世界だ。女は難しい。

「私は夫からクイーン・マム号の内情を知らされていなかったですし、家事育児で忙しくてニュースも全然見ないので、詳しくは知らなかったんです。小春ちゃんママは情報通なところもあるので、私の様子を見てまたマウント取りですよ」

よく平気な顔をしていられるとか、鈍感だとか、ずいぶん見下した発言があったようだ。

「私だって毎晩夫とは電話をしてました。平和だよと聞いていたので、小春ちゃんママの自分だけは知っているふうの上から目線のところにうんざりしていました」

覚悟を決めていた様子だったわりに、沈没を知らされてからの麻衣は全く頼りなかったらしい。死を告げられてからは、娘の小春を放置して家事育児もままならなくなった。

「挙句の果てにコレですからね」

千夏は左手首を右手の人差し指で切る真似《まね》をした。リストカットか。

由羽が訪ねたときは長袖を着ていたので、気付かなかった。由羽に刃物を向けたのだ。自分に刃物を向けたことがあってもおかしくない。

「その後はネグレクトですね。保育園が気付いて通報したようです」

いま、小春は施設に預けられているという。

「水色のランドセルがあったような気がしたんですが」

気の毒そうに千夏が首を横に振る。

「自分がネグレクトをしていることも、娘が施設に預けられていることも、小春ちゃんママは理解できていないんですよ。だから新しく買っちゃったみたいですね。私も隣人としてどうしたものかと悩んでいます」

麻衣は由羽が認識していた以上に、心の状態が悪い。

第一次感染捜査隊の家族が、警視庁の道場に集められたときの話になる。

沈没の速報は午前六時、警視庁本部に来るようにと家族に電話がかかってきたのはその直後だったという。全く情報がなく、道場は怒号が飛び交い混沌《こんとん》としていたようだ。

「第一次感染捜査隊の生存者リストが届いたのが、道場に到着してから一時間も待たされてからでした。しかも、警視庁側の生き残りは三名、って……」

由羽は胸が塞がっていく。由羽の名前が読み上げられたはずだ。それは大多数の警察官家族の希望を打ち砕く名前だったに違いない。

由羽は無意識に、つぶやいていた。

「生き残ってしまって、すみません……」

これまでは、あのウイルスを誕生させてしまった罪悪感しかなかった。新たな罪悪感が由羽の中でうごめき始める。


眠れないまま、朝が近づいていた。

居住区の船室に据え付けられた小さな丸い窓の外が、明るくなってくる。ふいにスマホが鳴ったので、驚く。

ずっと圏外だったのに、電波がかろうじて入っている。メールが一気に十通近く届いた。殆どが立岡からだった。弟の謙介から一通だけ届いていた。昨夜、由羽の官舎に立ち寄ったらしい。

『留守？　おいしいたいやき買ってきたのに。一人で食う』

姉の出港を知らない。呑気《のんき》な内容だった。

『くやしー、食べたかった！　また今度買ってきて』

調子を合わせて返信した。なかなか送信済みにならない。圏外になってしまった。

由羽はスマホを天井にかざしたり、振ったりしながら、居室を出た。電波を求めて甲板まで上がる。南方沖とはいえ、まだ二月だ。朝晩は冷える。ジャージのファスナーを首元までキュッと閉めた。

まだ太陽はかけらも見えないが、水平線がオレンジ色に染まっている。薄紫色の空に星が瞬いていた。進行方向左手、東側に、緑色の島が見えた。船は島から遠ざかっているようだ。

「あれは母島です」

後方から突然、話しかけられた。上下ジャージ姿の見知らぬ男性だった。煙草《たばこ》を吸っている。

「失礼。リック警護隊の野中《のなか》副隊長です」

顔に見覚えがある。海保の特殊警備隊ＳＳＴの隊員だろう。第一次感染捜査隊の隊員としてクイーン・マム号に乗っていた。いまはリック警護隊のナンバー2か。

野中は紫煙に目を細め、備え付けの吸殻入れに煙草を落とした。

「あれが母島なら、黄血島まであと一息ですね」

「ええ。昼前には到着すると思います」

「さっきスマホの電波が一時的に入ったのは、母島に近づいたから？」

「あ、天城さんもスマホの電波を求めて外に出てきちゃったんですね」

野中は妻からのメッセージが途切れてしまい、出てきたようだ。

「QM号のときは大変だったでしょう。陸に家族を残して……」

野中の表情が少し強張《こわば》る。

「自分は生き残った側ですからね。妻は官舎でしばらく肩身の狭い思いをしていたようです」

生き残ったら、肩身が狭い――。

「警視庁は沈没の一報を受けて、家族を道場に集めて説明会を開いていたみたいです。海保はどうやって家族に知らせたんですか」

「うちは家族が全国に散らばっていますから、一か所に集めて説明ということはできません。各海上保安部で、隊ごとに家族を集めて説明したと聞きましたよ」

「じゃ、SSTも？」

「うちは特殊な部署だった上に秘匿事項も多かったので、家族は霞が関に集められたみたいです」

「家族は知っていたんですか？　ご主人が特殊部隊にいること」

「昔は家族にも秘匿にするよう命令されていましたが、いまそれはないです。子供には教えませんが、配偶者には伝えます」

「そうなんですね。じゃ、野中さんの奥さんは慌てて大阪から霞が関に？」

ＳＳＴの拠点は大阪にあると聞いた。

「ええ。不安でいっぱいだったみたいですけど、本庁で来栖さんの奥さんと一緒になって、なんとか冷静でいられたそうです」

来栖の妻。どういう人なのだろう。

「隊長の妻だものね。しっかりした奥さんなんでしょうね」

「覚悟は決めていたみたいです。生きて帰るつもりはないと、来栖隊長は離婚届を置いて家を出たらしいので。奥さんは離婚届を破り捨てて、腹を括《くく》って待っていたようですけど」

それが、生存者リストの筆頭に夫の名前があった——。

「奥さんは嬉しかったでしょうが、他の隊員の手前、その場で土下座したと聞きました」

由羽の脳裏に、『良妻賢母』の文字が浮かぶ。名前も、子供がいるのかも知らないが、あれほどの能力を持った男の妻なのだから、素晴らしい女性に違いない。

「来栖さん、逮捕は取り消しになって懲戒免職もなくなったのに、一旦退職してるんですよ」

やはりそうだったか……。

「すぐに海保にも、内調にも戻ったわけではないのね」

「奥さんのためというのもあったと思いますよ。あのまま官舎に住み続けるのは辛かったでしょうから。リックの件が判明して復帰しましたけど、官舎には戻らずに素敵なマンションを買っ――」

おい、と背後から咎《とが》めるような声が飛んできた。来栖が立っている。野中は「やべ」と小さく言い、敬礼して立ち去った。来栖はそれ以上野中に何も言わなかったが、目が怒っている。

「人のプライベートをぺらぺらしゃべるな、ってところ？」

由羽の質問に来栖は答えなかった。

「早起きね」

「あんたもな」

「スマホの電波が一瞬入ったでしょ。来栖さんも奥さんとやり取りしに来たの？」

来栖は顎で東の空をさしただけだった。朝日を見に来たようだ。

甲板に座り、ぼんやりと水平線を見ている。由羽もその隣にしゃがんだ。

「QM号が沈没した日に二人で一緒に見た朝日、覚えてる？」

「忘れない」

来栖は即答した。

「きれいだったよね。燃えるようだった。きれいなんだけど、抉《えぐ》られるっていうか」

そういうふうに見えたのは……。

「達成感から、なんだろうね。灰人を殲滅し船を沈めた。本土を守った。私は自殺しようとした来栖さんを連れ戻すことに成功した。満足感でいっぱいだった。だからきれいに見えたんだよね」

来栖は黙っている。

「そのころ、陸に残された家族たちがどれほどの思いをしていたのかなんて、これっぽっちも知らず」

由羽は、甲板についた来栖の左手を見た。

「結婚指輪、しないの？」

「船に乗るときは外す」

「へえ……」

「どうでもいいくせに。なんで訊く」

「いや……よく結婚なんかするなぁ、って」

言いながら由羽はクスクス笑ってしまった。

「奥さんと結婚しようと思った決め手はなんだったの」

「忘れた」

「結婚はそんなに前？　来栖さんまだ三十六歳でしょ」

「海上保安官は結婚が早い。警官もだろ？」

「それ、行き遅れの女性刑事の前で言っちゃいけないやつ」

「なにが行き遅れだ。結婚するつもりなんかないくせに」

「よくご存じで」

「いま自分で言った。よく結婚なんかする、と」

太陽が水平線から顔を出した。ほんのひとかけらなのに、空との境界線を燃やすようにめらめらと輝く。

「母が幸せそうにしているのを見たことが一度もないから」

由羽の母は朝になって目が覚めると、最初に必ず、ため息をついていた。

「長いため息をついてから、布団を出るの。四時に起きて洗濯して干して。子供たちの朝ご飯を作って、自分の弁当を作って」

夕方、由羽と謙介が学校から帰ってしばらくすると、ため息をつきながら帰ってきて、夕食を作る。夕食を食べながら、学校からのプリントを確認して、集金袋が回ってくるたびに、またため息をつく。

「言うことを聞かない子供たちにため息、宿題をやらせて、マル付けをするときもまたため息。食器くらい片付けなさいとため息をつきながら、夜勤のアルバイトに行く」

子供ながらに思っていた。お母さんの人生は楽しくなさそうだと。

「それでたったの三十八歳で死んじゃったの」

由羽はあと数年で、母の享年に追いつく。考えると心がざわついた。

「結婚なんかしなかったら、いまでも元気だったんじゃないかと思うよ。たまに父が帰宅してきたけど、喧嘩をしているところしか見たことないし」

「お母さんは、病気かなにかだったのか」

「子宮体ガン。あっという間だった。みるみるやせ細ってね。最後は体重が三十キロ切りかけていた。三十八歳なのに、老婆みたいだった」

由羽が十八歳、高校三年生のときのことだ。

「そりゃガンにもなるよね。四六時中ため息をつく人生で、疲れ切ってた。学生時代の写真を見ると、笑顔で溢れている。結婚は女を不幸にするもんだと母の背中を見て学んだ」

「お母さんは、ずいぶん早くにあんたを産んだんだな」

「二十歳のときに、バイク乗り回して遊び散らかしていた無責任な男に孕《はら》ませられたのよ」

船内の扉が開いて、子供が二人、飛び出してきた。

「こら走らないで。危ないよ」

千夏も出てくる。子供たちはゲーム機やスマホを空にかざしている。一時的にスマホの電波が入ったので、甲板に上がってきたのだろう。

「えー。だめだ。やっぱり圏外だ」

晴翔がため息をつく。明翔もゲーム機の画面を凝視して、Ｗｉ－Ｆｉのポイントがどうの、と母親にねだっている。千夏が子供たちを叱りながら、由羽と来栖に会釈した。

「すみません。この子たちはスマホ命、ゲーム命で……」

「黄血島に到着すれば、ドコモの電波は入りますよ」

来栖の言葉に子供たちの表情がきらりと光った。千夏が息子たちの前にしゃがみこみ、強く言い聞かせる。

「いい？　パパが何度も言っていたでしょ。ゲームばっかりしてちゃダメって。もうすぐパパのいるところに到着するのよ。約束を守らないと、パパは会いたくないって言うよ」

息子たちの表情が揃って悲しげに曇る。

「黄血島に着いても、電波のことばかり言わないの。兵隊さんにパスワードを教えてなんて言っちゃダメだからね。人に迷惑をかけちゃダメってパパも言っていたでしょ」

「わかったよ。僕、もう言わないよ。スマホも電源切っておく」

明翔が言った。

「晴翔は朝練したの？　素振り百回」

晴翔が、「やべ」と舌を出した。

「もう。ちゃんとして。パパとの約束でしょ」

三人は船内に戻っていった。由羽は不安になる。

「本当にあの子たちと、ゾンビになった父親を対面させるの」

「本人たちがそれを望んでいるんだから、仕方ない。現在の映像も見せている」

洗濯乾燥機の中でよだれを垂らしながら扉を叩くあの姿を、見せたのか。

「奥さんだけじゃなくて、子供たちにも？」

「ああ。それでもあの子たちは会いたいと言った。顎にあるほくろや、富士額《ふじびたい》の生え際をさして、パパが生きていると喜んでいた」

政府は引き揚げ後、リモートでの面会を勧めたらしいが、家族は納得しなかった。

「特に長男が頑《かたく》なだ。直接声をかけたら症状がよくなると思っているのかもしれない。野球の話をたくさんするんだと、阪神タイガースのグッズを大量に持ってきている」

「よくなる可能性はあるの？」

「ない」

来栖は断言した。クイーン・マム号では、感染した娘を助け出そうとして、食われた母親がいた。一度感染してしまうと意識は混濁し、思考は犬か猫並みにまで落ちる。誰かの声かけに反応したり、感染前のことを思い出したりするそぶりを見せた灰人はいない。飼い主を識別できる犬猫の方がまだ知能があるか。

「工藤警部補はいいお父さんだったんでしょうね。ゾンビになってもお父さんを好きでいられるなんて、幸せだと思う」

気が付けば、太陽が完全に水平線から出ていた。来栖が無言で立ち上がった。

「見えてきた」

由羽は海の彼方へ目を凝らす。

黄血島だ。

全体的に平べったい島だった。南側に山がぽっこりと海面から出ている。親鳴山だろう。北側にも丘のような起伏があるが、親鳴山よりもずっと標高は低い。あれは子鳴山《こなきやま》というらしい。

「へえ。親鳴、子鳴。親子揃って号泣ってこと？」

「ちゃんと由来がある」

知っているか、と目で問われる。由羽は首を横に振った。

「小笠原諸島は家族が揃っているだろう。父島《ちちじま》、母島――」

「そうだったね。姉島《あねじま》とか兄島《あにじま》、弟島《おとうとじま》に妹島《いもうとじま》もあるんだっけ」

「だがこの島は周辺に一切島がない。黄血島だけが、ひとりぼっちだ」

だから親が恋しい、子が恋しいと鳴くのか。

三万人の日米の兵士が命を落とした島でもある。その北側一キロ地点には、千に迫る死を抱き海底に沈むクイーン・マム号がいる。

島のあちこちから硫黄の噴煙が上がっていた。仏壇の線香の煙のようだ。

第三章　黄血島

黄血島全体にかかるのは雲か、靄《もや》か、霧か。島に迫れば迫るほど、ベールを何重にもまとうように濃くなり、島の全容がわからなくなっていく。

黄血島は、大型船が発着できる大規模な桟橋がない。島全体が活火山でもあり、一年間に一メートルも隆起する場所もある。毎年のように海岸線が変わるので、埋め立てることができないのだ。大型船は沖で錨泊《びょうはく》し、小型船に乗り換えて上陸するしかない。島の西海岸に、小型船の発着場がある。

由羽たちは長さ八メートルくらいの小型搭載艇で上陸することになった。すでに来栖や工藤一家が乗船しベンチに座っている。由羽も乗り込んだ。搭載艇がクレーンで持ち上げられ、海面に下ろされる。

まだ小一だという明翔は、「遊園地みたい！」とはしゃぎ始めた。晴翔のリュックには野球のバットが突き出ていて、グローブが引っ掛けてあった。

「阪神ファンなんだね」

由羽が話しかけると、晴翔はうれしそうに頷いた。

「六甲おろしは歌える？　聞かせてよー」

「無理」

すげなく断られてしまった。学校の話をしてみる。

「まあ楽しいけど、担任はうざい」

「どんな先生なの」

「女。口うるさくて、自分のことをおもしろいと思っているところがむかつく」

訊くと倍以上の答えが返ってくる。利発な子だ。

来栖が銀色の長い棒を持って、搭載艇の後ろに立った。船を押したり、漂流物を引っかけて回収するのに使う、ボートフックだろう。彼が棒を持って立っていると、戦闘態勢のように見える。

搭載艇が着水した。クレーンのドッキング部分が解除され、エンジンがかかる。来栖が巡視船あきつしまの船体をボートフックで押した。小舟は一気にスピードを上げて黄血島に向かう。

青い海を滑り、ぐんぐんと海岸線が近づいてくる。海の色が、紺碧《こんぺき》から青へ、そして青から水色へ――楽園らしい色へと変わっていく。透明度が高く、サンゴ礁や魚の群れがよく見えた。
晴翔が遠慮がちに海面に手を伸ばし、水に触れた。
この先に父のいる船が沈んでいる。父親を、感じているのだろうか。
来栖は搭載艇の船尾部に立っている。双眼鏡で南西側の海をじっと観察していた。目視
では見えないが、中国の船団がいる付近だ。その動向を気にしているのだろう。
由羽はジーンズのポケットにねじ込んでいた黄血島の地図を広げた。西海岸はトビ浜《はま》と
も呼ばれている。この沖にトビウオの豊かな漁場があるらしい。黒い砂浜は、岬のように
突き出たツボ岩付近まで広がる。沈船がいくつも並んでいた。黄血島を占領した米軍が桟
橋を作ろうとして沈めた廃船だ。結局うまくいかず、沈船だけが放置された。ここ二十年
ほどで海岸線が隆起して、沈船は海面から姿を現した。かつてはツボ岩も海の向こうにあ
ったらしい。
「米軍が一斉に上陸した海岸は、あそこ？」
晴翔が身を乗り出し、トビ浜を指さした。搭載艇を操舵《そうだ》していた乗組員が、驚いている。
「太平洋戦争の話かい」
「米軍が上陸したのは、トビ浜とは反対の大根ヶ浜《おおねがはま》だ」

来栖が説明した。晴翔は眩《まぶ》しそうに目を細める。

「そうなんだ。砂浜は本当に真っ黒だね」

溶岩の砂礫《されき》で黒いのだろう。来栖はほかにも、硫黄が噴き出る枯葉《かれは》地獄、掘れば掘るほど地面が熱くなる黄血が丘の話をしていた。

誰もいない真っ黒なビーチが目前だ。錆びついて黒ずんだ沈船が転がる。沈船群を右手に見ながら、小型艇が着岸できる小さな桟橋に到着した。

温泉地のような強い硫黄のにおいがプンと鼻をついた。来栖と乗組員が先に下りて、工藤一家の下船を手伝う。由羽はスーツケースを砂浜に投げた。搭載艇の縁に足をかけ、黄血島に上陸する。

砂浜に降り立ち、島を改めて見据える。

黒い砂浜の先に、弱々しいジャングルが広がる。二月のいま黄血島は乾季だ。植物は退色し、みずみずしさがない。枯れているものも見えた。根をタコの足みたいに分岐させて生えているタコノキや、背の高いヤシの木も見える。南国らしさはあるが、放置されたままの沈船が強烈な存在感を放っている。船体についた錆が血を引いたように見えた。

小さな桟橋と繋がる一本道から、白い軽ワゴンがやってきた。迎えの車のようだ。青いつなぎ姿に自衛隊のキャップをかぶった男性が二人、車から降りてきた。

「海上自衛隊、黄血島航空基地隊の棚橋《たなはし》海曹長です」

棚橋は中堅どころの隊員といった雰囲気だった。もう一人は、まだ若い。

「同じく、村内《むらうち》三等海曹です。みなさんを宿舎までご案内いたします」

黄血島にはホテルや旅館はない。宿泊施設は二つ——自衛隊管理の宿舎か、東京都が管理する宿泊施設だ。親鳴山近くにあるらしいが、黄血島で戦死した遺族や元住民、遺骨収集事業関係者しか宿泊はできない。

車に乗り込む。三列シートの一番後ろに工藤一家が、由羽と来栖は真ん中のシートに座った。車がコンクリート舗装された道路を進む。

「お二人は黄血島航空基地隊として、長いんですか？」

由羽は前の二人に尋ねた。

「我々も海保のみなさんと同様、しょっちゅう異動がありますから。村内は去年の秋から、私は一昨年の春からです」

棚橋海曹長が答えた。

「それにしても、海上自衛隊なのに航空隊があるんですね。航空自衛隊もあるのに」

村内がクスッと笑った。棚橋も肩をすくめ、バックミラー越しに由羽に言った。

「自衛隊は組織が複雑ですよね。細かく任務や担当が分かれているわけですが、一般の人に、海自の航空隊と航空自衛隊の違いをひとことで説明するのは難しいです」

「そもそも、海上自衛隊と海上保安庁の違いも私には……」

後部座席の千夏が、苦笑いした。来栖が説明する。

「海保は海の警察、消防です。自衛隊のような防衛任務も多少はありますが、警備という側面が強いです。どちらかというと警察組織に近いですよ」

由羽は腰を曲げ、後ろの千夏に言う。

「ま、警視庁もよく言われますからね。警察庁と警視庁の違いがわからないって」

「わかります。私の田舎の親戚なんか、うちの夫が国家公務員だと勘違いしていますから」

「名前が紛らわしいですよね。埼玉県警本部とか神奈川県警本部みたいに、東京都警察本部でいいのに」

「どの公安組織も、いろいろありますな」

棚橋が笑った途端、車体が縦に揺れ、由羽は天井に頭を強打する。地雷でも踏んでしまったかと思ったが、隆起部分を乗り越えたようだ。振り返ると、コンクリートの地面が割れて大きく膨れ上がっていた。

後ろの子供たちも騒いでいる。前の自衛隊員二人はびくともしない。来栖は、頭頂部をしこたま打った由羽を冷めた顔で見ていた。棚橋海曹長が振り返る。

「道が悪くてすみません。一年に一メートル以上隆起する場所もあるもんで、どれだけ舗装し直してもすぐボコボコになっちゃうんですよ」

直線の道路を五分ほど走る。管制塔が見えてきた。木々の隙間から、滑走路も見えてくる。その向こうに、学校の校舎のようなベージュ色の建物がずらりと並んでいる。あれが宿舎だろう。

「こうして走ってみると、意外と黄血島って広いんですね」

千夏の感想に、棚橋海曹長が答える。

「面積は東京都北区と同じくらいと言われています」

東京二十三区の中で、北区は広さも人口も中規模だが、それでも三十五万人が住む。赤《あか》羽《ばね》などの繁華街を抱える広さがある。

「黄血島は東西に四キロ、南北に八キロのトランプのダイヤの形をしています。歩いて観光すると一日仕事になりますから、どこかへ出かけたいときは我々にお声かけくださいね」

棚橋海曹長はいい人そうだ。鉄条網の扉を二つ抜けて、基地内に入る。一号棟の看板の出た三階建ての建物の前で、二人組の作業服姿の自衛隊員が待ち構えていた。工藤一家の世話係らしい。一家はここで車を降りた。

「リック警護隊の宿舎は八号棟です。もうちょっと先ですので」

棚橋海曹長が言った。礼を言うと、二人の自衛官はひどく謙遜する。

「またしてもクイーン・マム号に関わることになるリック警護隊のみなさんには、頭が下がります」

工藤一家が降りたからだろう、棚橋は工藤警部補――自衛隊や米軍の間で〝ラッキーインスペクタークドウ〟と呼ばれるリックの話題に触れた。

「なにせ、ゾンビですからね」

かつて由羽は感染者をそういうふうに表現することが嫌だったが、いまはなんとも思わない。

「演習にやってくる米兵に言われるんです。なぜクイーン・マム号の件をコーストガードやポリスに任せっぱなしなのかと」

日本は軍隊を持たないとしているのでアーミーは存在しない。自衛隊は海外でセルフ・ディフェンス・フォースと呼ばれるが、アーミーではないと捉える外国人はいないだろう。

「無責任なこと言ってくれますよね。軍隊を持たないという憲法を米国が日本に押し付けておいて、朝鮮戦争が始まれば、自衛隊という憲法上グレーゾーンの兵力を持てというし。

法律でガチガチに縛られた存在にしたのは、米国でしょうに」

「我々もあのとき、どれだけ手を貸したかったか――」

黙ってハンドルを握っていた村内三等海曹が、初めて口を開いた。

「自分は当時、岩国《いわくに》の基地に配属されていまして、US-2に乗っていたんです」

US-2機は救難専用の飛行艇だと来栖が説明してくれた。航空機だが、着水して海を航行することも可能らしい。

「一年半前、QM号の後方支援にあたっていた護衛艦まやから、一時間後に海保が沈没させるという極秘の計画を知らされ、US-2機も出動することになったんです」

沈没後に取り残されたり、流されたりする灰人がいないか、くまなく捜すためだったようだ。

「海底に沈むと見つけるのが困難です。万が一、灰人を発見したときは、US-2機を着水させて大至急回収し、海保に引き渡す、という命令が出ていました」

棚橋がため息をつく。

「海外なら、軍のヘリが出て、上空からパンパンと撃っちゃえばいいんだろうけどね」

国会が防衛出動を認めないと、自衛隊員は弾の一発も撃てない。

「私がUS-2機で黄血島上空に到達したときには、QM号が爆炎を上げて沈没しかかったところでした」

村内の無念そうな表情が、バックミラー越しに見える。

「あれに乗っている警察官と海上保安官のみなさんのことを思うと、胸が張り裂けそうでした。国防のために給与をもらい日々訓練に励んでいる我々は、なぜなにもできないのかと」

棚橋海曹長がフロントガラスを見据える。

「リックの存在が明らかになり、引き揚げを控えたいま——万が一のときに自衛隊が即応できる態勢を整えられるように、我々は市ヶ谷《いちがや》に働きかけているんですがね」

市ヶ谷とは、防衛省のことだろう。市ヶ谷に本省がある。

「結局、リック警護隊の中に自衛隊員のひとりも入れることができなかった」

「殺しのライセンスが与えられた特別な隊です」

来栖が言った。

「自衛隊員がそれを持ったと知れ渡ったら、政府にも防衛省にも強烈な逆風が吹きます」

ごもっとも、と棚橋が頷いた。いつも口数が少ない来栖が、珍しくぼやく。

「自衛隊が灰人と対決できるようになるのは、本土に感染が広がり、国民の半分が犠牲になったころでしょう」

由羽は言わずにはいられなかった。

「国民の半分が灰人になったら、一時間後には全滅するはず。三日後には、世界中に感染が広がる」

村内のハンドルを握る手に、力みが見えた。

「俺はもう、待ちませんよ」

村内の静かな闘志と覚悟が垣間見える。

「そんな状況になったら、政治家の判断も上司の判断も仰がない。国民を守るため、勝手に動きます」

自衛隊宿舎の八号棟に到着した。棚橋海曹長から、女性専用の区画がないことを謝罪される。一階の角部屋で、隣が空いている部屋を用意してくれた。来栖の部屋は三階だという。それぞれ部屋で休んだあと、昼食を食べに行くことになった。

来栖と宿舎を出て、黄血島唯一のレストランだという、黄血島食堂へ向かった。途中で自衛隊の厚生館の前を通った。四階建てで、診療所や入院施設が入っているようだ。節水の標語のようなものが書かれた立て看板があった。

黄血島は川が流れていないので、真水は貴重だ。現在は自衛隊が保有する海水を真水に変える機械で水は安定供給されているようだ。戦時中の日本兵たちは一日お椀《わん》一杯の水しか飲むことができなかった。

「深夜になると島のどこからか、水、水という声が聞こえるらしい」

来栖がさらりと怪談話を差し込む。

「ええっ。ほんと」

「出ないはずがないだろう。あんなに悲惨なことがあった島なんだ」

来栖は当たり前のことのように言った。幽霊や怪談話を信じる警察官は多い。事件事故を取り扱う仕事で、一般の人よりも『死』が身近だからだろう。海上保安官もそれは同じのようだ。

食堂の入口には、黄血島の立体地図が置かれていた。起伏がよくわかる。南の親鳴山と、北にある子鳴山、この二つを繋ぐように陸地が出来上がっていったようだ。他にもところどころ小さな丘がある。それぞれに山の名前がついていた。一般の人は上陸できない島なのに、慰霊碑や公共施設が島のあちこちに点在している。

食堂はすでに自衛隊員でいっぱいだった。演習が昨夜あったとかで、米兵の姿もある。迷彩服の人、青や黒のつなぎ姿の隊員がお盆を持って行列を作っていた。やはり女性の由羽は目立つ。米兵などはあからさまに由羽を上から下まで見た。冷やかすように口笛を鳴らす。相手にせず知らんぷりした。

昼食の後、いよいよ、クイーン・マム号の沈没地点へ向かうことになった。

先ほど上陸した桟橋へ車で向かう。海保がリック警護隊のために準備したピックアップトラックだ。アタッシェケース入りの銃器が荷台に積まれていた。来栖は束にまとめられた帯革《たいかく》を引っ張り出す。サイズの一番小さいものを由羽の腰に回したが、ブカブカだった。

「あんた、車の運転は」

「できるよ」

来栖は疑わしい目だ。

「右足首が拘縮しているのに、アクセルやブレーキを踏むことができるのか？」

「できるけど、まあ、痛いといえば痛い」

どの程度運転ができるのか来栖が確認したいというので、由羽がハンドルを握ることになった。来栖は助手席に座り、工具入れから千枚通しを出した。サイズの一番小さい帯革にベルト穴をあけている。由羽の足さばきをちらちらと見ていたが、「さほど問題はなさそうだな」と納得した。

来栖は右胸に無線機を装着していた。桟橋が近づいてくると無線が鳴る。日出サルベージから迎えのボートが待ち構えているようだ。黄血島に大型船が着岸できないこともあるが、基本、サルベージ船は作業海域から動かない。関係者は小型ボートで陸と現場を行き来する。

駐車場で、来栖が穴をあけてくれた帯革を腰に巻いた。シグを左に、ベレッタを右側に下げた。

来栖はすでに89式自動小銃を肩に担ぎ、MP5サブマシンガンを背中に背負っている。第一次感染捜査隊としてクイーン・マム号に常駐していたときと全く同じ恰好だ。そういう現場に行くのだと、由羽も覚悟を決める。

「あんた、これは撃てたか?」

89式自動小銃を渡される。

「練習で撃っただけ」

来栖は念のためと由羽に持たせた。重量が一気に増す。

小型ボートが着岸していた。『日出サルベージ』の刺繡《ししゅう》が入ったつなぎ姿の作業員が待ち構えている。乗り込みながら、由羽は来栖に尋ねる。

「そういえば、サルベージマスターの東辺さんはまだ入院したままよね」

「もう退院して動き出している」

来栖が作業員と合図しながら桟橋を蹴り、小型ボートを出す。エンジンがかかった。

「金属バットで頭を殴られてるのに、もう動き回っているの」

犯人もつかまっていない。常人離れした精神力だ。

「海外のトップ企業で世界各国の辣腕《らつわん》サルベージマスターとやり合ってきた人ですからね。バットで襲撃されたくらい、どうってことないんじゃないですか」

同じ会社の社員のはずが、日出サルベージの作業員の言い方は他人行儀だった。指摘すると、苦笑いする。

「まあ、もともとオランダにいた方ですからね。QM号引き揚げのためだけに日出サルベージに引き抜かれたようなもんで、うちに在籍しているのは一時的なんじゃないかな」

よく事情がわからない由羽に、来栖が解説した。

「QM号の引き揚げは国家事業だ。その中心人物が外国籍の会社の社員じゃ恰好がつかないから、形式的に日出サルベージが引き抜いたということだろう」

「ふうん。で、〝世界のヒガシベ〟はいま、どちらにいらっしゃるの」

「呉《くれ》の造船所にいます。もうすぐQM号専用のサルベージ船が完成するんです」

由羽は驚愕《きょうがく》する。

「専用のサルベージ船を、わざわざ造っているの」

作業員も来栖も白けている。一隻の船を引き揚げるためだけに新たにサルベージ船を造船するというのは、そんなに珍しいことではないらしい。

「引き揚げの手順に関して、詳しいことはこれからチームのサブリーダーが説明する」

指揮官である東辺の右腕的存在、ということか。来栖は否定する。

「別会社の人間だ。今回のQM号引き揚げチームのナンバー2だろう。右腕とはならない」

QM号引き揚げチームは、日本中のサルベージ、潜水会社のプロたちを寄せ集めた臨時チームだ。競合他社が一緒くたになっているのなら、軋轢《あつれき》がありそうだ。

黄血島北部を右手に見ながら、沈没地点に向けて航行する。大洞《おおほら》海岸と呼ばれる岩場が見えた。洞窟のような穴がたくさんある。

「あれは旧日本軍が作った地下壕？」

「自然の洞窟もある。どちらかは入ってみないとわからない」

荒《あれ》ノ鼻《はな》と呼ばれる、黄血島の最北端部を過ぎたところで、サルベージ船団が見えてきた。海保の巡視船が周囲を取り囲んでいる。一キロ先なので、停泊しているのか航行しているのかよくわからない。水平線に点のように見える白い船には、青いラインがある。海上保安庁の巡視船だろう。ざっと数えたがやはり二十隻いる。

更に北側に灰色の物体がぼんやりと見える。海上自衛隊の護衛艦か。海保の白い船と違い、灰色なので海の色と紛れる。もしかしたらもっといるのかもしれないが、目視ではよくわからなかった。

海保の巡視船が囲む真ん中に、白と黒の作業台船が見えてきた。全長は百メートルもないくらいの、平たくて喫水《きっすい》の浅い台船だ。サッカー場ひとつぶんくらいの大きさか。

甲板上の構造物――キャビンの色が真っ白で青い海に映えている。船体に『ＨＩＮＯＤＥ　ＳＡＬＶＡＧＥ』と大きく名前が入っていた。

「あれが我が社の作業船、友洋丸《ゆうようまる》です」

この現場の総合司令船として動いているという。

「船内には会議室やモニタールームがあり、甲板では無人水中カメラの制御を行っています。当初は飽和潜水作業もしていました」

「ＱＭ号はあの真下にいるの？」

来栖は首を横に振った。

「友洋丸の西、五百メートルの位置に別の船が見えるか？　青と白の旗と丸や菱形の形象物をぶら下げている」

どちらも、潜水士を潜らせていることを周囲に知らせるために掲げるものだ。

「あれは潜水支援船ね？」

黄色と白の船体が太陽の光に眩しい。友洋丸より小さいが、甲板に大量の機材が出ている。ケーブルが海中に延びていた。現在も民間の潜水士が潜って作業をしているのだろう。

「QM号はあの八十メートル真下です」

小型ボートが司令船、友洋丸に到着した。

甲板にはバスと同じくらいの大きさがあるコンテナがあちこちに並び、物流船みたいだった。コンテナの扉の中をちらりとのぞくと、制御盤やモニターのようなものが一面に見えた。スイッチやレバーが大量にあり、英語で説明が記されている。無人探査ロボットや、深海にダイバーを送り込む飽和潜水をバックアップする精密機器、ワイヤーやケーブルなどがいたるところに見えて、ごちゃごちゃしている。パソコンの内部に迷い込んだみたいだ。

船内から、スーツ姿の男性が出てきた。他の作業員はみな会社のつなぎ姿だ。こんな南方の海上にスーツの人間がいることを不思議に思う。ちょっと身構えた。

男が由羽に名刺を出した。海上保安官だ。

「本庁総務部危機管理課、QM号対策室、室長の保月《ほづき》と申します」

『保月芳樹《よしき》』という名前の下に、階級は記されていなかった。警視庁の名刺には役職のほかに必ず階級が入っている。海上保安官には昇任試験がなく、勝手に階級が上がっていくらしいから、警察官ほど階級を気にしないのかもしれない。由羽は階級組織に慣れきっていることもあり、相手の階級がわからないとむずがゆく感じてしまう。

保月は来栖を見て、まずため息をついた。

「驚きました。まさか本当に彼女をリック警護隊に入れるとは」

言い方にとげがある。保月は前髪に白いものが交ざり眉間の皺《しわ》も深い。来栖よりずっと年上に見えた。

「まあ、あの船で隊長をやっていた君の判断です。陸《オカ》にいた私の意見など考慮されないのでしょうが、ねぇ。女性の上に、足に後遺症があるのですよね」

「警視庁を巻き込まないのはずるい、警視庁は全て海保に丸投げだとあなたがうるさく言うからスカウトしたまでですが」

来栖が冷淡に返した。保月はどうしてか由羽に言う。

「来栖君の好き勝手にはさせませんよ。引き揚げの総責任者は私だ」

踵《きびす》を返し、船内に入っていった。

「大歓迎。うれしいわ」

由羽の嫌味に、来栖は右眉を上げる。

「海保大時代の教官だった」

海上保安大学校は、海上保安庁の幹部養成学校だ。

「逮捕術部の顧問だった。何度も制圧して恥をかかせたから、いまだに俺のことを嫌っている」

来栖は冗談のつもりはなかったのだろうが、由羽は噴き出してしまった。

総合司令船、友洋丸の船内を突き進み、『作業予備室』と札の出た部屋に入った。

長テーブルに椅子が並ぶ、小会議室のような部屋だった。保月はすでに座っている。向かいに座っていた男性二人が同時に立ち上がる。小柄な方が前に出た。

「ジャパン・サルベージ・ユナイテッドの海部《かいふ》です。現在、東辺さんの代理でプロジェクトの指揮を執っています」

名刺をもらった。サルベージ業務部長とある。目が優しげでこぢんまりとして見えるのは、隣に立つ人物が大男だからか。黄色の作業着姿の大男は顎ひげだけをちょろりと生やす。引退した伝説のプロレスラーみたいな雰囲気だ。

「瀬戸《せと》潜水社長、周防《すおう》です。お世話になってます」

周防社長から名刺はなかったが、キャップ帽を取り、由羽に腰を折る。見た目のわりに、やけに腰の低い人だった。由羽も自己紹介する。

保月が足を組んだまま、身だけを乗り出す。

「一人増えるということで、特別にチームの方々に来ていただいて、引き揚げにかかる作業手順をご説明しようかと」

いちいち嫌味っぽいが、礼は言った。

「お忙しいのにお手数をおかけして、申し訳ありません」

「いいんですよ。まあ、天城さんはある意味ＶＩＰですからね」

「ＶＩＰというのは、どういう意味でしょう」

保月は目を逸らし、答えない。由羽は他の三人を順繰りに見たが、どうしてか由羽と目を合わせようとしない。来栖までもが押し黙ったままだ。保月だけがよくしゃべる。

「私が監督責任者だということをお忘れなく。来栖君に勝手に動かれては困りますし、そちらの警視庁さんもＱＭ号のときはずいぶん好き勝手やってらっしゃったようなので、念のため」

来栖は民間の二人に促した。

「始めましょう」

張り詰めた空気のまま、ジャパン・サルベージ・ユナイテッドの海部は頷いた。

「ＱＭ号は右舷《うげん》にやや傾いた状態で、海底八十メートル地点に沈没しています」

タブレット端末の画像を見せられた。由羽は肌が粟立《あわだ》つ。

船首をもがれた沈没船が、周囲に残骸をまき散らして海底に横たわる。物なのに、死体に見えた。

例えば飛び下り自殺の死体は周囲に私物が散乱し、血溜まりができる。手足が方々に投げ出され、髪が広がる。

クイーン・マム号はまさにそんな状態だった。一部の船底は潰れてひしゃげ、横に広がる。血溜まりのようだった。舷側《げんそく》の一部と思しき金属の板や、室外機のようなもの、コード、配管などがこまごまと周辺の海底に飛び散っている。

由羽は一旦目を逸らし、深呼吸した。心を持っていかれてしまうと、冷静に引き揚げの話を聞くことができない。すぐさま質問した。

「船首部が吹き飛んでいるとはいえ、全長は二百メートルあった十四階建ての構造物ですよね」

海の中に沈んだ十四階建てのビルを引き揚げると想像してみる。

「相当に難しいことのように思えますが」

海上で重いものを吊り上げるのに活躍するのが、起重機船だ。台船にクレーンが載っているタイプが多い。橋梁を運んで設置できるし、コンテナ荷役で活躍する巨大なガントリークレーンを持ち上げることもできる。一軒家ほどあるコンクリートの塊《かたまり》を海底に沈める護岸工事でも活躍する。

「確か、国内の起重機船は最大のものでも、四千トンを持ち上げるのが限界だと聞いたことがあります。解体してから引き揚げるのですか？」

海部はもっともらしく頷いた。

「チェーンプラーを使用して船体をいくつかに解体し、ひとつずつ引き揚げるのが正攻法でしょうが、なにせゾンビ船です。おいそれと立ち入ることはできませんし、解体などもってのほかというわけです」

「では、丸ごと引き揚げるんですか」

由羽は驚いた。

「過去、横転した豪華客船を解体することなく、イタリア政府が引き揚げたことがあります。技術的には可能です」

周防がスマホの画像を由羽に見せた。大男は手も大きく、スマホがおもちゃに見えた。

「これですね。コスタ・コンコルディア号。全長二百九十メートル、十四階建て十一万トンクラスの船です。QM号より一回り大きいです」

海面に横倒しになっている豪華客船に、幾重にもワイヤーを引っ掛けている画像だった。

「イタリア政府が、豪華客船を公衆の面前で解体するのは痛ましい、ということで、そのまま引き揚げたのです」

　船を擬人化して考えているようだ。船は昔から女性の名前が付けられることが多く、ゆえに女人禁制だった時代もある。海に生きる人にとって船は生き物なのだろう。

「沈没船の引き揚げというのは毎年のように日本海域でも行われていますが、マスコミが報道することはまずありません。沈没船の船主や運航会社への配慮がありますから、我々も一切、喧伝《けんでん》はしません。むしろ箝口令を敷くこともあります」

「沈没した船を晒《さら》す行為は、船の持ち主の心を深く傷つけるということなんですね」

　一部例外はある、と来栖が言う。

「北朝鮮の工作船だ。あの引き揚げの映像や画像は広く出回った」

　船主への配慮が必要なかったというより、工作船だから、対外的なアピールもあったのだろう。

　具体的な引き揚げ方法の説明に入る。

「ざっと申し上げますと、船の底に三本のメインケーブルを通して、専用の起重機船で吊り上げます」

　どうやって十四階建てのビルほどの大きさの沈没船の船底にワイヤーを通すのか、海部が図で丁寧に説明してくれた。

「エアーリフターと呼ばれる機械で船底の真下の泥を吹き飛ばし、そこにトンネル状の筒を差し込みます。その穴にケーブルを通すのです」

次に、アイプレートと呼ばれる固定具の画像を、タブレット上で見せられた。ネジ穴のついたプレートに取っ手がついた形状だ。

「このアイプレートは、全体のバランスや重量を考え、船体の各部位に取り付けます」

直接、吊り上げ用ケーブルと繋ぐらしい。

船底をくぐらせるメインケーブルは全部で三本。船体に溶接したアイプレートと繋ぐケーブルが二十四本あり、これで持ち上げるらしい。シミュレーション画像を見せられた。アイプレートをこれだけ取り付けたとしても、重量は十一万トンだ。十四階建てのビルを持ち上げることを想像してみると、溶接したアイプレートがはがれてしまいそうな気がする。

「重量は、調査の段階ですでに算出しています。船内の構造物の状態や水の量も考えると、推定で二十万トンは超えていると思われます」

「二十万トンもあるものを、アイプレート二十四個とケーブル三本で引き揚げられるんですか」

「浮力を考慮すると、もっと軽いのです。ひとことでケーブルだのアイプレートだの言っても、恐らくは天城さんが想像しているものをはるかに超える大きさ、太さです」

来栖が助け舟を出した。

「アイプレートはあの扉の半分ぐらいの大きさだ」

出入口の扉を指さした。

「ケーブルの太さは俺の腕くらいある」

由羽は納得したが、それでも二十万トンだ。

「引き揚げと同時にアイプレートごと舷側が外れちゃう、なんてことにはならないんですかね」

「アイプレートの溶接箇所については、事前調査を徹底的に行い、強度の高い部分を選んでいます」

船体をハンマーで叩いて強度を確かめたり、鉄板の厚さを測る専用器具を使ったりもする。船の骨組みであるキール部分に沿って取り付けると、より安定するらしい。

「それでも万が一のことはありますから、メインケーブルを三本、船底にくぐらせています」

「くぐらせたところから船体がバキンと折れる、なんてことは」

「まあ、東辺さんの計算のもとでやっています。大丈夫でしょう」

海部の回答はなんだか他人事《ひとごと》のようだった。保月が口を出す。

「JSUさんは、過去、やっちまってますからね」

海部が顔を引きつらせた。JSUとはジャパン・サルベージ・ユナイテッドの略称だろう。

「三年前に発生した銚子《ちょうし》沖の漁船と貨物船の衝突沈没事故のサルベージ作業に失敗していましたね。二年かけてようやく引き揚げという段階で、船体が真っ二つに折れちゃったんですよね」

そんなことをいま言うか。海部はわなわなと唇を震わせている。

「検察が激怒したのは言うまでもない。証拠品をダメにしたわけですからね。あれで、貨物船側の船長の過失を問えず、亡くなった漁船関係者のみなさんは墓前で泣いてました」

「当時は本当に、私の失策でみなさまに大変なご迷惑を――」

「正直なところ、今回はJSUさんには入っていただきたくなかったんです。東辺さんが一人では荷が重いということで、業界ナンバー2の御社にも東辺さんをサポートしていただくべく、参加となりましたが。二度目はないですからね、海部さん」

保月が容赦なく続ける。

「QM号の吊り上げに失敗し、船体が破壊されて海底に叩きつけられたらどうなるか。リックを閉じ込めている洗濯乾燥機は大破、確実に灰人がこの海に放たれます。万が一、黄血島の自衛隊員に感染者を出したら――」

由羽は聞いていられず、口出しした。

「そこまで言わなくてもいいと思います。現場の人間を追い詰めてもいいことないですよ」

「言っておかなければ伝わらないでしょう。絶対に失敗は許されないプロジェクトだ」

「そうですけど――」

「警視庁さんは引き揚げには直接関わっていない。リックの警護がその任務だ。黙っていていただきたい」

由羽は海部に向き直った。

「そもそも、灰人のいる洗濯乾燥機だけ先に引き揚げるということはできないのですか」

「船内は構造物が大破している上、ガラクタが通路を塞いでいたり、天井や壁が傾いていたりで、小型の水中カメラが通るので精一杯です。作業ロボットを入れることはできません」

潜水士は、と言いかけて、由羽は言葉を引っ込めた。水深八十メートルだと難しいか。

「海保の潜水士は六十メートルしか潜れない。潜ったところで作業は数分が限界だ」

来栖が言った。瀬戸潜水の周防社長が説明する。

「民間の潜水士も、水深四十メートル以上の作業は避けます。このあたりをラインに、飽和潜水か大気圧潜水が検討されます」

潜水作業についてはやはり周防の方が詳しい。

「天城さん、潜水のご経験はありますか」

「ないです。ダイビングは趣味でもやったことがないです」

周防はなぜか不思議そうに由羽を見た。海部が白紙に飽和潜水の仕組みを描く。

「DDCと呼ばれる船上減圧室の中に潜水士が入り、内部を作業水深と同じ圧にして潜水士は体を慣らします。DDCからベルと呼ばれる同圧のカプセル装置に移動し、水中エレベーターで作業海域へ到達。ダイバーはベルを拠点に潜水作業をします」

作業終了後は再びベルに入ってDDCに戻る。DDCで食事や睡眠をとり、再びベルに移動して作業海域へ向かう。以上が飽和潜水の仕組みらしい。

「大きな気圧変化によって潜水士がダメージを受けないよう、作業が終わるまではある程度の日数を作業海域と同圧の装置の中で生活するということです」

急激な圧力変化により引き起こされる減圧症は、最悪は死に至ることもある。重症の場合は死ぬまで寝たきりという例もあるのだという。

「一か月も装置の外に出られないということなんですか」

「ええ。飽和潜水士は肉体的にも精神的にも強い負担がかかりますが、この方法なら水深五百メートル近い場所でも作業が可能です」

由羽は目を丸くした。水深五百メートル――。

「そんなところに人間が潜ったらぺちゃんこに潰れそうです。なにかロボットスーツみたいなものを着用して潜るんですか？」

「いえいえ、普通のウェットスーツですが、低体温症を防ぐため、温水が入るタイプのものを着用することが多いです。体がぺしゃんこになるということもありません。地上と同じゼロ気圧に戻すまでに、数週間はかかりますがね」

来栖が説明を加える。

「ちなみに、海保に飽和潜水士はいないし設備もないが、海自は飽和潜水ができる」

周防も身を乗り出した。

「海自の飽和潜水士は世界二位の潜水記録を持っていますからね。四百五十メートルだったか」

日本人でそこまで潜れる人がいるなんて、初めて聞いた。四百五十メートルは、地上から東京スカイツリーの天望回廊くらいまでの高さがある。そんな深さまで潜っていくのか。

「潜水艦がなんらかの事故を起こしたときに救難に向かう潜水艦救難艦という船がある。そこに所属する潜水士たちは、飽和潜水ができる」

「それなら、民間ではなく海自の飽和潜水チームが作業をすればいいのに。これは国家的なプロジェクトなんですよね」

周防が首を横に振った。

「海自の飽和潜水士は、あくまで潜水艦を助けるのが任務であり、その訓練しかしていません。我々のように深海で溶接したり切断したりという作業はできないと思いますよ」

保月は苛立《いらだ》ちを隠さず、口を挟んだ。

「話を先に進めましょう、素人のために時間を割くのはもったいない」

由羽はムッとしたが「失礼しました」と口にはする。

「それで、飽和潜水士を使い引き揚げ準備作業を着々と進めていたのですが、ここにきてひとつ、大きな問題が」

クイーン・マム号の十二階のランドリールームにいる、リックだ。

「水中カメラで常時監視をしていたのですが、自動で動くカメラやライトの光が、洗濯乾燥機の中のリックを刺激したようです」

水中カメラの映像を見せられた。日付は昨年の十二月になっている。光や作業ロボットの動きにいちいち反応し、狭い洗濯乾燥機の中で暴れるリックの姿が映っていた。灰色の手のひらをぺたりと押し付け、扉を押すような仕草を見せる。拳を握って叩き割ろうともしていた。洗濯乾燥機の窓ガラスはびくともしない。リックの手の肉の方が潰れてしまう。赤い肉が窓の内側に付着し、筋をつけながら落ちていく。威嚇し大口を何度もあけるので、口の両端は限界まで裂けていた。

「次が一か月前、今年一月上旬の映像です」

相変わらずリックは洗濯乾燥機の中で暴れている。扉のガラスはびくともしないが、扉の留め金部分にガタが来ている。前後にガタガタと動いているように見えた。来栖が言う。

「どうやら蓋のパッキンが外れて、中に水が入り込んだようだ」

リックの人相が様変わりしていた。由羽は、東京湾岸署時代に何度か対応した、水死体のことを思い出した。水分を吸ってしまうので巨大化し、皮膚がぶよぶよとやわらかくなりすぐに破裂する。

リックも灰色の顔が膨れ上がっている。元々口が裂けていたが、顎の肉が一部、取れてしまっていた。骨が見えている。顔にスライムの塊をぶら下げているようだった。

「内部が浸水したことによって、ますますロック部分がもろくなっています。金属部分の腐食も進んで、いつロックが外れてもおかしくありません」

飽和潜水士が沈没船で作業するには危険な状況になってしまったらしい。

「アイプレートの溶接ができるのなら、洗濯乾燥機の蓋を溶接してしまうこともできそうですが」

由羽の質問に、苛立たしげに保月がため息をついた。

「誰がやるんですか。飽和潜水士にやれというんですか？　彼らはウェットスーツで潜るんです。万が一、リックが目の前に飛び出してきたらひとたまりもない」

しかも深海潜水用の装備は重量がある。ヘルメットだけで二キロ、予備の空気ボンベを含めると二十キロある。感染の危険があまりに高い。

「リック警護隊は海上保安官ですが、潜水士はいない。そもそも海保の潜水士は飽和潜水の技術がない」

最終兵器と言わんばかりに、周防が会社のパンフレットをめくり、由羽に見せた。黄色い人型ロボットのようなものが写っている。

「そう言ったわけで、以降の海中での作業は、大気圧潜水で行うことになりました」

パンフレットに載る大気圧潜水服は、一昔前のSF映画に出てくる宇宙服みたいだった。見た目がちょっと滑稽で、漫画っぽい。だが、リアルに存在するもののようだ。

「こちらに人が入って作業しますが、中は常に新鮮な空気が循環する密閉空間です。両手に作業ができるマニピュレーターがついています。巨大で動きにくい潜水服ではありますが、ウェットスーツと違い、海水に触れることがありません。ボディはアルミ合金製で厚みは一センチあります。ヘルメット部分はポリカーボネート製です」

ポリカーボネートは警察の大盾にも採用されるほど、頑強だ。

「確かにこれなら、灰人に襲撃されても咬まれる心配はないですね」

「ただ大きな問題が」

装備が巨大すぎて身動きが取りにくく、溶接などの精密作業はできないのだという。

「なにせ両手はハサミのような形をしたマニピュレーターで、内側に入った潜水士がハンドルを握る力で動きます。ケーブルを切断したり、つかんだりする作業は、事前にマニピュレーターに細工してネジを回すのが精一杯です」

クイーン・マム号船内に入っての作業も難しいだろうが、訊いてみる。

「例えば、大気圧潜水士が通過できる穴を舷側にあけて、十二階のランドリールームに直通できるようにするとか」

溶接もできるのなら切断や穴あけもできるだろうと由羽は考えたが、海部は真《ま》っ青《さお》になった。

「舷側にそれだけの穴をあけるとなると、引き揚げる際の強度が変わってしまいます。舷側がその分もろくなりますし、重量のバランスも変化する。アイプレートの設置位置やメインケーブルを張る場所を、また最初から計算し直すことになります」

さほどに緻密に計算して引き揚げるのか。いずれにせよ、あらかじめクイーン・マム号の中に入って洗濯乾燥機の蓋を溶接するということは、技術的に不可能なようだ。

「というわけで、一か月前から大気圧潜水での作業に切り替わったことから、引き揚げ日程が大幅に遅れています」

飽和潜水士のように効率よく作業ができない上、そもそも大気圧潜水服が日本に殆どないらしい。周防社長がぼやく。

「なにせ一体二億円する代物です。日出サルベージが一体所持しているのですが、故障中でして」

保月が呆《あき》れたように鼻で笑う。

「全くこの大事な局面で故障というのも……」

「精密機械です。どうして起動しないのか、どこが壊れているのか、膨大なマニュアルをめくりながら技術者が頭をひねり、製造会社に英語で問い合わせをして試行錯誤する。修理に出すとなればン億円の世界ですから」

周防が同情したように言った。

「では、周防さんの瀬戸潜水では、大気圧潜水服は？」

由羽の質問に周防は目を丸くした。

「うちで導入できるはずがありません。そんな資金があるのは業界一、二位の日出サルベージかＪＳＵさんくらいでしょう」

結局〝世界のヒガシベ〟が世界中のサルベージ会社に助けを求め、ようやくオランダの大手サルベージ会社から大気圧潜水服をレンタルできることになったらしい。

周防はお腹のあたりをさすっている。声をかけたのが東辺であっても、あくまでレンタルしたのは瀬戸潜水のようだ。

「なにせ、大気圧潜水の経験があるダイバーもまた、国内に殆どいません。うちのベテラン潜水士がやることになったもんですから、うちがレンタルするという流れでして」

レンタル費用が高額だったのだろうと推測する。

「大気圧潜水服が一体しかないとなると、作業潜水士もひとりしかいない、ということですよね」

「それもあって、引き揚げに一年半以上かかっているというわけだ」

保月は突き放すような態度だ。

「しかし我が社にとっても胃の痛い話です。あまりに危険な現場作業ということで、保険をかけることができなかったんですよ。保険会社がみな尻込みしてしまって」

大気圧潜水服に万が一のことがあったら、オランダのサルベージ会社に大金を払うことになるらしい。周防が保月にちくりと言う。

「そのあたり、海保さんからも保険会社にひとこと言っていただけたらとても助かったのですが」

「海上保安庁が民間の保険会社に、個別の潜水会社の利益になるような便宜を図ることはできませんよ」

保月がまくしたてた。由羽はやっぱり嚙《か》みついてしまう。

「便宜を図るべきときなんじゃないですか。これは国家的プロジェクトだと言ったのは保月さんです。民間に対して、やれ、なにがなんでも協力しろ、しかしなにかあったら自分のケツは自分で拭けなんてあまりにも身勝手です」

国主導の引き揚げプロジェクトなら、官が現場に入るのは仕方がないが、保月のようなタイプでは民間はやりにくいだろう。

「瀬戸潜水さんは大変ですね。特に、実際に潜っている潜水士の方は……」

「まあ、やつは物好きというか、報酬があればどこでもという人間ですから」

周防社長の口ぶりは、由羽を窺《うかが》うふうでもある。心に引っ掛かる、妙な態度だった。

これで二度目だ。

「そりゃそうでしょう。国が瀬戸潜水にいくら払うと思ってるんですか。血税なんですよ」

保月の言い方が、由羽はがまんならない。

「そういう態度を続けていたら現場の作業員たちは萎縮しませんか。引き揚げられるものも失敗します」

「ご心配なく。現場の潜水士は私ごときの嫌味でひるむほどやわじゃない。ねえ周防社長」

振られた周防はなぜか慌てたように由羽を見た。

「え、ええ、まあ」

「根性も肝も据わっている潜水士だ。ちょっと無謀でやけに現場主義なところとかもね。親子ともどもそっくりだ、といまわかりました」

――親子。

まるでこの場に件の潜水士の子供がいるかのような発言だった。

由羽はハッとして周防の顔を見た。周防は慌てた様子で目を伏せた。

――まさか。

由羽は来栖に答えを求める。来栖はちょっと困ったように、眉間にきゅっと皺を寄せた。保月が立ち上がる。

「こんな狭い会議室でごちゃごちゃ説明するより、現場に行くのが早い」

周防は戸惑ったふうだ。

「しかし、潜水士にまだ話しておりません」

「話していない、というのは？」

周防は由羽と絶対に視線を合わせず、小さな声で言った。

「娘さんがいらしている、ということを、菊田さんに話していません」


由羽の父親は菊田吾郎《ごろう》という。周囲からは親しみを込めて「菊やん」と呼ばれていた。高校のときからバイクが好きで、よく乗り回しては警察官に注意されていた。暴走族みたいに集団で騒ぐのは嫌いで、「あれはひとりじゃなにもできない気弱なやつらの集団」と揶揄《やゆ》していた。一匹オオカミタイプというのだろう。高校卒業後に定職にもつかずにふらふらしていたとき、うっかり恋人を妊娠させ、結婚した。

そして由羽が生まれた。妻を持ち一児の父となって家庭を守らねば、と当時は思ったようだ。かつて世話になった警察官に相談、大型バイクの操縦テクニックを買われて、警視庁の白バイ隊員になった。

由羽が物心ついたときから両親の仲は悪かった。モノを投げ合って喧嘩をする。まだ弟の謙介はよちよち歩きだった。モノが当たったらいけないと、由羽は謙介を抱いて、押し入れに隠れたものだった。あのときは台東区にあった警視庁の小さな官舎に家族四人がひしめき合って生活していた。公務員だったのに家賃一万円の狭い官舎で我慢していたのは、ファミリー向けの官舎に引っ越す金がなかったからだ。

菊田は稼いだ金を家庭に入れない人だった。組織になじめない性格でもあった。

〝警察の『警』の字を見るだけで息が詰まる〟

休日は広大な海に逃げ場を求め、やがてダイビングに目覚めた。潜水機材の購入や維持費、レンタルボートの費用などで、家計はすっからかんだ。勝手に警察を辞めて民間の潜水士になった。菊田の転職で、両親の仲は修復不可能になった。父が帰宅すると緊張した。母の機嫌が悪くなり、怒りの導火線に着火すれば修羅場になるからだ。

由羽はいま、司令船、友洋丸搭載の小型ボートで、黄色い船体の潜水支援船に向かっている。

波の谷間に落ちたのか、胃が浮くようないやな感覚がある。直後に波にぶつかり、突き上げるような衝撃が体に走る。水飛沫《しぶき》が上がり、由羽の顔にかかった。

出雲丸《いずもまる》という名前が見えてくる。大気圧潜水服と繋がるアンビリカルケーブルが見えた。原色のケーブルがいくつも縒《よ》り合わせられ、カラフルだ。隣に座っている来栖が、話しかけてくる。

「祖父が船大工だったと、いつだったか話しただろ」

「覚えてるよ。造船所で働いてたんだね」

「経営していた。父が継いで、潰した。金銭的に大学進学が難しかったから、授業料がただで給与が出る海上保安大学校に入ったんだ」

「そうだったんだ。来栖さん、わりと苦労人？」

さあ、というふうに、来栖は首を傾《かし》げた。

「海保のあの白い制服に憧れたのもある。夏の第二種制服」

「海自にもあるよね、白い制服」

「防衛《ぼうえい》大学校は落ちた。あんたが警官になったのは、父親の影響か？」

由羽のことを根掘り葉掘り訊くことはあっても、自分のことは一切話さなかった来栖が、いま、自らのことを先に話したのは、由羽の心を和らげるためか。

「幼稚園のころだったかな。砧《きぬた》公園で、警察主催のなんだったかのフェスティバルがあったのよ。父の乗る白バイが展示されるって聞いて、母と見に行ったことがあってね」

父は白バイ隊員の姿で見世物になっていた。退屈そうだった。作り笑いで、記念撮影に応じる。娘がやってきたのを見て、苦々しい顔になった。

「自分の仕事を子供に見せるという喜びなんか、これっぽっちもなかったんだろうね。よっぽど警視庁が合わなかったんだと思う。渋々私を抱っこして、白バイに乗せてくれた。私はそのときはまだ、父のことが好きだった」

口に出して言った途端、呼吸が苦しくなる。

「父に笑顔になってほしかった。私も大きくなったら白バイに乗りたいなぁ、警察官になりたいなぁって言ったの。そしたら、あいつ、なんて言ったと思う」

慌てて娘を白バイから降ろした。やめとけ、とぶっきらぼうに言ったのだ。

「お前には合わないって。女には合わない、じゃないの。お前には合わない」

潜水支援船が、もう目の前だ。

「菊田さんは、あんたの性格をよく理解しているようだ」

「私は警察官の仕事が好きよ。誇りに思っている」

「全然、上の言うことを聞かない。組織からはみ出してるじゃないか」

まるで父親とそっくりだと言われているようだ。

小型ボートが潜水支援船に横付けされた。ボート側のフェンダーと、潜水支援船の緩衝材代わりのタイヤが、ぎゅうぎゅうと押し合いへし合いする音がする。自力で潜水支援船の甲板によじ登った。

緑色に塗装された甲板は潜水機材の他、無数のケーブルの束が並び、足の踏み場もない。由羽が東京湾の運河で聞き込みした沖田潜水の船とは、比べ物にならないくらい大きい。甲板だけでバスケットコートひとつぶんはありそうだ。

船内キャビンの入口近くの屋根の下には、モニターが二つ並んでいた。何人かのスタッフがのぞきこんでいる。大気圧潜水士がヘルメットに取り付けている小型カメラの映像と、大気圧潜水士の動きを水中カメラが捉える映像、その二つが流れているようだ。

もやっとした青い海中の映像に、黄色い大気圧潜水服をまとった潜水士がいる。水の中で動くさまは宇宙遊泳みたいだ。ハサミ型の手で、アイプレートに接続器具を引っ掛けている。スピーカーから、声が聞こえてきた。

〝二十一番プレート、シャックル設置〟

少ししゃがれた、大きな声がした。菊田の声だ。

由羽はモニターを見守りながら、腕を組み、ついため息をつく。

「今年で五十六歳になるはず。こんな危険な仕事を請け負うなんて」

クイーン・マム号の引き揚げを知ったとき、やたら父の話が持ち上がっていたのを思い出す。

「来栖さんと再会した日の昼どきも、弟の謙介が急に父親の話を始めた」

「息子には話したと菊田さんは言っていた。あんたの弟は、伝えたかったんじゃないか」

由羽がその名前を聞くだけで拒否反応を示したので、言えなかったか。

「それから、あなたもやたら父親の話を出すから。QM号の引き揚げに潜水作業は必須でしょう。もしかしたらあいつが関わっているのか、と思わなくもなかったけど。年齢的にないと思ってた」

「いまでも現役バリバリのようだ。頭は白いが、筋骨隆々だ」

「他にもっと若いのがいなかったの」

「いるが、大気圧潜水の経験がなかったり、尻込みしたり、だ」

「確かに感染の危険がある。若い人ほど未来があるもの。引退間近で金に目がないあいつにはうってつけの仕事ね」

来栖はなにか言いたげだが、言わせなかった。

「海保はあいつにいくら払うつもりなの」

「全体で二千億円近くかかるプロジェクトだ。サルベージ会社や港湾工事関係から造船まで、関わっている企業や個人が二百社以上ある。瀬戸潜水にいくら入って、周防社長が菊田さんにいくら払うかは、俺は知らない」

ぼろ儲けの仕事、というわけではなさそうだ。

「オランダのサルベージ会社から借りている大気圧潜水服、あれに保険がかけられなかったって言ってたわよね」

一体二億円なら、日々レンタル費用がかかっているはずだ。万が一のことがあったら、全額弁償だろう。人件費、機材費、船の燃料費を考えると……。

「下手を打ったら大赤字になりそうよ」

「大赤字まではいかないだろうが、まあ、赤字だそうだ」

「よく瀬戸潜水やうちの父親は引き受けたわね」

「米国が上乗せを提案してきたからだろう」

そもそもＨＳＣＣウイルスのもとになったウイルスを奪取し、日本側に移送を依頼したのは米軍だ。彼らには口を出す権利も金を出す義務も確かにあるか。

「だが条件がある。工藤警部補の家族が治療を放棄し、リックの身柄を米国側に引き渡すことを了承したら、米国からさらに百億円が瀬戸潜水に支払われる」

「ひゃ、百億円？」

瀬戸潜水はぼろ儲けだろうが……。

家族が治療したいと言ったら、赤字になる。リック警護隊が射殺しても、赤字だ。「万が一、米国の上乗せがない上に、大気圧潜水服を傷つけたりしたら、会社は倒産だとも言っていた」

そんなギャンブルみたいな条件下で潜水しているなんて、由羽は呆れ果てる。

「あいつはクズ、金の亡者だよ。金のためになにをしでかすかわかんないよ」

来栖が人差し指を唇に当てた。ウィンチがギリギリと音を立てて回っている。大気圧潜水服を吊り上げるアンビリカルケーブルが、海水を滴らせながら、巻き上げられていた。

今日の潜水作業が終わり、大気圧潜水士を浮上させているのだ。ワイヤーロープが絡まないよう、軍手をした作業員がさばいている。

「ちょっと巻き上げスピード落としてくださーい、ウィンチ張りすぎです」

スピーカーから、軽い口調が聞こえてきた。

〝おーい、早く浮上させてくれよぉ。昼飯抜きだったんだぜ、眩暈《めまい》がする〟

リックがいる洗濯乾燥機のロックが外れかかっているいま、無理にスケジュールを組んでいるのがわかる。人員を増やせない以上、菊田の作業時間を長くするほかない。

無線機を握っていた作業員が、ちらっと由羽を見た。

「甲板に上がったら、今日はいいことがありますよ。女性がひとり、見えてまーす」

甲板で作業している男たちが笑った。みな、由羽と菊田の親子関係を知らないのだろう。周防社長が、慌てた様子で無線機の作業員に近づいて言った。

「やめろ、セクハラ発言だぞ」

海部や保月の前ではヘコヘコしていた大男だが、部下たちのヘルメットの頭を乱暴にはたいた。船上の微妙な空気は、大気圧潜水服の菊田にまでは伝わらない。

〝女がいるの？　そりゃー目の保養になる。黄血島生活で女を見てないもんなぁ〟

昔から、周りの空気を一切読まない人だった。もっとも、いまは隔離された場所にいて空気を読むことは難しい。由羽はいたたまれなくなった。

「私、先に帰るわ」

誰に船を出してもらおうかと甲板を引き返す。来栖が由羽の腕をつかんだ。

「ここで再会せずに、この先いつどこで会う」

由羽はため息を返事とした。

「何年ぶりだ？」

「十七年ぶり」

母親の葬式以来だ。

「どの面《つら》下げて来やがると塩をまいて追っ払ったのが最後」

由羽は覚悟を決めて、来栖の隣に戻った。ケーブルが巻き取られ、舷側から黄色の大気圧潜水服の全貌が現れる。クレーンで高々と吊り上げられ、専用スタンドにおろされた。巨大すぎて、浮力のない地上では自立できないのだろう。

ポリカーボネート製のヘルメットは強い西日が反射して、中の人の顔が見えない。ヘルメットは胴体と一体型になっている。大気圧潜水服は上半身と下半身で分かれていた。上半身部分を右へ回す。真横を向いたところで、上半身部分が持ち上げられた。潜水服をくぐるようにして、ウェットスーツ姿の男が姿を現した。潜水服を支えるスタンドを両手でぎゅっと握る。腕の力で下半身を軽々浮かせ、すとんと甲板に降り立った。

体の線は若いころと全く変わっていない。肌つやもいい。唯一、髪の色だけが変わったが、日に焼けてあか抜けた雰囲気がある。白髪頭というよりもシルバーアッシュに髪を染めたイケオジふうだ。

お疲れ様です、という声が次々とかかる。菊田は作業員から受け取ったタオルで顔面を拭きながら、来栖に気が付いた。

「おう、来栖さ……」

由羽は菊田と目が合う。ニコニコしていた菊田の表情が、途端に強張る。

沈黙の隙間を埋めたのは、アホウドリの声だった。

第四章　親鳴山

「寝不足か」

由羽が大あくびをしたからだろう、来栖がちくりと言った。

「朝練なんかさせるからでしょ」

一夜明け、由羽と来栖は黄血島の北方沖に停泊中の巡視船あきつしまに戻っていた。クイーン・マム号の引き揚げを控え、今日は朝から射撃練習だ。

海上三十メートル地点に浮かべた的に向かい、89式自動小銃を使って射撃練習する。

来栖は由羽につきっきりで、朝の四時から、ライフルの分解や手入れ方法を指南した。いまは居残り練習に付き添っている。他の隊員はみんな午前中の射撃訓練を終えて、昼食に行った。

「四時に叩き起こすとかありえないからね」

「射撃練習中に大あくびもありえない。口ぐらい押さえろ」

「お腹もすいているの」

由羽は長い銃身の先を視線の中央に合わせ、的に照準を絞る。引き金を引いた。的の中央やや右寄りを撃ち抜いた。

「悪くはないが、右にいつも寄る。銃身を支える左手に癖がある」

由羽は銃床《じゅうしょう》を肩に当てて、再び構える。

「左手のせいじゃない、頭だな。傾けすぎて銃身を押している」

両こめかみをつかまれ、ぐいっと首をひねられる。

「撃ちにくい」

「いいからやってみろ」

引き金を引いた。中心の赤丸を射抜く。

「次は連射モードでやれ」

褒めてくれやしない。由羽は連射モードに切り替え、引き金を引いた。

「あれっ」

一発も当たらなかった。

「引き波が立っている。的が揺れているんだ」

来栖が海上を指さした。的のずっと向こうを通過している小型ボートがいた。総合司令船、友洋丸の小型ボートだ。今日も誰かを陸から船へ運んでいるのだろう。

「なら、引き波が収まるまで休憩」

「波の動きを呼んで、もう一度単射からだ」

由羽は89式自動小銃を下ろした。

「もうライフルは飽きた。MP5を撃たせてよ」

「ライフルでろくに的を射抜けないのに、いきなりサブマシンガンにいくのか」

「波のせいでうまくいかないだけ」

「マシンガンをぶっぱなしたいほど鬱屈した気分なだけだろう」

「そうかも」

「余計だめだ。もう一度単射から」

由羽は渋々構えた。波が沈むタイミングを計る。

「父親とは和解できそうか」

引き金を引くのと同時に来栖が言った。重心がぶれ、弾は大きく外れた。

「ちょっと黙っててくれる」

「現場ではなにが起こるかわからない。工藤母子《おやこ》の目の前でリックを殺害せねばならない状況に陥るかもしれない」

由羽は再度、銃を構えた。引き金を引く瞬間にまたしても来栖が言う。

「菊田さんは引き揚げ計画当初からのつきあいだ。何度か一緒に酒も飲んだ」

また弾は外れた。

「あんたの話もした」

撃つ。当たらない。

「母親の病気の治療方針を巡って対立したらしいな」

由羽は鼻で笑った。

「それが原因だと思っているのなら、ちゃんちゃらおかしいわ」

「違うのか」

「もっと根深い。私があいつを見限ったのは小学校六年生のときだから」

改めて、銃を構えた。来栖が菊田の言葉を代弁する。

「家庭を顧みず、警察を辞めて民間の潜水士になって、世界中を飛び回っていた。年に数回しか帰れないほど忙しく、気が付けば妻とも娘とも気持ちがすれ違ってしまった」

由羽は笑った。

「忙しくて世界中を飛び回るほどに働いていたのなら、どうしてうちの母親は体を壊すほど働く必要があったのかしらね」

撃った。右端に当たり、的が欠けてしまった。

「あいつは家族を養うために働いていたんじゃない。世界中の沈没船を巡って、宝探しをしていただけ。精神年齢は小三男子くらいじゃないの」

由羽は咳払《せきばら》いした。硝煙臭いからか、喉に痰《たん》が絡んで、ますます咳《せ》き込んだ。

「母は働きづめでストレスが溜まってガンになった。そりゃなる。毎朝、毎晩、ため息をついていた。むしろガンになって余命を聞いて、ほっとしてた。ようやくこんな人生とおさらばできると思ったんじゃないかな」

母は延命治療を受けず、自宅で静かに過ごしたいと言った。由羽はもう高校生だったから、自宅で献身的に看病した。母はやせ細り、トイレもひとりで行けなくなって、ついには寝たきりになった。最後は会話もできなくなる。そんな母を見るのは辛かった。たまに謙介と看病を代わると、由羽は片っ端から男友達の家に押し掛けて性行為に耽《ふけ》った。由羽の男癖が悪くなるきっかけだったかもしれない。彼氏に激怒され、遊び相手のカノジョグループから袋叩きにされ、かばってくれた担任教師ともヤッた。あのころの由羽はぐちゃぐちゃだった。

菊田が突然家にやってきたのは、そんなときだった。なにも知らないしなにもしなかったくせに、「どうして治療しないのか、入院しないのか」と激怒した。

「仕事で忙しく海外を飛び回っているうちに元妻が急病、慌てて帰国し病状を尋ねても、全てを仕切る気の強い娘に雨が降りしきる中を追い出された。傘を一本、借りようものなら必ず返せとせっつかれた、と菊田さんは苦笑いしていたが」

再び海上の的に照準を合わせる。

「あんなやつには百円ショップの傘ですらあげられない」

撃ち抜いた。

リック警護隊は下船し、黄血島食堂で昼食となった。

今日は米海軍の夜間飛行訓練が行われるようで、食堂は米軍兵士の数が増えて大賑《にぎ》わいだった。

工藤一家を見つけた。晴翔は、隣に座っている水色の迷彩服姿の米軍人に、折り紙を教えていた。

「そうじゃなくて、この向きで重ねるの」

二枚の折り紙を重ねる。手裏剣《しゅりけん》を作っているようだ。

「OK, I got it」

隣のテーブルには米軍人が四人座っていた。四人とも太くて大きな指でちまちまと折り紙を折っている。微笑ましい光景だった。母親の千夏も、穏やかに見守っている。由羽はその隣に座った。

「いまどきの子供はゲームやスマホばっかりで折り紙はしないと思ってました」

「私も驚いちゃいましたけど、スマホばっかり見てるより健全かなぁって、大量に折り紙を買ってやったんです。そしたらはまっちゃって」

明翔は、晴翔が量産するカラフルな手裏剣を、食堂前の広場で投げて遊んでいる。日の丸のワッペンをつけた、緑色のつなぎ姿の自衛隊員たちが的になっている。手裏剣が当たると「やられた～」と地面を転がった。反対側の腕のワッペンから、入間《いるま》基地所属の隊員とわかる。明翔は「忍法手裏剣の術～」とはしゃいでいる。

手裏剣が完成した米軍人たちが無邪気な声を上げる。出来上がったそれを珍しそうに眺め、「ワンモア」と折り紙をねだっていた。晴翔は得意顔で、もう一度折り方を教えている。

中庭で空自の隊員や米軍兵士たちと手裏剣を飛ばしていた明翔は、米軍の兵士に肩車してもらいはしゃいでいた。あの米軍人も、母国に子供を残してきているのだろうか。

「七十年前は考えられなかった光景ですね……」

紙袋を抱えた米軍兵士がやってきて、米海兵隊のバッジや帽子のレプリカなどをプレゼントしていた。明翔は喜んだが、晴翔は帽子を受け取らなかった。母親や由羽が座るテーブルを気にする。阪神タイガースの野球帽が置いてあった。かなり使い古されていて、ツバの部分は布がめくれあがっている。

「夫とお揃いなんです。兵庫の人なので……。親子でファンなんですよ」

――どこまでいっても、お父さんのことが大好き。

満腹になった上、朝四時に来栖に叩き起こされたこともあり、眠たくなってきた。午後の訓練は十四時からだ。宿舎に戻ってひと寝入りすることにした。目を閉じる。晴翔や明翔をかわいがる自衛隊員や米兵の姿が、浮かんでは消えていく。

ゆう。ゆーうー。

父が由羽を呼んでいる気がする。かわいがられた記憶がないわけではないが、幼少期のただの妄想だろうか。リアルにあったことなのかどうか、疑わしい。

ただいま、由羽。

その声が聞こえたら、一目散に父親の元に駆け寄り、その屈強な太腿《ふともも》にぶつかるようにして抱きついた。軽々と持ち上げられ、抱きしめられ……伸びかけたひげが頰に痛くても、どこか居心地いい。父親の太い首に腕を回してぎゅうっとしがみついたときの大きさもぼんやりと記憶しているが、うそっぽくもある。父に抱きしめられ、パパ大好き、と思っていたあの日々は、欠陥家族で育った由羽の、願望に基づいた妄想なのか、リアルにあったことなのか。憎しみを持ったまま二十年近くが経ってしまい、わからなくなってしまった。

昨日、潜水支援船、出雲丸の甲板で十七年ぶりの再会を果たしたときの、父の顔を思い出す。ぎょっとしたように目を見開いたのは一瞬だった。

困ったような、せつなげな目で由羽を見ていた。迷惑そうな目つきのようだった気もする。無言でぷいっと船内に入っていってしまったのだから。


翌朝の駆け足訓練後、黄血島食堂で朝食を摂《と》っていると、見覚えのある小男を見かけた。ジャパン・サルベージ・ユナイテッドの、海部だ。

サルベージ船団の人々はみな船で生活していて、陸には滅多に上がらない。海部は大急ぎで朝食を詰め込んでいるふうだった。

向かいには瀬戸潜水の周防社長が座っていた。つまようじを吸っている。大男の指の中のつまようじは縫い針みたいに小さく見えた。

「だいたい、引き揚げが遅くなる説明のために、わざわざ本土に戻る必要があったんですかね」

東辺の話をしているのだろうか。本土に戻らなければ襲撃事件には遭わなかっただろうと言いたげだ。

「電話一本で済ませればいいものを」

海部も、同調する。

「保月さんが許さなかったらしいですが、従う東辺さんもどうかと思いますよ。ま、一時的に現場を離脱しても問題ないくらい自分のサルベージ計画に自信があるってことなんでしょう」

周防の第一印象は悪くなかったが、部下に対する高圧的な態度にしろ、相手によって態度を変えるタイプのようだ。海部は東辺をライバル視しているようにも見えた。

由羽はそ知らぬふりで、声をかけた。同じテーブルに座る。

「珍しいですね。ここの食堂で朝食なんて。宿舎で寝泊まりしているんですか」

「いえ。我々の居住場所はそれぞれの作業船の中なのですが。八時過ぎに東辺さんが黄血島に戻ってくるというので、出迎えを。あちらの予定がコロコロ変わるので、朝から混乱しっぱなしですよ」

本来は、クイーン・マム号を吊り上げる起重機船に乗って現場にやってくるはずだったらしい。

「そういえば、専用の起重機船を造船していたんですよね」

「ええ。呉で造っていました。昨夜に出港しまして、明朝に黄血島沖に到着予定だったんです。ところが東辺さんに護衛が三人もついているとかで、船は困ると。自衛隊機で来るというもんだから」

護衛——恐らく、警視庁のSPだろう。来栖が依頼していた。

「なんでも、SPが三名もつくのは大臣級だとか。東辺さんも偉くなったもんだ」

海部の言い方にはとげがあった。

「襲撃された以上、致し方ないです。しかも東辺さんの指揮がないと、QM号は引き揚げられないんですよね」

海部はむきになった様子で反論する。

「私一人でもできますよ。ただ、海保の保月さんがうるさいだけです。みんな東辺さんのネームバリューにあやかりたいだけで……」

とにかく、と海部はため息をつく。

「〝世界のヒガシベ〟殿のお出迎えです。礼服があったかな」

周防社長が笑いながら言ったが、目が怒っている。二人は足早に食堂を出て行く。

午前中の制圧訓練を終えた。昼休憩を挟んだ午後、再び射撃訓練のために巡視船あきつしまに戻る。来栖の運転するピックアップトラックで桟橋に向かう途中、妙な場所にひとりたたずむ男性の姿を見かけた。スラックス姿でネクタイ、作業着風のジャケットを羽織っていた。額に大判のガーゼを貼っている。

東辺俊作だ。

由羽は免許証写真で見たのみだった。改めて見ると〝世界のヒガシベ〟と言われるには、ちょっとこぢんまりとした印象の男性だった。午前中に戻ってきたとは聞いていた。

「あんなところでなにをしてるのかな」

西海岸のトビ浜の北側にいる。宿舎や海上自衛隊庁舎から、車で十五分くらいの場所だ。周囲に規制ロープが張られていた。『危険！　立入禁止！』の色あせた看板が、風雨に晒されぶら下がっている。

中には赤レンガが積まれたドーム状の小さな建物があった。海上自衛隊の地図を見ても、スマホのマップアプリで見ても、名称がついていない。なんの建物なのかわからなかった。東辺は規制ロープの手前にたたずむ。ＳＰの姿も見当たらない。由羽はハンドルを握る来栖に、車を停《と》めてもらった。

「ＳＰはあそこじゃないか」

来栖が、道路を挟んで反対側に放置されている、巨大なコンクリートの壁を指さした。

トーチカのようだ。黄血島の戦いのとき、旧日本軍が上陸する米軍の攻撃から身を守るためにコンクリートで作った壁だ。水平砲弾の筒を通す穴がある。ＳＰが乗りつけていた官用車のボディが少し見えた。

「警視庁史上初じゃないの。トーチカの陰に隠れて張り込みなんて」

一体なにをやっているのか。由羽は車を降り、ＳＰの車に近づいた。強い硫黄のにおいがつきまとう。運転席をノックするまでもなく、窓が開いた。ＳＰは警視庁の警察官がリック警護隊の一員として黄血島にいることを知っているようだ。自己紹介もそこそこに、勝手に答える。

「少し一人になりたいと強くおっしゃるので」

東辺を顎でさす。

「一人にするのはまずいですよね、襲撃されているのに……」

「だから我々は姿が見えないよう、こんなところで見張っているというわけです」

サルベージ業界では天才と呼ばれているくらいだ。凡人には理解が及ばない行動をとる人物なのだろうか。

由羽は車に戻った。また硫黄のにおいが鼻をつく。

「今日はやけににおいが強いね」

「あのレンガの中で硫黄が噴出しているんだ」

来栖は陸上自衛隊発行の黄血島の地図を出した。東辺がたたずんでいる、レンガのドームを指さす。

「あそこは『億石地獄《おくいし》』があったところのようだ。硫黄が噴出している噴気孔だ。ほかにもいくつかある」

すぐ南側には、『枯葉地獄』というのがあった。

「ここは噴き出す硫黄泥《でい》の色が枯れ葉のような色をしていたから、こんな名前になったとか」

火山の噴火のように真っ赤なマグマが噴き出しているわけではなく、泥状の硫黄がポコポコと湧き上がっている状態らしい。

親鳴山のすぐ近くには『ミリオネアホール』というものがあった。

「ここも同じような硫黄の噴出場所で、米軍が名付けた。ゴミ捨て場になっていたらしい」

「ゴミ捨て場がミリオネア、百万長者なんて、洒落《しゃれ》た名前ね」

「焼却処理しなくても、灼熱《しゃくねつ》の硫黄泥が何でも溶かして呑み込んでくれるからな」

現在、このミリオネアホールは硫黄泥の噴出がなくなって、ただの岩場になっているらしい。

「そこの噴出が終わると同時に出現したのが、目の前にある億石地獄だ」

ミリオネアホールや枯葉地獄とは比べ物にならないほど大規模な噴泥地帯らしい。

「枯葉地獄も、あんなふうにレンガで覆われているの？」

「いや、剝き出しだったと思う」

「どうしてここだけレンガで塞いじゃったの？」

「大規模すぎて危ないからじゃないか」

本土でも活火山などで噴煙が出ている箇所など危険な場所はたくさんあるが、一帯を立入禁止にするのが普通だろう。丸ごと覆ってしまうのは聞いたことがない。ましてやここは自衛隊管理の島で一般人や観光客はいない。あんな大袈裟《おおげさ》なレンガのドームを作る必要があっただろうか。

「――で。彼はあそこでなにをしているの？」

「さあ。サルベージ計画でも練り直しているのかな」

東辺は〝地獄〟の前に座り込んでいた。菊の花束を供えている。

クイーン・マム号の引き揚げ前日、リック警護隊に休暇が与えられた。

由羽は朝からすることがない。自衛隊の黄血島パンフレットにあったような余暇活動を考えたが、ゴルフもやらないしテニスもしたことがない。水着を持ってきていないので水泳もできない。来栖と果物採取にでも行こうかなと、彼の部屋をノックした。不在だった。仕方なくひとりで厚生館に向かった。酒でも買おうと思ったが、今日も売店は閉まっている。航空自衛隊の輸送機が物資を運んでくる日しか店が開かないらしかった。

今日一日なにをしようか。途方に暮れていると、目の前に、プレハブ小屋が見えた。『黄血島資料館』とある。のぞいてみることにした。

展示場が一部屋あるだけの小さな資料館だった。正面の壁に日本国旗と旭日旗《きょくじつき》が並んでいる。壁際の展示ケースには、錆び付いた武器類の他、ヘルメット、陶器製の手りゅう弾などがあった。遺骨収集現場の写真を眺める。遺骨そのものの写真も飾られていた。

強行犯係の刑事だったから、骨にも死体にも慣れているが、数の多さに気持ちが塞いできた。

毛髪が残った頭蓋骨の写真もあった。土にまみれた黒々とした髪から察するに、まだ若い青年だったのではないか。ガスマスクをつけたままの頭蓋骨もあった。米軍は地下壕に隠れた日本兵をあぶりだすために火炎放射器で壕を焼いていった、と記されていた。炎や煙から逃れようと必死だっただろう。

由羽は一旦、資料館を出た。

晴れ渡った青空が広がる。雲一つない晴天だった。海鳥が鳴いている。空気は澄んでいて、潮風が気持ちいい。今日はあまり硫黄のにおいがしなかった。

由羽は島内を巡ってみることにした。

自衛隊の庁舎で自転車を一台借りた。庁舎をスタートし、島を一周する道路に出る。南へ自転車を走らせ、親鳴山に向かった。

巨大なプロペラのオブジェのようなものに出くわした。B29爆撃機のプロペラらしい。墜落してここに放置されていたものを、米国が慰霊碑にした。そのすぐ脇に、対空機関砲や重機関砲の残骸がある。赤錆に覆われていた。青空と緑のジャングルという鮮やかな色彩の中で、異彩を放つ存在だった。もう戦争は終わっているのに、機関砲は空を向いている。いまにもB29を撃ち落とさんとしているように見えた。

いくつもの慰霊碑に足を止めて手を合わせながら、親鳴山へ向けて南下する。山はぽこっと浮き上がって見える。黒い海岸線が続く大根ヶ浜と、打ち寄せる白い波――周囲に咲き誇る真っ赤なハイビスカスと、紫がかったブーゲンビリア。晴れ渡った青空も鮮やかだ。美しい南の楽園にいるのに、出くわすのは慰霊碑ばかりだ。

太平洋戦争での激戦地はほかにもいくらでもある。例えば沖縄もそうだし、パラオやレイテ島なども聞く。だが、いまどの島も住民が戻り、日常が更新され続けている。

黄血島は、あの当時から時が止まったままだ。新しくできるのは慰霊碑ばかりで、見つかっていない骨は数千にも及ぶ。

島全体が墓なのだ。そこに土足で立っていることが、なんとも落ち着かない。

米軍が上陸した大根ヶ浜を左手に見下ろしながら、由羽は親鳴山に向けて自転車を走らせる。陸側にはトーチカの残骸が無数に残っていた。親鳴山の麓に、来栖が使う車が停まっている。親鳴山登山道の入口付近だった。

親鳴山は岩山だが、ところどころ緑が茂っている。海岸側は黒い砂浜に巨石が混在していた。親鳴山の岩肌には丸い穴が無数にあいている。銃弾の痕だろう。流木か、ちょうどよい長さの棒切れを拾い、由羽は登山道に入った。

岩の隙間やくぼみがあちこちにある。中をのぞくが真っ暗だ。先が見えない。どうやら地下壕の入口のようだ。少し歩くだけであちこちに壕の入口らしきものに行き当たった。いくつかの入口は金網が張られて、中に入れないようになっていた。

遺骨収集事業で、崩落の危険がある地下壕の入口などを塞いだのだろうか。岩に打ち込まれた留め金は真新しい。クイーン・マム号が一キロ沖で沈没して以来、遺骨収集作業は中断しているのに、誰が塞いでいるのだろう。

不思議に思いながら、花崗岩《かこうがん》と硫黄が交ざった縞模様の岩を横目に、舗装された登山道を進む。無線機でやり取りする人の話し声が聞こえた。

声のする獣道へ入る。野中副隊長がいた。地下壕の入口の目の前だ。丸めた新品の金網と、パンパンに膨らんだバックパックが置いてあった。

「野中さん。山登り？」

今日は休暇だから、親鳴山で登山を楽しんでいるのだろうと思ったのだ。

「来栖さんと任務を遂行中です。天城さんは」

仕事中のようだ。「黄血島を散策中」と言いにくい。社会勉強中とごまかした。

「来栖さんは？」

野中は地下壕入口の暗闇をさした。糸巻き装置のようなものを持っている。両手でハンドルを握っていた。タコ糸が洞窟の中へ引っ張られるたびに糸車が回転していた。迷わないように糸を引きながら、中に入っているのだろう。

「地下壕を探検中？」

「そんな言い方をしたら、隊長に怒られますよ」

野中の足元には工具入れの他、何種類もの地下壕の地図があった。生き残りの人の記憶や記録を頼りに記されたもの、米軍が記したものなど、かなり古そうなものもあった。

「これは遺骨収集事業で実際に中に入った調査隊が記したもので、昭和版と平成版です。こっちは最新の令和版」

「なんのためにこんなにたくさん持ってきているの？」

最新の令和版がひとつあればいいような気がした。

「正確な地図がひとつもないんですよ」

米軍が埋め立てた地下壕が風雨で崩れたり、島の隆起で地下壕が潰れてなくなったり、歴史の遺構は刻一刻とその姿を変化させているのだそうだ。来栖が実際に中に入って確認しているのだろう。

「改めて地下壕を確認し直す必要がある？」

「QM号で起こったことと同じことが黄血島で起こると想定して準備しています」

地下壕は親鳴山だけではない。黄血島全土に張り巡らされている。

「変化が激しいこともあって、いまだ全貌がつかめていません。灰人に入り込まれたら、見つけ出すのにひと苦労です」

下手をしたら何か月も、自衛隊や米軍が基地を使えなくなってしまう。

「南太平洋上で海難事故が起きたら、海保が補給基地として使用することもあるんです」

黄血島が使えなくなると、救難対応にも支障が出るということか。

「逆に、オーバーシュートかクラスターが発生し、灰人が群集になって黄血島を覆うことになったら、地下壕は避難スペースになりえます」

来栖と野中は一年半前から地道に調査していたらしい。この親鳴山の地下壕が最後の仕上げというわけだ。

「金網で入口を塞いでいたのは、野中さんたちだったのね」

「ええ、そうです」

「塞いでいるものといないものがあるのはなぜ」

半長靴が砂利を蹴る音が、洞窟の入口から近づいてきた。息切れの声が反響している。来栖が上半身裸の汗まみれで出てきた。絡んだロープを手で振り払いながら、しゃがみこむ。「水」と野中に言った。手には空っぽのペットボトルを持っている。スラックスのポケットや帯革にもペットボトルをぶら下げていたが、全て空っぽだった。

「中はサウナだ。地熱のせいだろうが、凄《すさ》まじいな」

来栖は野中が差し出したペットボトルの水を、あっという間に飲み干した。着やせするタイプか、来栖を屈強な筋肉マッチョと思ったことはないが、いまは装備を身に着けているとき以上の貫禄と大きさがあった。汗がびっしりと皮膚を覆い、砂埃《すなぼこり》で汚れている。

「あんなところで日本兵は一日中穴を掘ってたのか。信じられない」

配給の水は一日にお椀一杯だったと聞いた。

「俺の体たらくじゃ、竹刀《しない》でぶちのめされるな」

来栖は珍しく口数が多かった。汗で濡《ぬ》れた地図を広げて、野中の地図にも記入させている。

「ここは塞ぐ。五十メートル先が岩で埋まっていたが、隙間があったから進んでみたら更に二つに枝分かれしていて、一方は下り階段になっていた」

「すると下の地下壕と繋がっているかもしれませんね。Sの十三番」

野中が別の地図を出す。エンピツでS13と記された箇所を指さした。

「ああ。Sの十三は塞いでいたよな。じゃ、ここもだ」

来栖がようやく、由羽を見た。

「なにしに来た」

散策だ、とますます言えない。なにか手伝えることはないかと調子よく訊いてみた。

「この作業は女性には無理だと思う。すぐ脱水になる。足場も悪い」

「水をもっと運んでこようか。だいぶ飲み干したみたい」

「一時間後に海自の隊員が水の補給に来てくれる」

由羽は邪魔なだけだろう。がんばって、と言い置いて、由羽は来栖や野中と別れた。親鳴山を下山する途中、『親鳴山病院壕跡地』という墨書きの木札を見つけた。岩場に立てかけられている。地下壕の黒い入口をちらりと振り返りながら、通り過ぎようとした。

はぁ……というため息のようなものが、増幅して聞こえてきた。

由羽は咄嗟に周囲を見渡す。鬱蒼《うっそう》としたジャングルのような一帯だった。すぐ耳元で聞こえたような気がしたが、音の出所がわからない。来栖や野中が追いかけてきたのかと思ったが、気配はない。ホウ、ホウと鳥が鳴く声がする。

枯れ葉を踏み散らすような、チリチリという音が足元から聞こえてきた。大きなムカデが由羽の足元にいた。

思わず飛びのき、病院壕の中に逃げ込んだ。背中になにかが這《は》っているような気がする。なんとなく体がむずがゆい。

ひた、となにかが肩に触れる。振り返った。顔に包帯を巻いた日本兵の幽霊が立っていたように見えて、由羽は悲鳴を上げてしまう。

額に大きなガーゼを貼った、東辺だった。

「SPをまいて島内をうろついていたんですか」

東辺を叱るような口調になってしまった。由羽は東辺と親鳴山の麓まで戻ってきた。停めておいた自転車を出す。

「SPのみなさんは友洋丸に乗り込んでいて、警護の検討中らしいです」

「なら東辺さんも一緒に乗船したらいいのに」

「宿舎で待機してくださいと言われたんです」

「それは、警護ができないから建物から出るなという意味です。ひとりでうろついていたらなんの意味もないじゃないですか。東辺さんは襲撃されているんですよ」

由羽は悲鳴を上げてしまった恥ずかしさもあり、きつい言い方になる。初対面という気がしないのもある。最初は捜査対象として、最近はサルベージマスターとして東辺の人物像を知り、見知った相手のような気がしてしまう。東辺もペラペラとよくしゃべった。

「犯人は黄血島までは追いかけてこないでしょう。空からはどう考えても無理だし、いまは海域に海保の巡視船や海自の護衛艦がうじゃうじゃいます。僕を襲撃するための不法上陸なんか不可能です」

「犯人が内部にいたら？」

えっ、と東辺が立ち止まった。ずいぶん無防備で子供っぽい表情をしている。『世界のヒガシベ』なるあだ名が全く似合わない。由羽は自転車を押しながら、北に向かう道路に入った。トビ浜を左手に見ながら北上する。

「サルベージ船団は競合他社の技師や別の潜水会社も入っていますよね。通常の沈没船の引き揚げとは違う。一致団結して協力し合っているようには見えないのですが」

東辺が眉毛を八の字にしながら、ついてくる。

「不謹慎な話ではありますが、我々サルベージ会社の食い扶持《ぶち》は海難事故です」

海難の一報が入れば、早い者勝ちだ。急いで現場に入り、船主や運航会社と交渉を始めるらしい。

「我々をハイエナのように見る船会社もありますし、仕事を取られたと怒る競合他社もいます」

かつて由羽は強行犯係の刑事だった。はっきりと言わせてもらう。

「JSUの海部さんも、瀬戸潜水の周防社長も、あなたのことがあまり好きじゃないみたい」

「そこまできっぱり言わないでくださいよ。傷つくじゃないですか。明日にはみなと一致団結して引き揚げを行うというのに。しかも僕たち今日が初対面ですよ」

あのねぇ――と由羽は呆れる。

「私たちは刑事と被害者なんです。初対面もくそもないでしょう」

「ここまできてなにを言いますか。被害者と刑事じゃないです」

「じゃあなに」

「リック警護隊員と、サルベージマスターだ。安全にＱＭ号の引き揚げを願う、同じ立場の人間ですよ。しかもそっちは新入り」

東辺はいきなり偉そうな目で見下ろしてきた。ほんの一瞬睨《にら》み合ったが――由羽は噴き出してしまった。結局、東辺も表情を緩ませる。二人揃って笑ってしまった。

「よろしければ黄血島を案内しますよ。まだまだあなたはこの島のことを知らないようだから」


トビ浜や沈船群を横目に、東辺は億石地獄も素通りして、北へと進んだ。今日も億石地獄を覆うレンガドームの隙間から、硫黄の煙が出ていた。由羽は東辺に尋ねる。

「今日は、あそこを見なくていいんですか」

東辺は後ろ歩きしながらレンガドームを見つめた。複雑そうな心境が目に出ている。東辺が昨日供えた菊はもう枯れて茶色に変色していた。地熱と硫黄ガスのせいだろう。東辺はなにも言わず、黄血島墓地公園の中に入っていった。

「ここはほかの慰霊施設とはちょっと違います。黄血島の戦いで亡くなった兵士とは関係ない、島民の墓地ですから」

「島民――黄血島って住民がいたんでしたっけ」

「ええ。ご存じない方が多いですが、最盛期は千人以上が住んでいました」

知らなかった。川もないし湧水もない、あちこちで硫黄が立ち込める島だ。血で血を洗う戦闘が行われた、硫黄が噴き出す岩ばかりの島、という知識しかなかった。『死』のイメージが強すぎるのだ。命をはぐくむものがない殺伐《さつばつ》とした島で、人が住むことに適していないと思い込んでいた。

「荒涼としたイメージを持たれることが多いですが、実はとても豊かな島だったんです」

確かに、緑は予想以上に多い。ジャングルのような場所もある。

「黄血島の土は肥沃《ひよく》なんです。海鳥の糞《ふん》が堆積していて栄養価は高く、火山活動で出る硫黄のおかげで土が常に温かいですからね。作物の成長も早いんです」

「全く逆のイメージでした。地熱があるので植物が育たないのかと」

「枯葉地獄や億石地獄、黄血が丘はそうですが、それ以外の場所はよく育ちます。だから当時は農業や畜産業が盛んだったんです」

黄血島を日本軍に明け渡す直前までは十近くの集落があったという。

「その中でも、現在の飛行場の北側にある小山《こやま》集落が一番大きかった。学校、警察、消防、病院、郵便局、商店――全部揃っていました」

毎年国が主催している遺骨収集事業の他、墓参事業というのもあるらしかった。黄血島に先祖代々住んでいて、墓がある元島民の方々が墓参りに行くのを手伝う事業らしい。

東京都の管理となっている黄血島墓地公園は、ここ一年半、手入れがされていない。雑草が生え放題になっていた。東辺は平和の塔と呼ばれる親子のオブジェを通り過ぎた。慣れた様子で奥へ奥へと進んでいく。墓石が散発的に並ぶ一角に出た。地蔵もある。墓参事業が中止になっているので、お供え物は色あせ、一部は周囲に散乱していた。

東辺が灯籠《とうろう》の形をした墓石の前で立ち止まった。きれいに片付けられている。なにも供えられていなかった。『東辺家之墓』と刻まれていた。

「父方の祖父が黄血島出身なんです」

「そうでしたか」

すぐに疑問が湧く。なぜ菊の花を墓地ではなく、億石地獄のレンガドームに供えたのか。訊けぬまま、東辺が手を合わせ説明する。

「小学校時代の夏休みは、毎年のように墓参事業に連れてこられましたね。僕は初めての内孫だったもんで、かわいがられていました」

本当は祖父と黄血島ではなく、家族と海水浴とか、友人と市民プールに行きたかった、と苦笑いする。

「毎年、夏休みの絵日記を描くのが嫌だったものです。黄血島に行ってきたと書くと、担任教師たちの目がさっと変わるんです。俊作君は、あそこで激戦の末に死んだかわいそうな日本兵の末裔《まつえい》かという目で見られる。それが本当にいやで」

東辺の言葉がしばし、途切れた。

「なんの因果でしょうね。祖父が亡くなってからは一度も上陸しませんでしたし、もう二度と来ることもないと思っていたんですが……。まさか、仕事で黄血島に一年半以上も縛り付けられることになるなんて」

墓地の手前にある大きな慰霊碑へ戻った。『黄血島旧島民戦没者の碑』とある。百名弱の氏名が並んでいる。東辺の苗字はなかった。

「祖父の一家は一九四四年の島民一斉疎開で島を出ました。十六歳だった祖父だけが、島に残ったんです」

十六歳以上の男子は島に残って軍属となるよう命令があったそうだ。

「疎開先で一家を養う義務がある成年男子は、一家でひとりまで疎開することが許されました」

父親、つまり東辺から見て曽祖父は疎開できた。

「六人兄弟の長男だった祖父は、たったひとり、残らざるを得なかった」

想像するだけで由羽は胸が締め付けられた。

当時から黄血島は大規模な桟橋がなかったので、沖に停泊していた大型の疎開船に向けて、はしけ船が出ていたという。はしけ船を出すのは、島に残って徴用される男たちだ。

「祖父は自ら、家族が乗るはしけ船を押したんです。家族はみんな泣いたそうですが、本人はけろっとしていたようですよ。鬼畜米英を殲滅せんの一心に燃えていた」

まだ十六歳、大本営の発表を鵜呑《うの》みにして、戦況の悪化を知らなかったのだろう。

公園を出て、再び黄血島を一周する道路に出た。三重山《みえやま》というなだらかな高台に、大きな砲台やトーチカが残っていた。砲台はいまも海岸線を睨むようにたたずんでいる。台座部分は土をかぶっていた。雑草が生えている。すぐ背後には、壕の入口があった。付近にぐにゃりと曲がった鉄骨や鍋などが落ちている。

「祖父は炊事係だったんですよ」

鍋を見たからか、東辺が唐突に語る。

「米軍の上陸に備え穴を掘る日本兵に、食事を提供していたんです」

しかし米軍が上陸してからは、兵士と軍属一般人の区別などなくなってしまったようだ。

「爆弾を持って、戦わざるを得なかったと言っていましたね」

まだ十六歳だったのに——。

「実家は漁や畜産で生計を立てていたようですが、戦況が激しくなってきてから、祖父は学徒動員で工兵隊が出入りする火薬工場で働いていたんです。その経歴もあって〝お前、火薬担いで米兵の戦車に飛び込め〟と言われたそうです」

学徒動員など、工場の単純作業が中心だろう。

「火薬の扱いに慣れていたとは思えませんけど、そんな命令を出されていたんですね」

「黄血島兵団の正式な命令ではないですよ。米軍が上陸後、各隊は散り散りで命令系統は機能していなかったでしょうからね。若くて体力があるのに、斬り込み隊にもなれない、銃の一発も撃てない祖父は、ひたすら地下壕にひそんで身を震わせていたらしいです」

食料も尽き果て、限られた水しかない状況で、ただ怯えているだけの軍属は疎《うと》まれただろう。末端の兵士から無謀な命令を出されてしまったようだ。

「火薬を背負って、夜間、米軍の戦車群へ向かっていった」

徴兵されて訓練されたわけでもなし、どんなにか怖かっただろう。孫の東辺はひょうひょうと語る。

「祖父はそのときのことを、目をらんらんと輝かせて話すんですよ。武勇伝なんでしょうね」

闇夜に紛れ、息をひそめて岩場から岩場へ、渡り歩く。見回りの米兵が銃器や装備品がぶつかる音をやかましく立てながら行き過ぎる間、あらかじめ掘ってあったタコツボのようなくぼみに身をひそめて、息を止める。足音が遠ざかったのを確認し、地面を這いつくばって、戦車に向かう。

「匍匐《ほふく》前進の仕方なんて習っていませんからね。それこそ見よう見真似、本能のままに這いつくばり、火薬を背負って戦車に向かった。アドレナリンが出っぱなしの興奮状態で全く怖くなかったそうです」

由羽は緊迫したまま、東辺の口を通して語られる七十余年前の戦争の話を聞く。

「戦車の下に這いつくばって入り込みまず一息。夜間とはいえ、いつ動き出すかわからないから休んでいる暇はない。背中の火薬が誤爆しないように、そうっと、リュックを下ろしたそうですが……」

信管《しんかん》同士がぶつかり合い、大きな金属音が闇夜に響いた。行き過ぎた米兵が戻ってくる足音がする。英語はわからないが、誰かそこにいるのかと咎めるような口調だ。急いで信管を取り付ける。近づいてくる足音に、焦って狂う手元。額を伝って目の中に入りこむ汗……。

由羽も手に汗握ってしまう。

「万が一、米兵に見つかったら、目の前の爆弾を起動させて戦車や敵兵もろとも自爆する覚悟だったそうですよ。全く怖くなかった。むしろ、〝かかってこい、いくらでも相手になってやる！〟と心の中で米兵を挑発しながら、息をひそめていた」

米兵は戻ってはこなかったらしい。東辺の祖父は信管を取り付け終えて、任務を果たした。

「さあ、地下壕に戻ろうとして——本当の戦いは、これからだったんです」

「米兵が去ったのなら、あとはもう帰るだけですよね」

「進むより、戻る方が怖いんですよ、天城さん」

小高い丘から黄血島沖の青い海を見据え、東辺は続ける。

「戦車に向かって前進しているときは、なにくそ、敵が来たらとっちめてやると意気揚々と敵地へ乗り込む。ところが任務を果たしてさて帰るとなった途端に、突然、怖くなったそうで」

米兵に見つかったら、マシンガンでハチの巣だ。靴についた砂が地面に落ちる音、息を吸う音すら気になる。手足が恐怖でどんどん冷たくなっていく。肩がガクガクと震える。そんな中でようやく地下壕に戻った。

「進むより、戻る方が怖いんだ」

東辺は呪文のように、繰り返した。

三重山を下りた。段丘状の波打ち際が続く黄血島の北部を、東から西へ回った。祠《ほこら》のような形をした岩場が目に入る。『黄金水《おうごんすい》』と墨で書かれた古びた看板が掛かっていた。

「これ、トーチカの一部でしょうか」

「ここは湧水が出てくる場所です。トーチカではなく、自然にできた岩場です」

サウナのような地下壕にひそんでいた日本兵たちは、戦闘が収まる夜になると、水を求めて黄金水までやってきたらしい。

「待ち伏せのアメリカ兵がここで何百人も仕留めたという話です」

「黄金水に行くと攻撃されるという情報が、伝わらなかったんでしょうね」

「そうじゃないです」

幾分強い調子で、東辺が否定した。

「殺されるとわかっていても、水が飲みたくてここまで来るんですよ。まして、この黄金水は、硫黄の蒸気が祠状になっている岩にぶつかって水滴となったものが下のくぼみに溜まったものです。硫黄の成分が多すぎる。飲んだら腹を壊します」

「――腹を壊すとわかっていて、ということですか」

「ええ。銃撃されるし腹も下す。そんな危険な水でも飲まずにはいられないほど、喉の渇《かわ》きというのは耐えがたいものらしいです」

天城さん、とどこか急いたように、東辺が確認してくる。

「クイーン・マム号に第一次感染捜査隊として乗船していたんですよね。誰よりも灰人を間近で見ている」

「ええ。間近どころか何人も殺害してきました」

東辺は由羽がしたことにはあまり興味がなさそうだ。

「灰人は、どうしてヒトの肉を食うんですかね」

唐突な質問だった。由羽は戸惑いながらも、真面目に答える。

「研究は進んでいません。なにせ現在の感染者はＱＭ号船内のリックのみですから」

強烈な飢餓感から、共食いをするのではないか、と国立感染症研究所の研究員が話していたが、定かではない。

気が付けば、道路は丘を登る坂道になっていた。子鳴山だ。頂上まで舗装道路が続く。

「親鳴山がよく見えますね」

頂上に着いたときには正午を過ぎていた。太陽は南の空に高く上がっている。夏のような強い日差しだった。由羽は額に手で庇《ひさし》を作りながら、島の南端に見える親鳴山を見つめた。東辺が指をさす。

「さっき天城さんと鉢合わせしたあの病院壕、祖父が投降直前まで潜伏していた場所なんです」

それで東辺はあの中にいたのか。観光に来ていたわけではなかったのだ。

「祖父はいくつかの戦車を吹き飛ばしたあと、とうとうB29の空襲に遭遇しましてね。砲弾の破片が左腕の側面にびっしり突き刺さる大怪我を負いました」

親鳴山地下壕の中にある、病院壕に運び込まれた。医官がいてそれなりの治療ができる医務壕は、北部の兵団司令部にあった。親鳴山の病院壕は、死にかけた怪我人を一か所にまとめておくだけのスペースだったようだ。

「捕虜になって、地下壕の全貌や軍事機密をペラペラしゃべられたら困りますからね。治療のためではなく、捕虜にさせないための収容場所だった」

痛みに喘《あえ》ぎ、泣く兵士たちや怒る兵士たちがひしめき合っていた。母や妻、子供の名を叫ぶ兵士たちもいれば、痛みに耐えきれず、手りゅう弾で自爆する者もいた。どうせ助からない人には、食料どころか水もない。一滴に満たない水のために発生した殺し合いもあった。

そんな状況下で、米軍の攻撃も続く。投降を呼びかけて地下壕から出てくる者がいないと、海から引いたホースで大量の水を地下壕に流し込んで水攻めにした。

「海水ですから口に入るとしょっぱくてしょっぱくて、数分経たぬうちに、それまでの百倍の渇きに襲われる。それがなによりも辛かった、と祖父は話していました」

水が引くと、地下壕内の高い場所へ逃げきれなかった怪我人や病人は溺死していた。間もなくガソリンが流し込まれ、火炎放射器の炎が地下壕をなめるように這ってきた。

「祖父はなんとか高い場所に逃れ、小さな空気穴に唇を突き出して必死に呼吸を確保したそうです。外にいた米兵が、悲鳴や煙があちこちの岩場から上がってくるのを見て、空気穴を見つける。今度はそこにガソリンを注ぎこむんです」

ガソリンを顔面に浴びた祖父は嘔吐《おうと》し、煙が充満した地下壕内を逃げ回る。死んだ方がどれだけ楽だろう。日差しは暑いほどなのに、由羽は悪寒がした。聞くのが辛かった。

「最後、祖父が逃げ込んだのは、死にかけた兵士の下にちょっとだけできた隙間でした。その下にずっと隠れて、炎や煙からなんとか逃れたらしいです」

東辺が唐突に話を変える。

「さっき、灰人は強烈な飢餓感でヒトを食うという話をしていましたね」

東辺の祖父は、腕にびっしりと爆弾の破片が突き刺さった痛みより、火炎放射の熱さより、空腹感よりも、強烈な口渇感《こうかつかん》がいちばん辛かったそうだ。

「だから、飲んだそうです」

「……飲んだ？」

「やけどで瀕死《ひんし》の兵士の下に隠れていたと話したでしょう。全身やけどであちこち皮膚が割れて、血液や組織液がぽたぽたと、その兵士の指先から一滴、また一滴と垂れ、祖父の額を打った。必死にそれを飲んで、渇きを癒したそうです」

由羽は絶句した。これまで聞いたことがある戦争の話の中でも、最悪の地獄だった。

「その話を祖父から聞いたとき、僕はまだ小学生だったから、言っちゃったんです」

そんな状況下で、なぜ投降しなかったのか。もしくは、自殺を選ばなかったのか。

「なぜ生きようと思ったのか」

言ったそばから東辺が首を横に振る。

「祖父は生きようなんて、これっぽっちも思わなかったそうですよ」

極度の脱水状態では物事を前向きに考えられないだろう。

「あまりの飢えと渇きで、思考はもうネズミ並みだったと言っていました。とりあえず本能に従う。息が苦しければ、空気穴を探す。暑ければ全裸になる。喉が渇けば、人の生き血だろうが、飲む」

東辺がぽつりと言う。

「灰人も同じなんじゃないかな、天城さん」

東辺が親鳴山を背にし、北の海を見据えた。サルベージ船団が点々と連なっている。

「ご家族の意向が優先されるという話ですが、それでいいんですかね」

即座に終わりにしてやるべきではないのか。

東辺は口に出さなかったが、そう言いたいのはわかった。

由羽は大きな不安を持った。サルベージ船団が一致団結しているわけではないことは気づいたが、リックを巡っても各々、考えがバラバラのようだ。

菊田や周防ら、瀬戸潜水の連中は米軍に引き渡してほしいと思っている。

東辺は、即座に射殺すべきという個人的想いを持っている。

由羽の返答を求めるまでもなく、東辺が遠い目で西の方角をさした。岩場と木々の隙間から、レンガの一部が小さく見える。億石地獄のレンガドームだろう。

「祖父はたぶんあのとき、黄血島で終わりにすべきだったんです」

由羽は言わずにはいられない。

「でも生き残ったからこそ、東辺さんのお父さんが生まれたわけで、お父さんがいなかったら東辺さんは……」

「祖父は結局、自殺しているんです」

「え」

「この島で」

硫黄のにおいをやけに強く感じる。風のせいか、大地のせいか。きまぐれに由羽の鼻をくすぐっているとも思えなかった。

「平成元年の遺骨収集事業に参加した夜でした。私は中学二年生の反抗期まっただ中で、同行を断ったんです。祖父はひとりで行った。そして二度と戻ってきませんでした」

初日の夜早々に宿泊施設からいなくなってしまったという。翌日、億石地獄のほとりで祖父の靴だけが見つかった。地獄につま先を向けた状態で、きれいに揃えてあった。死体を見つけることも、捜索することもできなかった。遺書はなかった。

墓参や慰霊事業を展開していた元島民や遺族、生き残った元日本兵たちは「後追いだ」「呼ばれたんだ」と口にした。これ以上同じ道を辿る人がいないようにと、億石地獄をレンガで覆ってしまったらしい。

黄血島は東京都北区とほぼ同じ面積と聞いた。一周したらさすがに右足首が痛くなってきた。自転車を押す由羽の速度が遅くなったのを見て、東辺は察した。

「疲れましたよね。僕が漕《こ》ぎますよ」

ハンドルを奪われた。東辺がサドルにまたがる。後ろの荷台に乗れという。

「ご案内したいところがまだあるんです。黄血島は悲しい話ばかりじゃないですから」

戦争が始まる前まで、人々の豊かな生活があったのだ。由羽は荷台にまたがった。

「私、太めなのでちょっと重たいかも」

東辺は苦笑いで漕ぎ出した。ふらつくかと思ったが、安定している。ワイシャツを捲りあげた腕と、ハンドルを握る手に見事な筋肉の筋が見えた。サルベージマスターとして、沈没船引き揚げの計画をまとめて指揮を執る彼は、そもそも海の男なのだ。金属バットで襲撃されたときも、腕で体をかばい、軽傷で済んだ。屈強な筋肉があってこそだ。

「サルベージマスターって、頭を使う仕事のように思っていましたけど」

「体力勝負の仕事ですよ。一社だけでやるような簡単な海中作業だと、自分で潜って溶接作業とかしますんで」

ガテン系の男なのだと東辺は誇ってみせたが、柔和でどことなくミステリアスな雰囲気があるから、あまり似合わない。

「世界のヒガシベも、飽和潜水とか、今回みたいな大気圧潜水もやるんですか」

「勿論《もちろん》できますけど、その呼び方は恥ずかしいのでやめてください」

「かっこいいじゃないですか、世界のヒガシベ」

「いやですよ。ひと昔前の液晶テレビみたいで」

東辺は来た道を戻り、黄血島を一周するメイン通りに戻ってきた。内陸側に枝分かれした道に入る。しばらく走ると南側に滑走路が見えてきた。滑走路沿いの道をまっすぐ進み、右折してすぐに停まった。左手の野原を指さす。

「ここに東辺家の家屋があったんです」

家屋の基礎すら残っていない。周辺は由羽の背を軽く超す木々が生い茂る。ジャングルに呑み込まれてしまったようだ。

「疎開が始まる前に、B29による爆撃で吹き飛んでしまったんです」

東辺は緑が生い茂る一画を見る。

「平和だったころの黄血島の学校は、開拓者のひとりが始めた私塾が始まりだったので、本土の公立学校とちょっと違う。いまでいうところの、偏差値高めの私立学校のような感じだったらしいです」

自宅には家畜もたくさんいて、漁もしていた。毎日三食、肉や魚を腹いっぱい食べられた。

「地熱のおかげで植物の成長が早いので、野菜もたくさん収穫できる。毎日、ブーゲンビリアやハイビスカスが咲き誇るこの道路を歩いて通学したそうです」

畜産も漁業も農業も盛んで、島民はみな金持ちだった。戦時中であってもみな新品の服を着ていた。本土に疎開した家族は、内地の子供たちの服がボロボロで体はやせ細ってるとか、字もろくに書けない、と驚いたらしい。

「黄血島って本当に豊かな島だったんですね」

東辺が自転車を走らせた。ジャングルが途切れ、黄色っぽい荒涼とした一帯が見えてきた。

「ここが黄血が丘です。地熱があるんで、学校に行く前にここにイモを埋めていくんだぞうです。帰るころには焼き芋ができている」

「子供にはいいおやつですね」

黄色い硫黄と白い花崗岩が混ざり合った土地で、ところどころ灰色の泥が見える。東辺が自転車を置き、歩き出した。

「煙を直接吸わないようにしてくださいね、硫化水素ガスが出るんで」

由羽は驚いて、つい息を止める。密室ではないから硫化水素が出ていても問題ないのだろうが、交番勤務時代に、硫化水素自殺の案件を取り扱ったことがある。周辺を立入禁止にして、近隣住民を避難させるほどの大騒動だった。

コポコポ、と泥の泡が弾《はじ》ける音が聞こえてくる。噴泥のそばに東辺が立ち、指さす。

「この泥、お肌につけてパックするとツルツルになるそうですよ」

「熱そうですけど」

「大丈夫。表面は冷えて七十度くらいしかないので」

掘り進めると百度を超えるらしいので、注意は必要だ。東辺は噴泥が付着した岩肌を指ですくった。由羽の手を取り、その甲に擦《こす》り付けていく。

「なんだか、お化粧品売り場の販売員さんみたい」

東辺がティッシュで泥を拭ってくれた。触ってみる。

「本当だ！　すべすべ」

「あともう一つ、アロマな場所があるんで、お連れしますよ」

滑走路脇の道に戻り、直線の道路を二人乗りで走り続けた。硫黄が混ざる殺伐とした岩場や砂場はなくなる。背の低い草木が生い茂る草原のような場所が見えてきた。黄血島の植物たちは自生できる土を見つけるや大繁殖する。たくましい。

さっきまで硫黄臭かったが、さわやかな香りがしてきた。

「レモンの木でもあるんですか？」

東辺は「惜しい」と微笑み、自転車を停めた。細長い葉っぱをしだれ花火のように散らす草があたりに生えていた。東辺がその一枚をちぎり、由羽の顔に持っていく。

「なんだろう。シトラス？　ハーブっぽいような」

「レモングラスです」

「いいにおい」

葉っぱをもらい、存分にかぐ。

「かつては栽培していたレモングラスを、黄血が丘の地熱を利用して蒸留し、オイルにして販売していたんですよ」

「へえ。そんなに昔からアロマオイルってあったんですね」

東辺は次々とレモングラスの葉っぱを摘んだ。

「祖父は墓参事業のとき、よくこの葉っぱを取って、枕の下に入れて寝ていました。気持ちが落ち着くんだそうです」

東辺がレモングラスの葉を束にして、どうぞと由羽に渡した。

「この島は故郷だったからこそ複雑な思いがあったのでしょうね。夜中に何度も飛び起きたり、塹壕《ざんごう》に入るときの合言葉をうわ言のように言ったりしていました」

結局は自殺してしまった祖父の話に、由羽は相槌《あいづち》を打つのも辛くなる。

クラクションの音がした。北方面から、ジープが砂煙を上げてこちらに向かって走ってきた。周辺に一切建物がないので、三百メートルほど先でも、その姿がよく見えた。屋根のないジープだ。運転席からおーいと手を振っているのは菊田吾郎だ。

由羽は思わず、背を向けた。東辺は無邪気に手を振り返した。由羽に確認する。

「お会いになりました？　瀬戸潜水の菊田さんです」

「はぁ……」

「今回、大気圧潜水で海の潜水作業を一手に引き受けている、すごい方なんです。これまた、面白い人で」

ジープがすぐ脇に停まった。菊田は由羽をちらりと一瞥しただけだ。

「東辺さん、宿舎にいないから捜したよ。警視庁のＳＰたちが激怒しちゃってるよ」

それで菊田が捜しに来たというのか。「だって俺、元警官だから」と菊田は豪快に笑っている。無線機のようなものを手に取り、「東辺さん、確保ォ〜」といかにも警察官ぽく報告を上げた……と思ったら、持っていたのは煙草の箱だった。

「帰りますか。もうちょっと島を案内したかったんですが」

東辺は菊田に由羽を紹介した。菊田は頷いただけで、実は親子なのだと説明しようとしない。由羽は自転車にまたがった。

「じゃ、私はこれで」

「乗ってけよ」

菊田が言った。

「いいです。自転車を返さなくちゃいけないし」

「女一人は危ない。この島は女がいないから」

菊田は問答無用で自転車のハンドルを揺らした。由羽が降りると、菊田は大きな手で自転車のサドル下のフレームをつかみ、片手で軽々と持ち上げてジープの荷台に押し込めた。相変わらず筋骨隆々で、二の腕は由羽の太腿くらいあった。

東辺はもう助手席に座っている。由羽は仕方なく、後部座席に乗った。

ジープが自衛隊庁舎に向けて出発する。菊田と由羽の親子関係を知らない東辺が、ペラペラと菊田の話をする。

「実は、今回のQM号引き揚げ準備中にリックが出てきてしまいそうだとわかったとき、僕の頭に真っ先に思い浮かんだのは、菊田さんだけでした」

バックミラー越しに、照れくさそうな菊田の顔が見える。

「なにせゾンビ船です。しかも経験者が少ない大気圧潜水。若手は無理です。ベテラン潜水士も嫌がるだろうと容易に予想がつきますけど、菊田さんなら絶対に引き受けると思ったんです」

「確か、金払いがいいんですよね。米軍が百億出すんでしたっけ」

由羽はちくりと言ってやった。東辺がかばう。

「菊田さんは正義感の強い方です」

どこが。

「国のため、国民のため、そして美しい海のため。菊田さんなら拒否するどころか、立候補してくれると思ったんです」

菊田は居心地悪そうな顔だ。

「やめてよ、東辺さん。恥ずかしいから」

「だって事実でしょう。忘れもしませんよ、スエズ運河のコンテナ船沈没事故」

数千個のコンテナを載せた日本の商船が座礁し、離礁作業に失敗、沈没してしまった事故らしい。由羽はその話を聞いた覚えがある。日本のサルベージ会社と瀬戸潜水が現地に飛んでいったそうだ。

「スエズ運河ってエジプトですよね。二十年くらい前の話ですか？」

由羽が小学校五年生のときだった。父がまた海外に出たと聞いて、がっくりしたのを覚えている。〝次はエジプトで宝探しだって〟と母は呆れたように話していた。

「そうそう、平成十年のそれです。天城さん、よくご存じですね」

コンテナ船の沈没事故だったのか。どうして菊田は「宝探し」などと母に伝えたのだろう。エジプトで宝探しなんて聞かされて、私費を投じてピラミッドの中を探索でもしているのかと思っていた。

「なにせスエズ運河は一日五十隻以上の大型船が航行する場所です。さほど深くもないので、沈没船を放置していたら通航の支障になります。エジプト政府からも日本政府からも、世界各国の船会社からも急げ急げの大合唱でした」

水深二十四メートル地点なら、一般的なウェットスーツに空気ボンベの装備で作業できるが、海中での作業時間が限られる。空気ボンベが空になる前に浮上しなくてはならない。減圧にも時間がかかる。作業時間が削られるので、大気圧潜水での作業となった。

「まだ新人だった僕と菊田さんで潜ることになったんですよね。正直、不安でした。なにせ早く引き揚げろという周囲の圧力がひどくて、当時の私の上司はろくに事前調査ができていない状況で、〝潜ってこい！〟ですからね」

東辺の不安が的中したようだ。

「菊田さんが作業している場所で、沈没船のコンテナが荷崩れを起こしたんですよ」

忘れられない光景だった、と菊田は苦笑いで説明を引き継ぐ。

「エアーリフターをかついで砂を飛ばしていたら、十メートル近い頭上から、バスくらいの大きさがあるコンテナがドーッと落ちてくるんだよ。あ、やべえ死ぬな、と思ったね」

菊田の口調は軽い。

「死ぬ瞬間とか危機的瞬間って、目の前の出来事がスローモーションみたいにゆっくりと動いて見えるっていうだろ。まさにそれ。コンテナがスローで落下してくるのが見えて、はっと我に返ったんだ。スローで見えるのは、俺が死ぬかもしれないからじゃなくて、浮力のせいだって」

由羽は思わず、噴き出してしまった。こらえようとすればするほど、肩を揺らして笑ってしまう。

菊田がバックミラー越しに由羽を見ていた。なんだか、嬉しそうな顔だ。

「とにもかくにもエアーリフターを投げ捨てて、逃げようとしたんだが」

巨大な大気圧潜水服では素早く動くことは難しい。足はフッドペダルを押すことでしか動かない。

「コンテナに潰されることはなかったけど、アンビリカルケーブルが下敷きになっちゃってな」

「陸は大騒ぎだったんです。コンテナは推定五トン。海底ですから、動かすだけで通常は二、三日はかかります」

「アンビリカルケーブルを切り離せばいいんじゃないんですか」

素人発言だったか、菊田は苦笑いだ。東辺は難しい顔で解説する。

「家電製品から電源コードを抜くとか、そういう感覚ではないんです。切断はできますが、するると製造会社の修理が必要になります。何億円かかるか……」

ただの精密機械ではないのだということを痛感する。

「まあ、中の潜水士が生きるか死ぬかのときじゃないと、切断の判断はできないわな。特にうちの社長はケチだからよ」

菊田は肩を揺らして笑っている。悲壮感《ひそうかん》がないので、由羽も笑ってしまいそうになるが、東辺は目に涙を浮かべていた。

「あの局面は生きるか死ぬか、でしたよ。菊田さんは、自分が死んでも大気圧潜水服を、会社を守ろうとしたんだ」

東辺の声は震えていた。車内が静まり返る。菊田が慌てたように当時の話をまた始めた。

「コンテナには上部にワイヤーフックがあんの。東辺さんらがコンテナにワイヤーかけて、起重機船で持ち上げて、アンビリカルケーブルを引き抜いて無事に救出だ」

「簡単に言いますよ、あれに十時間かかったんですよ。菊田さんはその間、ひとり海底で……」

目頭を押さえた東辺を見て、菊田は困り果てた顔だ。

「もういいってよ、東辺さん。無事だったんだからさ」

「だって菊田さん、ひとことも文句も言わないんですもん。空気があるとはいえ、普通だったらあんな狭い大気圧潜水服の中で飲まず食わずでトイレも我慢で十時間も耐えられないですよ」

「そりゃ、俺がパニックになっちゃったら周囲が焦るだろうよ」

「そこなんですよ。菊田さんのすごいところは」

「なにがよ。中で寝てただけだ」

「菊田さんの潜水士魂には感動しました。十時間後にようやく地上に戻ってきたとき、大気圧潜水服から出てきた菊田さんをみんな――正直、恐々と見ていたんです」

普通は怒る。事前調査が甘かったから起こった事故だ。アンビリカルケーブルの切断を決断しなかった周防社長を殴ってもいいくらいだろう。

「でも菊田さん、みんなに深く一礼したんですよ」

〝迷惑かけた〟

それだけ言って、立ち去ったという。

「めちゃくちゃかっこよくって感動しちゃいました。一方で、おもしろいこともあったんです」

東辺が涙目ながら、笑顔で続ける。

「改めてコンテナにフックを取り付けに僕が潜ったとき、身動きが取れなくなった菊田さんがすぐ脇にいたんですけどね……座ってましたよね」

「だって暇だったし、眠かったんだよ。だから座ってたの」

あの大きな大気圧潜水服では、座るといっても正座やあぐらはかけないだろう。

「両足を前に投げ出して、ぬいぐるみみたいにちょこんと座ってるんですよ、海底に」

東辺がボロボロと涙を流し、大笑いした。

「あの大気圧潜水服、全体が黄色でしたけど、肩の部分に赤い差し色が入っていたんですよね。もうね、遠目に見たら、海底のくまのプーさん」

由羽もつられて笑ってしまう。どうしてか涙ぐんでいた。

「菊田さんを尊敬するのと心配するのと、かっこいいのとかわいいのと。感情がぐちゃぐちゃにされちゃいましたからね」

「あれ以降だよなぁ、東辺さんが俺のことしょっちゅう指名するようになったの。潜水業界はキャバクラじゃねえぞ」

「だって大好きなんですもん」

東辺が少年のように言って由羽を振り返った。

「ね、面白い人でしょ、菊田さん」

生まれたときから、知っている。

由羽は眠れない。明日、いよいよクイーン・マム号の引き揚げだ。夜の八時には布団に入ったが、頭が冴《さ》える一方だった。突然、爆撃音のような音がした。飛び起きる。

「なにごと！」

灰人が来たか。あれは一瞬で感染が広がる。黄血島に押し寄せ、自衛隊や米軍が爆弾でも落としているのかと思ったのだ。

由羽は急いでスラックスをはいた。帯革を巻き、けん銃を装着した。バリバリバリと割れるような轟音《ごうおん》が耳をつんざき続ける。

窓を開けて外の様子を確認しようとしたが、やめた。ここは一階だ。灰人がいたら押し寄せてくる。由羽は廊下に出た。誰もいない。三階へ駆け上がり、来栖の部屋の扉を叩く。

来栖はTシャツにアディダスのジャージ姿で出てきた。手に文庫本を持っている。読みかけのページに指を挟んでいた。

「いま、落ちたでしょ」

「なにが」

「爆弾。すごい地響きがした。外で一体なにが起こっているの」

来栖はぽかんとしている。

「灰人が押し寄せてるんじゃないの？　隊長が呑気な――」

また轟音が響き渡る。来栖が押さえている扉もブルブルと震えるほどの震動だった。

「あれは米軍の夜間飛行訓練だ」

「え、訓練」

「タッチアンドゴーでもしているんだ」

戦闘機が着陸し、すぐまた離陸する高難度の技らしい。

「これが飛行機の音なの？　こんなにバリバリ言っているのに？」

「飛行機は飛行機でも戦闘機だ。マッハの速さで飛ぶ。騒音は民間空港の比じゃない」

しかもこの自衛隊宿舎は、滑走路が目と鼻の先だ。米軍の夜間飛行訓練のときは轟音で揺れるほどらしかった。

「見に行くか」

来栖と二人で夜の黄血島に出た。この界隈は自衛隊の敷地で、庁舎や厚生館、発電所がある。滑走路の照明が眩しい。遠目に南の親鳴山方面や、北の荒ノ鼻の断崖絶壁方面を見たが、真っ暗だ。遠く、水平線に点々と浮かぶのは、サルベージ船団や巡視船の明かりだろう。東にロシア、西に中国の船団がいるらしいが、明かりのようなものは見えなかった。

「中露が足並みを揃えるように姿を消している」

「撤収したということ？」

「情報機関によると、リックの引き揚げが近いことを察して、補給に戻ったんではないかということだ」

燃料や乗組員の食料の調達に戻ったのか。明日リックの引き揚げが始まったら、ことが収まるまでは中露の船団も黄血島沖を離れないということだろう。

「嵐の前の静けさ、という感じね」

言葉の最後は戦闘機の轟音でかき消された。滑走路の照明の下で、星のマークが入った米軍の戦闘機の姿が見えた。宿舎のコンクリートの壁に吸収されていた爆音が、じかに体を突き抜けていく。

いままさに着陸した戦闘機が、猛烈な炎を噴き出して、離陸していく。まるでロケットみたいな炎だった。目に痛いほど眩しい。内臓に音が響いて、体の内側がかき回されているようだった。

上空を見る。満天の星の下を、戦闘機がビューンと一瞬で突き抜けていく。

「二月の黄血島の夜は、寒いばっかりだな」

来栖がふいに言った。同じように空を見ている。

「星がきれいじゃん。あれはオリオン座かな」

「オリオン座は東京からも見えるだろ。六月、七月あたりは、南十字星が見えてきれいなんだが」

　南十字星は東京では見ることができない。

「夜になると月下美人が一斉に咲く丘もある。二月は咲かない」

「六月ごろに連れて来てくれたらよかったのに」

「デートするために黄血島まで連れて来たわけじゃない」

　滑走路と庁舎の間にある芝生の広場に、並んで腰を下ろした。草と土のにおいの隙間に、燃料のにおいがぷうんとする。

　来栖は流れで、文庫本を持ったままだった。

「なんの本を読んでたの」

　来栖のことだから、国際情勢や戦闘技術のハウツー本かなと思った。意外や、小説を読んでいた。しかも中国人作家の本だ。古典ではなさそうだ。

「へえ。中国文学をたしなむなんて、意外」

「基本、日本や欧米の作家の本は読まない」

「実は中国びいきなの？　海保は尖閣《せんかく》でぶつかっているのに」

「ロシア文学もよく読む。敵対することの多い隣国の本しか読まない」

「わかった。研究ね」

「違う。嫌いになりたくないからだ」

不思議な理由だった。

「あくまで対立しているのは国と国。個人や文化まで憎みたくない」

国境警備の最前線にいたことがある者にしか出ない発想だなと思った。憎みたくないから、その国の小説を読む。共感し、楽しんで、彼らを身近に感じようとしている。

由羽は立ち上がり、缶コーヒーを買いに食堂の入口にある自動販売機に向かった。来栖が警視庁の休憩スペースで買ってくれたものと同じ、ボトルの缶コーヒーを選んだ。商品が落ちてきたが、途端に『売り切れ』の赤い表示が出た。滑走路脇の芝生の広場に戻り、来栖に缶コーヒーを投げ渡す。最後の一本だと話した。

「困ったな。業者は一か月に一回しか納品に来ないんだ」

菊田さんのせいだ、と来栖は苦笑いする。

「俺と同じ銘柄を飲んでた。たまに陸に上がると、大量に買い溜めしていくから始末が悪い」

「そうなんだ。そういえば、今日は陸にいたもんね」

「明日が引き揚げだ。いろいろと整理をしなきゃいけないから、と言っていた」

死ぬかもしれないのだ。いつ飛び出してくるかわからない灰人ごと、灰人の骨だらけの沈没船を引き揚げる水中で、菊田はたったひとり、作業しなくてはならない。

「空自の入間基地の隊員に荷物を頼んでいた」

黄血島は郵便物が届かない。宅配便は自衛隊内で取り扱いがあるらしく、本土に届けたい荷物は航空自衛隊に託す。入間基地で宅配便業者に引き渡されるらしい。

「息子に遺品を送ったと言っていたが、伝票の品物名は『干物』だった」

「全然、遺品じゃないじゃない。干物って」

「休日に船で小笠原まで行っていたらしい。そこの土産物だろう」

由羽は適当に笑い流した。

「あの人、テキトーな話をして周囲を驚かせるところがあるからね」

スエズ運河の沈没船対応のときも、母親に「エジプトで宝探し」と話していた。本当は、日本のコンテナ船の沈没事故で、過酷な現場だった。それをそのまま伝えると家族が心配すると思ったから、あんなふうに言ったのだろうか。

海を知らず、夫の仕事を毛嫌いしていた母は、真に受けてしまっていた。

「ずっと思い出さないようにしていたから忘れてたんだけどさ、そういえば、たまにしか帰ってこない父の冒険話を聞くのが好きだったな、って」

父が帰れば、由羽の特等席は父のあぐらの上だった。そこにすっぽりと収まって、無精ひげに包まれた顎を見上げながら、お話をねだった。

「よく覚えているのは、父がオオダコと戦った話」

衝撃的だったのと、父の話が面白かったのもあって、何度も何度もおねだりした。

「オオダコは架空の生き物だ。ミズダコのことか」

世界最大のタコで、足を広げると平均で五メートルにもなるらしい。

「青森の方で米軍の戦闘機が海に墜落して、その引き揚げ作業のために、潜水したときの話だったかな」

父は、引き揚げの際に操縦席のカバーが外れないように固定するために潜った。

「だけど中に棲《す》み着いていたオオダコと鉢合わせ。あちらは激怒よ。真っ黒い墨を吐きながら、襲いかかってきたんだって」

海をよく知る来栖は、深刻に捉えた。

「ミズダコに絡みつかれたら大変だ。首に巻き付いたら窒息死する。吸盤は人力では外せない。大変だったろうな」

「そうらしいけど、父の話だと笑っちゃうのよ」

あのあっけらかんとした性格のせいだろうか。身に降りかかる不幸を全て面白い話に変えてしまう話術と、そう思わせる不思議なオーラがあった。

「父は結局、水中ナイフでオオダコの足を切ってなんとか難を逃れたらしいんだけど、申し訳ないことをしたとも言うのよ」

〝オオダコさんに悪いことしたな。オオダコさんもせっかく居心地のいい家を見つけたのに追い出した上に足まで切っちゃって、かわいそうだったな〟

幼い娘に話す言葉だから、優しげだった。

この二十年近く、全く思い出すことはなかった。由羽と菊田にはそういう時間もあったのだ。

来栖が去年の暮、菊田と初めて会った日の話をする。

「みんなが名刺交換している中で、菊田さんはずんずんと俺のところに近づいてきた。分厚くて硬い手で俺の手をぐっと握ってきて、俺にだけ聞こえる声で、こう言った」

〝天城由羽の父です〟

由羽は来栖から、目を逸らした。

「名乗る前にまずそう自己紹介した。娘が世話になったと……」

由羽は芝生の上で寝転がった。

「なんでいま、その話をするかね」

「いまなら聞く耳を持つかと思った」

滑走路は静かだ。戦闘機はなかなか戻ってこない。

「菊田さんが危険な大気圧潜水に手を挙げたのは、娘のしたことの責任を取らなくてはと思った側面もあるんじゃないかと俺は思っている」

「だけど私の悪口を散々言ってたんでしょ、土砂降りなのに傘一本くれないケチな娘って」

来栖は首を横に振る。

「傘を貸すのも渋られるほど憎まれたという言い方だった。あんたのことをケチだと罵ったことはない。あんたが俺の言葉をそう曲解しただけだ」

由羽は無意識のうちに、口をすぼめていた。

「あんたと菊田さんは、よく似ている」

由羽は眉を上げて反論しようとしたが、遮られる。

「性格がそっくりじゃないか」

「どこが。私はあんな無責任じゃない」

「あんたは仕事に対しては熱血だが、他はどうだ。男関係にだらしない。家庭を顧みるところか、家庭を作ろうともしない」

由羽は更に口をすぼめて、そっぽを向いた。

「タコ」

来栖がぼそっと言った。さっきまでオオダコの話をしていた。結局、由羽は笑ってしまった。

「根っから明るいところとか。菊田さんもそうだろ。前向きであっけらかんとしている。でも芯は曲げない。あんたと菊田さんは、本当によく似ている」

「もう寝よ」

由羽は立ち上がった。来栖は苦笑いしながら、ゆっくりと腰を上げる。

「照れ屋なところもそっくりだ」

由羽は来栖に背を向け、宿舎に戻ろうとした。庇の下で、しゃがみこんで泣いている男の子がいた。工藤警部補の長男、晴翔だ。


由羽は晴翔の隣の壁に背をつけて、コンクリートの上に座った。

来栖は母親を呼びに行った。心配しているだろう。宿舎に戻ろうと由羽は促したが、晴翔が嫌がる。真っ赤な目で由羽を見た。

「僕、泣いていたのがわかる？」

目や鼻が真っ赤だ。母親でなくてもわかる。

「涙が引くまで、もう少し待って。ママを心配させたくない。ただでさえママは、パパが死んだと知らされた日から、大変で……」

健気《けなげ》な少年の様子に、由羽まで泣けてくる。

「じゃ、もうしばらくここにいよっか」

由羽の声まで嗚咽《おえつ》が混ざった。晴翔が眉をひそめる。

「どうしておばさんまで泣いているの」

おばさん、と呼ばれたことに衝撃を受けたが、もう三十五歳だ。仕方ない。

「だってさ、晴翔君は優しくて本当にいい子だから……」

「僕はいい子なんかじゃないよ」

「どうしてよ。いい子だよ。うちの弟に晴翔君の爪の垢《あか》を煎じて飲ませたいわ」

「爪の垢を……？」

「足の爪の間に垢が溜まるでしょ。それをお湯で沸かして飲めってこと」

優れた人にあやかれという意味のことわざだが、具体的に説明してしまった。ますます晴翔は変な顔をしている。

「お母さんは晴翔君を頼りにしているし、お父さんも晴翔君を立派だって思っているよ」

「思っているはずない。あんな怪物みたいな姿になって、動物みたいに歯を剝いて。あんなの、あんなの……」

晴翔の言葉が尻すぼみになる。

〝どんな姿になっていても、お父さんに会いたい〟

晴翔がそう言ったので黄血島まで来た、と母親から聞いたが、違うのか。

「あんな灰色の肌をして皮膚がボロボロになったお父さんになんか、会いたくないよ」

これが本音か。

「だけど、ママにそんなこと言えないし」

子供なりに、親に気を使って出た言葉だったようだ。

「パパはきっとよくなるから会いにいこうね、とか、晴翔が声をかけたらパパはよくなるとか言い張るママを、がっかりさせたくない」

でも、と晴翔は声を震わせ、涙をボロボロ流した。

「怖いよ。あんなのと会うのは無理。会いたくない」

両膝に顔をうずめ、しくしくと泣いた。由羽は晴翔の小さな背中をさすってやる。小さな――といっても、小学校五年生の男子だ。筋肉質でバネを感じる。

「明日、もう引き揚げるんでしょ。パパと会わなきゃいけないんだよね」

「大丈夫。会わなくていい。おばさんからママに話しておこうか？」

晴翔は由羽の手を払いのけるように、首を横に振った。

「無理。ママを傷つけたくないから。僕ががんばればいいだけ。会うよ」

由羽は困り果ててしまった。怖いと思う気持ちも、母親を傷つけたくないという気持ちもわかる。受け止めてやりたい。

「晴翔君。ちょっとおばさんの部屋に来て。いいもの見せてあげるから」

由羽は晴翔を立たせた。尻についた砂をはらってやり、手を繋いで宿舎へ向かった。晴翔は途中で由羽からすぽっと手を抜いた。女性と手を繋ぐのはもう恥ずかしい年ごろか。

宿舎に入り、一階にある自分の部屋へ、由羽は晴翔を連れて行った。胸を張り、鍵付きの縦長のロッカーの脇に立つ。

「じゃーん。この中にはなにが入っているでしょうか」

「モップ？」

由羽はブッと噴き出してしまった。

「そう思うよね。こんな縦長のロッカー、学校じゃ掃除用具入れだね」

由羽は鍵を開けた。中に収めていた89式自動小銃を見せる。晴翔は目を輝かせた。男の子はけん銃とかライフルが好きだろう。弟も小さいころ、ありとあらゆる銃器のおもちゃを持っていた。銃口から飛び出すのはスポンジ玉とか水だったが。

「触ってもいい？」

「いいよ。いま弾は入ってないし」

由羽は構え方を教えた。弾を抜いた状態のシグとベレッタを帯革にはめて、晴翔のほっそりとした腰に巻いてやる。本土でやったら処分ものだが、ここは黄血島で特殊なシチュエーションだ。まあ、いいだろう。

「私は全部で三丁しか持たないんだけど、警護隊の人たちはみんな、マシンガンも背負うんだよ」

「ババババババンッて連射できるやつだよね」

「バババババンはアサルトライフルだね。マシンガンはどちらかというと、ドドドドドッて感じ。お腹に響く迫力だよ」

由羽は帯革を後ろで押さえたまま、晴翔を鏡の前に立たせた。

「こんだけけん銃ぶら下げてたら、怖くないでしょ？」

「うん。最強だね」

「私は警護隊のひとりとして、お父さんの引き揚げと、晴翔君たちとの面会に立ち会う」

晴翔が一心に、うなずく。

「私が晴翔君のすぐそばについているから。大丈夫」

「なにかあったら？　パパがもし、僕を……」

由羽は目を逸らしそうになったが、少年の顔を見据えた。

「殺すよ」

断言した。

「なにがあっても、私や警護隊のみんなが、晴翔君たちを守る。怖いことはひとつもない」

晴翔はまっすぐに由羽を見つめ返してくる。

「それから、お父さんのことを気持ち悪いとか怖いとか、受け入れられないとか思っても、いいんだからね」

「……本当に？」

由羽は大きく頷いた。

「どう思おうが、自分を責めないで。ママに言えないことがあったら、おばさんに教えてね」

「おばさん、名前なんていうの」

「由羽」

「由羽ちゃん」

おばさん呼ばわりでも、ちゃんづけをする。笑ってしまった。

「わかったよ。僕、がんばる」

よし。由羽は晴翔の背中をドンと叩いた。よろけてしまうかと思ったが、小五の少年はしっかり受け止めた。

由羽は、ベッドの枕の下に入れたレモングラスの葉っぱを出した。昼間、東辺からもらったものだ。半分に分けて、ハンカチで包んだ。

「これ、今晩よく眠れるお守り。枕の下に置いたら、一瞬で寝落ちできる」

由羽は晴翔を連れて、工藤一家にあてがわれた一号棟宿舎へ行った。

母親は来栖と共に、そわそわした様子で部屋の前で息子を待っていた。明翔は中でぐっすり眠っているらしい。母親のサンダルは泥だらけだった。長男がベッドを抜け出したことに気が付き、あちこち捜し回っていたようだ。

由羽は晴翔とグータッチで別れた。母親の千夏は深々と由羽や来栖に頭を下げ、息子の背中を抱いて中に入っていった。

来栖と向かい合う。

「俺たちももう寝るか」

「うん」

「おやすみ」

いよいよ明日、ゾンビ船クイーン・マム号の引き揚げだ。言葉には出さない。階段を上がっていく来栖の背中は強張っていた。由羽は眠れそうにない。

第五章　ＬＩＣＫ

朝六時半。来栖と由羽はピックアップトラックに乗り、島の北部へ向かった。黄血島北部で最も標高が高い、子鳴山の頂上で降りる。

もうすぐ起重機船が到着する。クイーン・マム号を引き揚げるためだけに造られた船だ。来栖が北の海を指さす。今日もサルベージ船団が見える。

沈没船の真上にいる潜水支援船、出雲丸を中央に、円を描くように巡視船が囲む。各船の航跡が海上にうっすらと白い弧を描いている。友洋丸はいつもその中心にいたはずが、今日はかなり沖の方にいる。その周囲に、灰色の船が寄り添う。護衛艦だろうか。

サルベージ船団が作る円に西から近づく、一筋の線が見えた。黄血島沖、北西に二キロほどの位置だ。

見たことのない形をした船だった。起重機船といえば、台船の上に巨大なクレーンが載っているイメージだ。自走できないタイプが多く、タグボートが引っ張る。だが、いま航行している船にはクレーンが見えない。船の真ん中部分がどこかへ吹き飛んで、前と後ろの構造物だけが取り残されているような形だった。

「あれが、クイーン・マム号専用の起重機船？」

由羽は眉をひそめて、来栖を見た。

「半潜水式台船というやつだ。真ん中が台船になっている。そこにウィンチが取り付けられているタイプの船だ」

「変わった形だね。包丁で二か所切れ込みを入れて、真ん中だけごそっと取ったみたい」

由羽はかまぼこを思い出していた。目の前の起重機船は両端だけを残して、真ん中のかまぼこを板から取り除いたような形をしている。

「あれでどうやって引き揚げるの？」

「甲板部分に、四角い穴が十か所、あいているだろ」

由羽は双眼鏡をゆっくりと動かしながら、数えた。確かに、かまぼこ板の部分に等間隔に穴があいている。不思議な構造だが、両脇の構造物の浮力で安定しているようだった。

「双眼鏡で見ると、台船部分と構造物の高さの落差がすごいね」

「高さは三十メートルある」

そんなに、と由羽は目を見張る。

「台船部分の全長は二百メートル、幅は三十八メートルだ。なにを思い出す?」

「QM号の大きさね」

「そう。あそこにすっぽり収められる構造だ」

もう少し倍率を上げるよう、来栖に指示される。

「半潜水部分の十か所の穴のすぐ脇に、機器がついていないか」

由羽はダイヤルを回して、倍率を上げる。

「ウィンチね」

ケーブルが巻かれている。ヘルメットに救命胴衣姿の作業員がそばに立っていた。ウィンチは大人の身長を軽く超える高さがある。

「すごいね。なにもかも巨大」

「全てQM号を引き揚げるためだけに特注された」

ウィンチも、ケーブルも、船自体もだ。

「十個ある穴からケーブルを海面に下ろして、QM号に引っ掛ける。ウィンチが巻き上がり……」

沈没船は引き揚げられる——そこまでは想像がつく。

「海面近くまで引き揚げたあと、どうやってあの甲板の上に載せるの?」

「載せない。あの甲板自体が、上昇する構造になっている」

由羽は感嘆した。

「なるほど。それで、両脇の構造物の高さが三十メートルもあるのね」

沈没船をぶら下げた甲板を上昇させたあと、底板や舷側が設置されるらしい。舷側を支えて繋ぐ梁《はり》などは船尾側の構造物の中に収められている。引き揚げから一時間ほどかけて人の力で船底と舷側が設置され、クイーン・マム号は船倉の中に収まる。同時に、船内の排水が始められるようだ。

「排水完了後、ＱＭ号を支える足場を設置して安定させる。そこで初めてワイヤーやウィンチが外される」

「いよいよ、リックの回収が始まるのね」

足場の設置にも二、三日かかるという。ロボットを走らせて船内の損傷箇所を確認し、人が通れるだけの通路を確保して強度も確認する。安全確認が取れ次第、リック警護隊が保護房――リックを安全に捕獲する檻《おり》――を持って、十二階ランドリールームへ出陣という流れだ。

「それにしても、サルベージ技術ってすごいんだね。こんなに大がかりなのは史上初なんじゃないの」

「国内ではな。海外ではそうでもない。だが国家規模であることは間違いない。沈没した船が社会にとって重要なものであれば、国が主導し金を出して、沈没船を引き揚げる」

今回のクイーン・マム号は、特異な感染症で亡くなった八百七十人の遺骨が眠る船なのだ。

「あの船の名前、なんていうの」

「御母衣丸《みぼろ》だ」

来栖が漢字でどう書くか教えてくれた。岐阜県に実際にある地名らしい。

「ぴったりの名前だね。最終的にあの船の懐に、クイーン・マム号を抱くことになる」

「ああ――」

来栖の声は寂し気だ。由羽は双眼鏡を目から離して、来栖の横顔を見た。

「御母衣丸は、QM号引き揚げのためだけに造船された。そして感染の危険を一身に背負う船でもある。リックを出し、遺骨の収集作業が終わったら、すぐにドックに入る」

ドック――船の修理や点検を行う場所のことだ。

「そして、QM号もろとも、解体される」

解体完了は、二〇四〇年ごろになるという。由羽は五十三歳、来栖は五十五歳になっている。定年を意識する年齢になるころ、ようやく終わるのか。途方もない。

「私たちのせいで……とんでもないことになっちゃったね」

軽々しく言わないと、押し潰されそうだ。来栖が拳を見せた。

「取り残した灰人があと一体」

「わかってる。がんばろう」

拳を突き合わせた。


警備に集まっている巡視船が、迎えの船を出してくれた。灰色のゴムボートで、リック警護隊は御母衣丸へ向かう。

巨大な半潜水式台船、御母衣丸に近づいてきた。台船部分はサッカー場と同じくらい広さがありそうだ。前後の構造物は十五階建てのビルに匹敵する。不思議な形をした船だった。

ゴムボートが御母衣丸の前部に横付けされた。リック警護隊員たちは背中に背負ったライフルやマシンガンを無駄に揺らすことなく、一瞬で船内に入る。船に侵入する訓練をやっているのだろう。由羽は置いていかれないように必死だった。

出迎えの作業員に促され、狭い通路を歩き、鉄製の階段を上がる。五階まで上がったところで、『第一会議室』という部屋に案内された。

広々としたスペースに、長テーブルやパイプ椅子がずらりと並ぶ。無線機を手に握ったままのつなぎ姿の男がいた。頭を剃っていて色付き眼鏡をかけていた。屈強な体つきで、額に傷痕がある。陸で出くわしたら職務質問したくなる見てくれだ。

「御母衣丸の船長で、浜浦《はまうら》建設の中園《なかぞの》です」

来栖が代表で挨拶した。

「立派な船ですね。陸では米軍兵士も珍しがって見ていました」

「いやいや、所有は我々ですが、造船は神田《かんだ》重工さんですよ。私はただの雇われ船長」

見た目はこわもてだが、中園船長は親しみやすそうだ。

それにしても、一体この引き揚げ作業にどれだけの企業が参加しているのだろう。引き揚げ計画を立て、指揮を執るのが日出サルベージ。補佐するのがジャパン・サルベージ・ユナイテッド。潜水作業を行うのが瀬戸潜水。沖田潜水やオランダのサルベージ会社の他、多数が機材を貸している。起重機船を動かすのは浜浦建設。造船したのが神田重工。他にも由羽の知らない企業が様々な形で関わっているはずだった。

あまたの海洋系企業が集結しての大プロジェクトなのだと、改めて感じる。

「まだ据船《すえせん》が終わっておらず、バタバタしていますが、船内をご案内します。狭くて足場が悪いですが、どうぞ」

一行は、各階をざっと案内されたあと、十階に向かう。

「十階には船橋《せんきょう》と指令室。それからウィンチ制御室があります」

中園船長が扉を開ける。前面ガラス張りの船橋に入った。通路や階段は薄暗かったので、目がくらんだ。

「こちらが船橋ですね」

現在は操舵手の他、五人の見張りがいた。無線機を握り、細かく指示を出している人がいる。コンピューター制御パネルの前に立って確認作業をしている。

「現在は据船といって、この船に六個ある錨《いかり》をおろしているところです」

この規模の船で錨が六個は不安定だと思ったが、事情があるらしい。

「御母衣丸は沈没船の真上で停船し続けなくてはなりません。波や風で流れてもすぐ元の位置に戻れるよう、自動船位保持システムがついています」

ＡＩが自動で船の位置を調整するらしい。潮に流されても波で動いても、勝手に元の位置に戻ってくれるというわけだ。

「だからあまりガチガチに投錨《とうびょう》しちゃうと、かえってダメなんです。多少の遊びの部分を作っておかないと」

続いて、船橋の裏手にある、指令室に入った。ここも甲板を見下ろせるよう総ガラス張りになっていた。サッカー場二つ分ぐらいの広さの甲板と十個の穴、行き交う作業員の姿もよく見えた。

窓のすぐ手前に制御盤がある。十個あるウィンチを動かすスイッチレバーの他、各種計器がずらりと並んでいた。右手の壁は三十個近いモニターが設置されている。中園が次々とモニターの電源を入れて、タブレット端末で操作した。

「潜水支援船、出雲丸の甲板、大気圧潜水士のヘルメットに取り付けられているカメラ映像も見ることができます」

出雲丸の甲板は、今日もケーブルや機材が出て雑然としていた。各種ケーブルが海に没している。もう菊田は海底で作業を始めているのだろう。

「これが、大気圧潜水士のヘルメット映像ですね」

中園が指さしたモニターに、黄色い腕とマニピュレーターの手が映る。クイーン・マム号の舷側に取り付けられたアイプレートをつかんで、引っ張っている。強度を確認しているのだろう。すでにアイプレートはシャックルと呼ばれる馬蹄《ばてい》型の器具でワイヤーと接続されている。

「同時に自走式の水中カメラも入れて、大気圧潜水士の動きを見ることができます。周囲になにか危険が迫っているとき、例えばサメとか、落下物とか、そういうときにすぐさま大気圧潜水士に知らせるためです」

水中カメラの映像もモニターに映った。

全体的に青みがかった画面の右手に、巨大な壁がそそり立つ。黄色の大気圧潜水士の全身を、画面の中央に捉えている。クイーン・マム号は巨大すぎて、全体像を映し切れていない。沈没船というよりも、海底にそそり立つ城壁か建造物のように見えた。

「会話も確認できます」

中園が制御盤を操作する。菊田と東辺のやり取りが聞こえてきた。東辺の声は黄血島を回っていた昨日とはまるで違う。繊細そうだったが、いま指示を出す声は太く、男らしかった。

眼下には、広い甲板を全速力で走る作業員の姿が見えた。

〝六番、シャックル固定完了！　次、七番！〟

菊田の声が流れてくる。由羽は、彼を映す水中カメラの映像を見た。水の中をゆるりと下りてくるケーブルにはアイがついている。一端がループ状になっているのだ。菊田がマニピュレーターの手でぎゅう、ぎゅうとシャックルのネジを回し固定していく。

「早いなあー。さすが、菊田さんだな」

中園船長が感嘆している。今日到着したばかりだが、菊田のことを知っているようだ。

リック警護隊は中園船長に連れられて、一階の甲板に向かった。サッカー場二つ分と聞いてはいたが、いざそこに降り立つと、その広さに驚く。

「本当にすごいね。よくこんな形の船が海に浮かんでいられると思うわ」

十か所ある各ウィンチ脇の穴では、海中に下ろしているケーブルを調整している作業員がいる。各自、手にタブレット端末を持っていた。スイッチを押したり、レバーを引いたり、重量数値を入力したりしながら、無線で緊密にやり取りもしていた。

由羽は船首側のいちばん端にあるウィンチを見た。すぐ脇に三メートル四方の穴があいていて、海面が見えていた。ワイヤーはここの穴を経て、海の底にいるクイーン・マム号へと繋がる。青く光る海水が壁にぶつかり、ドボン、ドボンと不気味な重たい音を立てていた。

この真下に、クイーン・マム号と灰人がいる。

十一時、全てのアイプレートとケーブルをシャックルで繋ぐ作業が、完了した。

由羽は、御母衣丸の指令室のモニターから水中の様子をじっと見つめていた。

かつて生死を賭けて戦った船だ。いまは方々をケーブルに繋がれて、がんじがらめになっている。蜘蛛《くも》の糸に引っ掛かり悶《もだ》える虫のようにも見えた。

潜水支援船、出雲丸の甲板の映像を見る。

海底から戻った菊田は、Tシャツに短パンという恰好で、甲板をうろついていた。ペットボトルの水を飲みながら、周防社長となにか話している。左腕のダイバーズウォッチを見た。頭に手をやり、しゃかしゃかとなにかを振り払うように頭をかく――父は若いころからよくこの仕草をしていた。

甲板にはスタンドに固定されて再び出動を待つ大気圧潜水服がある。

お台場にある巨大なガンダム模型を思い出した。あの甲板だけ、なんだかロボットアニメの一場面を切り取ったようだ。そこに乗り込んで危険な水中作業を一手に担う菊田は、ヒーローか。

ウェットスーツに着替えた菊田が、スタンドに取り付けられた階段を上がる。作業員と共に装備のチェックを始めた。大気圧潜水服の上半身部分が取り外され、腰の部分に暗い穴がぽっかりとあく。菊田はペットボトルの水を飲み干して、空になったものを作業員に手渡す。軽々と足を振りあげて暗闇に足を入れた。周防社長がタブレット端末を見せた。二人でなにかを確認している。うん、うん、と頷いている菊田の一挙手一投足を、由羽はじっと見つめる。

やがて上半身部分がかぶせられ、菊田の姿は見えなくなった。

来栖が指令室に入ってきた。

「ここにいたのか」

一時間後に引き揚げだ。リック警護隊や乗組員も昼食を摂っている。由羽は準備されていたおにぎり二つとお茶、唐揚げをもらい、指令室でひとり食べていた。

「東辺さんが友洋丸を出た。一一四〇《ヒトヒトヨンマル》にはこの指令室に到着する。席をあけておけよ」

十分後だ。了解、とだけ答えて由羽は再びモニターに見入った。父が中に入っている大気圧潜水服が、クレーンに持ち上げられた。スタンドが取り外される。作業員が、絡まないようにアンビリカルケーブルを送っていた。

扉が閉まる音がしたが、来栖はまだそこにいた。

「心配か」

由羽は反論したくなるのをこらえる。

「シャックルの取り付けは全部終わって、水中作業はもうないはずなのに。彼はまた潜るのね。そりゃ心配よ」

「引き揚げが完了するまで、海中に入ってケーブルやアイプレートに異変がないか視認する潜水士が必要だ」

実際には自走式水中カメラ三台がライブ映像を船の上に届けるが、それらにトラブルがあったら、近くに人がいた方が即応できる。

「海底に鎮座していたときはまだ安全よね。その状態で沈没船は安定していたわけだから」

「ああ。海底から船底を離す、この瞬間にも船に大きな負担がかかる。船体がバラバラに砕けるかもしれないし、落下するかもしれない。海面から上げるときが特に緊迫する」

海中で引き揚げている最中は浮力に助けられるが、水から上がった途端に浮力から解放された船は、ずしりと重量がかかる。そこで船体が壊れたり、アイプレートが舷側ごと外れて落下したりするトラブルはよくあることだという。

「東辺さんの重量計算、浮力計算が間違っていないこと、事前の船体調査が万全であることを願うしかない」

「いずれにしても、私たちは安全な船の中でモニター越しに見るだけ」

「ああ。菊田さんの役割がいちばん、危険だ」

来栖が隣に座った。

「心配か」

「何度も訊かないでよ」

来栖が肩をすくめた。無反応、無表情が多い彼にしては珍しい反応だった。

「うちの母親ね、私が小学校六年生のとき、担任教師と不倫してたんだ」

唐突に、告白してしまった。これまで誰にも話したことはない。弟にも、菊田にも。

来栖の反応を見ず、由羽は笑い飛ばした。

「よくあるゴシップよね。保護者と担任教師。ネットニュースとかでも軽くネタにされるやつ」

女性週刊誌やスポーツ紙の官能漫画の題材としてもたびたび取り上げられる。

「当事者の子供は衝撃どころの騒ぎじゃないよ。担任教師と、母親だよ。そいつの授業を受けなきゃなんないの。家に帰ったら母親がいるし。誰にも相談できない。あれには本当に参ったわ」

由羽は笑い飛ばしたのに、来栖は黙っている。

「でも私はさ、母ではなくて父を恨むことにした」

「………」

「家をあけっぱなしで、母親を寂《さみ》しがらせて、金銭的にも苦労させている父が悪いって」

だってさ、と由羽は来栖を振り返った。じっと制御盤に視線を落としていた来栖が、ようやく由羽を見返した。

「母を責めて怒らせたら、私は捨てられるじゃん」

まだ小六だった。ひとりで生活はできない。施設には行きたくない。

「父親はどこにいるのかわかんないし。母親を怒らせないことは死活問題だった。弟の世話もある。私も小学校六年生なりの生活を守るのに必死だった」

だから、母に理解を示し、父親を更に激しく責めることにしたのだ。

「あんたが本当に恨んでいたのは、母親の方だったんだな」

潜水支援船、出雲丸の甲板に、もう父の姿はない。彼に繋がるアンビリカルケーブルが苦しそうにのたうち回っている。


東辺が御母衣丸に到着した。ＳＰが三人ついている。特殊な起重機船に乗っても、ＳＰは珍しがるふうでもない。あたりを忙しなく見回して、警護対象の周囲を守る。

指令室では東辺の他にも、ウィンチの操作をする甲板長と甲板員が五人いる。中園船長も入った。ＳＰも入れたら中は混雑してしまう。リック警護隊は会議室で待機し、転送されたモニターから状況を確認することになった。

リック警護隊が見守るのは、クイーン・マム号十二階のランドリールーム内に固定された水中カメラの映像だ。

洗濯乾燥機の中のリックの状況を、リアルタイムで映している。船体が動く以上、船内も相当な振動がある。洗濯乾燥機が右へ転がるか左へ転がるか、はたまた前へ倒れるか。リアルタイムで監視する必要がある。万が一、蓋が外れてリックが出てきてしまうようなことになったら、引き揚げ後に即応する。

由羽は指令室にやってきた東辺に一礼した。来栖と共に第一会議室に向かおうとして、東辺に呼び止められる。

「天城さんは指令室にいていただいて、かまいませんよ」

耳打ちされる。

「お父様なんですよね」

東辺が、モニターに映る大気圧潜水服姿の菊田を見た。

「菊田さん本人から昨夜、聞かされまして。自慢の娘だと」

由羽は来栖に答えを求めた。我ながら、自分で決断できないのが情けない。

「なにかあったら呼ぶ。無線機を外すな」

来栖はそれだけ言い、ひとりで階段を下りていった。

正午。

黄血島沖は晴天だ。真っ青な空を鏡に映したように、海面が青く澄んでいる。御母衣丸の指令室の目の前から、ウィンチが並ぶ甲板が見える。左右の海と空の色はみずみずしい。あまりに楽園がすぎる。無機質な甲板との落差が凄まじい。

制御盤の前には、レバーを握りスイッチを押すヘルメット姿の作業員たちが集う。無線機でてきぱきとやり取りをしている。東辺は制御盤を動かす男たちの後ろに立ち、モニターの映像を見据えていた。

足かけ一年半の準備を終え、いよいよ、クイーン・マム号の引き揚げが始まる。

作業員たちが現場に異常がないことを報告し合っている。水中カメラを動かしてシャックルの固定を確認している友洋丸の作業員が「異常なし！」と報告する。

船底に通したケーブルを確認しているのは、菊田だ。

〝メインケーブル、異常なし！〟

最後に「異常なし」の声を上げたのは、来栖だった。

「QM号十二階船内、リックに特異動向なし」

東辺が「よし」と気合を入れるように手を叩いた。引き揚げ開始だ。

「第一から第十ウィンチ、巻き上げ開始！」

五人いる甲板員たちが、次々と無線で報告を上げた。

「第一、二ウィンチ、巻き上げ開始！」

「第三、四ウィンチ、巻き上げ開始！」

ほぼ同時に十個の巻き上げ装置が動き始めた。船体がガタガタと揺れる。目の前の第一ウィンチの回転は目視できる。指令室の壁が細かく震え始めた。計器の針も微振動している。背後の船橋から声が上がる。

「全ウィンチ作動確認、自動船位保持システム作動！」

水中にいる菊田の声が聞こえてくる。

〝ゴーヘイ、ゴーヘイ！〟

『巻き』を意味するクレーン合図の言葉だ。

モニターでは水中カメラが、船首部が吹き飛んだ黒い断面と左右の舷側、船尾部を映し出している。たわんで波に揺れていたケーブルが少しずつ張り始めている。菊田のヘルメットのカメラは、船底のケーブルを映していた。こちらもピーンと張る寸前だ。

〝ゴーヘイ！　メインケーブルはあと五秒くらいかな！〟

三、二、一——。

由羽は心の中で唱える。

〝はい、張った！〟

他、三か所の水中カメラでポイントを確認していた友洋丸の作業員からも〝張った！〟

〝張りました！〟と次々と報告が入った。

「上がるぞ……！」

東辺が唸《うな》るようにつぶやいた。祈るような声でもあった。

由羽は無意識に両手を胸の前で組んで祈っていた。

全てのケーブルが張る。いよいよ持ち上がると思った瞬間からの沈黙が長い。

上がった、という報告がなかなか来ない。トラブルの報告もない。みな固唾《かたず》を呑んでいる。世界から音が消えたかのような、五秒間だった。

ドーン、と雷が落ちたような音が腹の底に響き渡り、指令室が大きく揺れた。由羽は後ろへひっくり返ってしまった。ＳＰたちは周囲の手すりにつかまる。しゃがみこむ者もいた。東辺は足を広げて踏ん張る。スイッチやレバーを握る甲板員たちは計器につかまって耐えている。

一体なにがあったのか。

海底に雷が落ちたようだったが、船が割れたのだと由羽は思った。

菊田の叫ぶ声がした。

〝上がったぞ！〟

成功か。

〝五センチ……はい、十センチ！　いい具合だ。メインケーブル問題なし！〟

由羽はモニターにかじりつく。確かに、船底が浮かんでいる。海底の砂が巻き上がり、海水が濁っていく。確かに船は上昇していた。

他の水中カメラでも、船体がゆっくりと浮かび始めているのがわかった。〝上がった〟〝トラブルなし〟の報告が次々と上がる。ウィンチを制御する甲板員からも、計器が示した重量を報告し合う声が聞こえる。

いまの爆音はなんだったのか。中園船長が教えてくれた。

「巨大な物体が持ち上がるときに、必ずあの音がするんですよ。船が海底から引きはがされる音ですね」

「そうだったんですか。いや、びっくりしました」

「このあと、船が海面から完全に出た瞬間に強烈な重力が船にかかります。この起重機船は一気に喫水が下がり、大揺れになるはずです。どこかにつかまっていてください」

水中カメラの映像を見ている友洋丸の作業員が、カウントをしている。

〝一メートル上昇。現在水深七十九メートル〟

東辺が復唱する。

「現在水深七十九メートル」

無事持ち上がったが、一メートルの上昇に一分近くかかっている。今後は加速するだろうが、まだまだ先は長い。

由羽は額にびっしりと汗をかいていた。東辺も首から下げたタオルで顔を擦りながら、計器の数字やモニターをひっきりなしに確認している。

〝メインケーブルの三番、たわんできた！〟

菊田の声に、由羽はどきりとする。東辺は冷静だ。甲板員も淡々としている。

「三番メインケーブルの速度、上げてください」

東辺の指示に、甲板員が速度ピッチを上げるダイヤルをじりじりと回していく。

〝三番メインケーブル張った！〟

菊田の報告に、甲板員は指示を求めた。

「速度保持？」

「速度保持で」

東辺が答えるも、モニターを見て眉をひそめる。あと二本あるメインケーブルがたわみ始めているようだ。

「速度上げますか」

「もうちょい我慢、速度保持」

「速度保持、了解」

「そろそろだ。三番メインケーブル、スライ」

巻き上げを緩めるクレーン合図の指示が出る。まさに、一センチ単位、一秒速単位でウインチの調整をしているようだった。アイプレートで固定されたケーブルは問題ないのだろうか。由羽はモニターに視線を走らせたが、見えにくい。海底の泥や砂の巻き上げで、視界が悪くなっている。

「現在水深、六十メートル！」

水中カメラの映像はどんどん黒く濁っていく。海底の泥の色だ。大気圧潜水士のヘルメットのカメラ映像も、視界がない状態だ。

〝視界がゼロに近いな。現在水深は？〟

菊田の問いに、東辺が無線越しに答える。

「水深五十九メートル、現在時刻は一二一五《ヒトフタヒトゴ》」

〝ちょっと早すぎたか〟

東辺が再び、タオルで顔の汗を拭った。

「つい気が急いて。ここらでもう止めましょう」

東辺は特に焦る様子もなく、ウィンチの停止を命令した。甲板員たちが復唱し、それぞれにウィンチを止める作業に入る。

「ヒール、トリム確認」

沈没船が縦に横にバランス保持されているか、数値を報告し合っているようだ。

二十メートル持ち上がったところで、引き揚げを止めてしまった。これだけ視界が悪いとケーブルの状態が目視できないから、続行は危険だろうが……。

「この状態で止めて、大丈夫なんですか」

水の中にただ一人で作業している菊田が心配で、由羽は思わず尋ねた。東辺が微笑む。

「大丈夫、泥の巻き上げによる視界不良は想定内です」

気象庁の海流予測によると、十二時半過ぎから干潮に入るのだという。

「その影響で、この海域は潮流が速くなるんです。その潮流が砂の巻き上げを流してくれる予定だったんですが、ちょっと引き揚げがスムーズすぎました」

気象海流の影響を考慮するのは当たり前だろうが、その条件を効率的に利用して船を引き揚げるようだ。サルベージというのは殆ど芸術とすら、思えてくる。

「お父さんもそれは承知ですから、大丈夫。視界がよくなるのは計算上、十二時五十分ごろになります。三十分の休憩ですね」

ウィンチの完全停止が報告された。船体に異常はないという。

菊田も浮上するようだ。

「一旦、コーヒーブレイクとしますかね」

甲板員や東辺は指令室を離れられない。中園船長がコーヒーを淹れに給湯室へ向かった。由羽も手伝う。紙コップにインスタントコーヒーを入れた。

「天城さん。菊田さんの娘だったんだね」

中園が薬缶《やかん》に火をかけながら雑談を振ってきた。菊田とは長いつきあいらしかった。

「三沢《みさわ》基地の戦闘機を引き揚げるときに、うちの起重機船が出たんですよ」

「父がオオダコと戦ったやつですね」

それそれ、と中園は肩を揺らした。

「その話をすると娘が大喜びするんだ、と菊田さんが顔をほころばせていたことがあってね」

インスタントコーヒーの粉が、少しこぼれた。濡れた台の上で溶けていく。

「仕事柄、なかなか家に帰れないでしょう。特に、菊田さんとこの瀬戸潜水は小さい会社だから、ずっと経営が大変なのよ」

機材や人件費を含めて作業に数千万円かかったのに、依頼者——要は船会社が倒産してしまい、報酬がゼロだったことや、逃げられてしまったこともあったらしい。

「そういう危なっかしいトコの船とか、無保険のところなんかは、大手は引き受けないでしょ」

瀬戸潜水のような小さな企業は、来る者拒まずで数をこなしていかないと経営が成り立たないのだろう。

「そもそも菊田さんは金になんなくても、海のためにやらなきゃという使命感みたいなので動いてるところもあるからさ」

「海のために……」

「そう。油垂れ流している船とか、航路を塞いじゃっている船とか。金になんないとわかってても、やっぱ誰かがやらないといけないからね」

道楽で金を使い果たしていたのかと思っていた。母はそう言っていた。まるで由羽にそう言い聞かせるようでもあった。違ったのか。

ザッと腰に取り付けた無線機が鳴った。来栖だ。応答する。

「すぐに第一会議室へ来い。緊急事態発生だ」

由羽は思わず小さな無線機に前のめりになった。来栖が短く答える。

「リックが消えた」

由羽は階段を駆け下りて、第一会議室に飛び込んだ。あまりに慌てていたから、手にスプーンを持ったままだった。来栖は無線であちこちに指示を飛ばしている。

口うるさい男が押しかけていた。QM号対策室長の保月芳樹だ。

「どうしてきちんと監視していなかったんだ！」

リック警護隊の面々を怒鳴り散らしている。邪魔だ。由羽は保月の背中を突き飛ばした。モニターを食い入るように見る。

クイーン・マム号内部は、引き揚げが始まった振動からか、床などに降り積もっていた塵が舞い上がっている。ピントの合わないカメラをのぞいているようだ。

リックがいた洗濯乾燥機はその輪郭がわかるだけだ。窓の内側がどうなっているのかも見えない。窓の存在すら、わからなかった。

「ほんとうにリックはいないの？」

来栖は無線でやり取り中だ。すぐそばにいた野中副隊長が答える。

「自分はよくわかりませんでした。来栖隊長が確かに消えたと」

保月がまた割って入ってきた。

「来栖の見間違いなんじゃないのか」

「ちょっと黙っててください」

由羽は怒鳴り返した。スピーカー越しに、誰かの悲鳴が重なる。

菊田の声だ。

由羽は第一会議室を飛び出した。右足首にぴりっと痛みが走る。階段を駆け上がった途端にじんじんとした痛みになった。かまっていられない。第一会議室のモニターでは、リックがいた洗濯乾燥機周辺の様子しかわからない。心臓が暴れるのを持て余したまま、由羽は指令室に飛び込んだ。ここも騒然としていた。甲板員たちがモニターにしがみつき、東辺は無線機に怒鳴る。冷静なSPたちも、唇を震わせてモニターを見ていた。

「菊田さん、応答願う。菊田さん！」

菊田のヘルメットに付けられたカメラの映像はもともと黒く濁っていたが、いまは灰色だった。

中園船長も戻っていた。無線機をつかみ、友洋丸の水中カメラ班に叫ぶ。

「水中カメラを菊田さんに向けてくれ。トラブルのようだ」

船首側と船尾側、船底部にいた三台の水中カメラが方向転換し、菊田のいるメインワイヤー方向へ向かう。船首と船尾の二台はどこかにぶつかったような音を立てた。

〝無理です、視界が悪すぎて、進めません〟

〝いまの状態で動かすと空間識失調を起こします〟

頼みは、船底部にいた水中カメラだった。船の舷側に沿うように、上昇している。

〝あっ、見えてきました！〟

濁った視界の中で、黄色い物体の輪郭がかろうじて見える。菊田の大気圧潜水服だ。

「もっと近づいて。もっともっと」

東辺が叫ぶ。

ワイヤーで吊り下げられた大気圧潜水服のシルエットがぼんやりと見えてきた。両手足を滑稽なまでにバタバタと振っている。糸が絡まった操り人形のようだった。

ヘルメット部分に、灰人がしがみついていた。

リック警護隊はゴムボートで、御母衣丸から潜水支援船、出雲丸へ向かった。

出雲丸の船上はパニック状態だった。

「巻き上げろ！　菊田さんを救出するんだ」

作業員が叫んだ。大気圧潜水服のスタンドを改めて設置している。周防社長が止めた。

「無理だ。ゾンビがくっついてるんだぞ、この船に感染が広がる」

アンビリカルケーブルを巻き上げていたのに、ウィンチを停止させた。

「こんなことは想定外だ、ここに引き揚げるわけにはいかない」

「社長、菊田さんを見捨てるのか」

「ここに引き揚げたらみんな感染するぞ。あの菊田がそれを望むと思うか？」

周防社長はモニターの前に立ち、無線機を取った。菊田のヘルメットのカメラは相変わらず灰人の体で覆われている。他の水中カメラが、灰人にしがみつかれた大気圧潜水士の様子を映していた。砂や泥の巻き上げで視界が悪い。奇妙な輪郭がわかる程度だ。

「菊田さん、灰人を振り落とせないか？」

周防社長の呼びかけに、来栖が割って入る。

「ダメです。海中に灰人を放つようなことは絶対にさせません」

「灰人の受け入れ装備なんかなにもないこの船に引き揚げろというのか！」

「しかし灰人は泳ぎます。何キロでも、何百キロでも。海に放ったら人のいる黄血島に――」

「だったらあんたら海保が捜せばいいだろう！」

「我々の潜水士は六十メートルまでしか潜れません」

「それで民間に犠牲になれというのか。あんたは菊田に死ねというのか！」

〝落ち着けよ、社長〟

どこからか軽い声が聞こえてきた。

〝ごめんごめん、取り乱した。いきなり目の前に現れたもんだから……。しかしもう大丈夫。ゾンビを確保済みだぜ〟

由羽は目を凝らし、水中カメラのモニターを見た。御母衣丸で見たときは、灰人がしがみついているように見えた。いまは少し体勢が変わっている。大気圧潜水服のハサミ状の手が、灰人が着用しているベストの襟ぐりと肩回りをしっかりと固定していた。抱き付かれているのではなく、つかまえている。

〝船長。百億だぞ。このまま引き揚げる〟

周防社長は真っ青だ。甲板の作業員たちもパニックに陥った。

「ふざけるな！　万が一のことがあったら――」

〝リック警護隊を呼べ。それで充分だ。あとは防護服かなんかを着りゃ大丈夫だろ〟

「そういう問題では……！」

〝娘がいるだろ〟

一同の視線が、由羽に集まる。

〝ウィンチの操作方法を娘に教えてやってくれ。俺と娘で灰人を引き揚げる。他の連中は船から避難だ。灰人を収容する保護房はいまどこにある？〟

来栖が答える。

「御母衣丸に積んであります」

〝保護房をこっちに持ってきてくれ。できれば工藤一家も呼んでほしいんだが〟

来栖は語気を強めた。

「出雲丸では対面させられません。せめて御母衣丸か、巡視船あきつしまに灰人を移動させてからじゃないと――」

〝恐らく、リックはこの先長くないぞ〟

菊田は冷静に分析していた。

〝ヒトの寿命の三倍を生きるというのは本当なのか〟

この危機的状況で、海中から淡々と尋ねてくる。

〝一か月も海水に浸《つ》かっていたからだろうが、リックは皮膚がぶよぶよで水の袋を持っているようだ。顔の一部は皮膚がない。骨が見えているところもある。しかも大人しいぞ。あんまり動かない。恐らく、引き揚げて檻にぶち込む途中で、こいつのぶよぶよの皮膚は削げ落ちる〟

来栖は絶句している。

〝灰人というのは、骨になっても動き回るのか？〟

「生物学上、ありえません。骨を繋ぐ筋肉や腱膜《けんまく》がなくなったらバラバラになるはず」

それは『死』というよりも、機能停止と言った方が正確か。来栖が野中副隊長に向き直った。

「国立感染症研究所の研究員を、大至急、出雲丸に呼び寄せろ」

菊田が急かす。

〝とにかく、引き揚げから一時間が勝負だ。工藤一家に早いところ決断してほしい。そうじゃなきゃ、米軍に引き渡す前に、リックはバラバラになる〟

由羽はため息をついた。あくまで菊田は、米軍への引き渡し——要は、百億円を手に入れたいのだろう。

〝社長！　リックを米軍に引き渡さないと、うちは大赤字だろ〟

周防は周囲の目を気にしてか、黙り込む。

〝四の五の言わずに俺の言う通りにしろよ。俺が百億、もぎ取ってきてやるから〟


十三時半、由羽は自分の背丈ほどあるウィンチのそばで待機していた。ウィンチの先のケーブルが舷側を乗り越え、海中に没している。父親と繋がるアンビリカルケーブルだ。ボートのエンジン音が近づいてくる。南の方角を見た。黄血島の荒ノ鼻が目の前だ。一本の白い航跡を描き、巡視船あきつしまの搭載艇が近づいてきた。

工藤一家が乗っている。

三人とも感染予防のため、白いタイベックソフトウェアを身に着けている。ＨＳＣＣは空気感染も飛沫《ひまつ》感染もしない。咬まれない限り発症しないので、タイベックソフトウェアを着たところであまり意味はないのだが、急遽《きゅうきょ》リックと対面することになり、苦し紛れに着用させることにしたようだ。海中に一年半もいてウイルスが変異している可能性もある。

雑然としていた甲板は殆どの機材が船内に片付けられ、がらんとしている。その真ん中に電話ボックス型の保護房が置かれた。移動可能な檻なのだが、『檻』というと人権問題になりかねない。『保護房』と遠回しな言い方をしている。

十センチ間隔で縦に鉄格子がついている。横枠は入っていない。灰人をここに収めて何らかの治療や研究等を施す際に、計器を入れにくくなるからだろう。正直、鉄格子の内側に金網も張ってほしいくらいなのだが、米軍に引き渡すにしろ、国立感染症研究所で治療するにしろ、殺害するにしろ、金網は作業の邪魔になる。取り付けられなかったらしい。

「どこからどう見ても檻だよね。もう少しまともな保護房を作れなかったの」

家族との対面を見据え、由羽はその形状が気になってしまう。

「当初はポリカーボネート製の保護房を作ったんだ。検体を取るために両手を差し込めるような穴が側面にある形状だ」

諸々《もろもろ》テストをした結果、それは不採用となったらしい。

「ポリカーボネートは防弾じゃないから、弾を撃ち込んだ途端にガラスのようにひびが入り割れ落ちてしまう。かといって完全防弾ガラスにしてしまうと、万が一のときに外から射殺することができない」

来栖の合図で、七人のリック警護隊が、甲板に配置された。残りの五人は、リックを保護房に入れるため扉を開け閉めする。中に押し込むのは、大気圧潜水服で体を守られた菊田だ。

保護房に入れるまでが最も危険だ。作業を担う五人は命がけだが、動きにくいから、みなタイベックソフトウェアの着用を拒否した。咬まれたらすぐに破れてしまうのであまり意味がない。

搭載艇が横付けされる。最初に降り立ったのは、国立感染症研究所の職員、村上悟《さとる》だった。

「これはこれは。天城さんもいらっしゃったんですね」

大きく出た腹をゆらゆらと揺らし、村上は笑顔で近づいてきた。相変わらず空気が読めないところがある。彼は白衣姿だった。

「タイベックソフトウェア、着ないの」

「空気感染も飛沫感染もしないんですよ。着ても意味はありません。まあ、ご家族の三名はご希望されたので。気休めですがね」

「変異している可能性は？」

「変異というのは、感染が多くの人々に広がらないと起こりません。ひとりの感染者の体内で長い時間をかけて起こるものではないのです」

この一年半の感染者は洗濯乾燥機のリックのみだ。ウイルスの変異が起こっている可能性は限りなくゼロに近いということらしい。

リック警護隊に手を引かれて、晴翔が甲板にやってきた。続いて明翔、千夏と続く。由羽は唇を手に当て村上に囁《ささや》く。

「ご家族の前では、工藤警部補で」

「そうでしたね。それにしても誰がリックなんて愉快な名前をつけたんでしょうね。まあ、洗濯乾燥機の中というなんとも滑稽な場所にいたからでしょうが」

「ねえ、不謹慎だから」

研究者の村上にとっては、リックはただの研究対象なのだろう。工藤警部補という、家族を抱えた一人の警察官ではない。無論、いちいちリックを前にそういう感情を持ち出すべきではない。人として同情したら、隙が生まれる。感染が急激に広がる。クイーン・マム号で得た教訓だ。

不安そうにきょろきょろしている晴翔に、由羽は声をかけた。

「晴翔君。パパを引き揚げてから、改めて呼ぶね。それまでここは危ないから、ママたちと船の中にいて」

晴翔は保護房を指さした。

「あれは檻だよね」

「みんなの安全のためだよ。パパにはちょっと狭くて居心地が悪いかもしれないけど」

晴翔は手に阪神タイガースの野球帽を持っていた。

「これ、パパのなんだ」

「そっか。持ってきてくれたんだね」

「うん。お揃いだから」

由羽は晴翔を促し、一旦船内で待ってもらった。

来栖が由羽を見て、頷く。他の面々とも視線でやり取りしたあと、腕時計を見た。

「一三四五《ヒトサンヨンゴー》に引き揚げだ。配置につけ」

副隊長の野中が復唱した。由羽も無線機を口にあてた。

「ウィンチ係より、菊田潜水士。一三四五引き揚げです」

海中で灰人をつかんだまま一時間こらえている菊田から、返事がある。

〝こちら菊田、一三四五引き揚げ了解〟

あと一分だ。由羽の腕時計の秒針がぐるっと一周回った。来栖がゴーサインを出す。

「引き揚げ開始」

由羽は復唱し、ウィンチのスイッチを入れる。大きな振動音を立てて、ウィンチの巻き上げが始まった。海中に没していたアンビリカルケーブルが、甲板に吸い寄せられる。由羽は舷側のそばに立ち、ケーブルが絡まないように手でガイドしながら海底を見下ろした。波がつくる歪みの間に、黄色の大気圧潜水服が見える。波が立つたびにバラバラに引きちぎられるようだ。

来栖がモニターを見て水深を読み上げる。

「現在地、水深四十メートル」

何万トンもあるクイーン・マム号と違い、大気圧潜水服の引き揚げ速度は速い。減圧を考慮しなくていいから、三十秒で海面に上がってくる予定だった。

「水深二十メートル」

由羽はケーブルを巻き取りながら、海面をのぞく。黄色い輪郭がはっきりと見えてきた。

ケーブルは太陽の光に焼かれて熱かったが、だんだんぬるくなっていく。海中に没していた部分は冷たいほどだった。

「水深十メートル到達。九、八、七」

由羽はケーブルを送り、たわみがないことを確認した。

「五、四、三」

海面をのぞく。もぞもぞと動く灰人の姿もはっきりと見えた。マニピュレーターが、がっしりと灰人のベストをつかんでいた。ベストには『警視庁』の文字が見える。

由羽は急いで手を拭きながら、ウィンチの脇に控えた。ウィンチ上部のクレーンは海の方へ張り出している。滑車が順調に回り、とうとう、灰人と大気圧潜水服の菊田が海中から姿を現した。

灰人が即座に甲板の餌に反応し、飛びかかろうとすると考え、由羽は構えていた。

リックはぐったりして、水死体のように動かない。

喉に海水が詰まったのか、ゲボゲボと咳き込んだ。生きているようだが、また動かなくなった。持ち上がったベストの首元に鼻から下がうずもれていて、顔が見えない。

彼の周囲に生身の人間が十三人もいる。一年半ぶりに餌のにおいをかいでいるはずだが、興奮しないのだろうか。

奇妙に思いながら、由羽はクレーンの操作を続ける。

リックの靴はすでに脱げている。かかとや指の肉の一部が削げて、骨が見えていた。ＳＩＴの出動服を着ている。帯革もつけたままで、けん銃と警棒をぶら下げていた。警棒にはサンゴらしき海洋生物がついている。強烈な腐臭がした。

周囲を取り囲むリック警護隊の七人が、動かないリックに戸惑いながらも、一斉にけん銃を構えた。この場で、ライフルやサブマシンガンを選ぶ隊員はいない。これから保護房に灰人を収める。銃を乱射などしたら流れ弾が誰かに当たるからだ。

由羽はクレーンを操作し、見上げる高さにまで持ち上がった大気圧潜水服を、甲板上へ水平移動させる。海水が激しく滴り落ちる。リックは動かない。大気圧潜水服のスタンドの真上まで来たところで、由羽はクレーンを止めた。

「灰人、降下準備完了」

由羽は無線に報告を入れた。

〝俺はいつでもいいぞ〟

菊田が無線越しに軽い口調で答えた。来栖が言う。

「降下開始。構え」

保護房の後ろに三人、両脇に二人が立つ。来栖は扉を閉めるため、右手に位置している。

「降下開始」

由羽はクレーンの降下スイッチを押した。ひゅうう、という音を立ててクレーンの滑車が動き、ケーブルが下がっていく。由羽の頭上にあった大気圧潜水服が、ゆっくりと甲板に降りてくる。

灰人の降臨だ。

クレーンの操作場所にいる由羽に背を向ける形で降りていく。保護房を支える来栖らがじりじりと近づいていく。ケーブルがねじれ、大気圧潜水服が由羽の方を向く。初めてリックの顔を目前に見た。

衝撃で心臓が暴れる。柔らかい皮膚から腐っていくからだろう、リックは瞼と唇がなくなっていた。丸い目玉が剝き出しの状態だ。唇がないから、歯も剝き出しで、笑っているように見えた。ブヨブヨと膨れた皮膚はスライムのようだ。緑がかった灰色をしている。髪の毛がわかめのように頭皮にへばりついていた。

「降下完了……」

声が震えてしまった。由羽はクレーンを停止させ、来栖に駆け寄った。来栖は沈痛な面持ちで変わり果てたリックの姿を見つめている。

「本当にあの状態で、ご家族と対面させるの？」

来栖も迷っているようだ。

「とにかく保護房に入れる」

リックが突然、咆哮した。けん銃を下ろしかけていたリック警護隊が、一斉に銃器を構える。由羽もベレッタを素早く出して銃口を向けた。

ウォォォォ、とくぐもった咆哮を上げたリックの目玉が、少しずつ前に飛び出していった。いまにも目玉がこぼれ落ちそうだ。なにかを嘔吐するかのように喉を上下させ、口を開けた。ピンク色のぬるりとした物体が飛び出してくる。

なにが起こっているのかわからない。

「おい、早く保護房に入れてくれ！」

菊田の声が、無線とヘルメット越しの両方から聞こえてきた。

リック警護隊員たちが三人がかりで保護房を持ち上げる。開いた入口を、リックの背中を覆うように、近づけた。リックはつかまれたベストから手足をぶらつかせ、もぞもぞと動く程度だ。苦しんでいるように見えた。とうとう右目が眼窩《がんか》から落ちた。視神経や血管でぶら下がる。口の中には内臓のようなものを溢れさせて、うなり、もがいている。

深海から釣り上げられた魚のようだった。水圧から急激に解放され、目玉が飛び出し、口から内臓が飛び出てしまうのだ。

リックも同じ状態か。一年半も水深八十メートル地点にいたのだ。体がその水圧に適応していたのかもしれない。

工藤警部補だったころの名残が、警視庁のベストや帯革に残っているのに、顔の状態があまりに無残だ。由羽は見ていられない。

ヒトのにおいをかぎ分けて食べたがっているようにも見える。口から内臓が出てしまっているので、人間に咬みつくこともままならない。

「リリースするぞ」

菊田が叫び、来栖が了承する。リックはあっけなく保護房の中に転がり落ちた。

「後進！」

四人の警護隊員たちが一斉に後ろに下がり、前傾にしていた保護房をまっすぐに置いた。来栖がすぐさま扉を閉め鍵をかけた。その目に、リックへの憐憫《れんびん》と迷いがはっきりと出ていた。

村上が一歩二歩と保護房に近づく。膝に両手をついてかがみ、リックを見下ろした。

「まあ、一気に引き揚げたらこうなりますよね」

リックは尻もちをついたまま、立ち上がれずにいる。口や喉に内臓が詰まっているので、苦しくて仕方ないようだ。小刻みに震えるたび、右の眼窩からぶら下がる丸い眼球も揺れた。

〝おい、早く出してくれ〟

大気圧潜水服の中の菊田が叫んだ。由羽は大気圧潜水服の上半身部分を反時計回りに九十度回してロックを解除した。上半身部分を来栖と二人がかりで持ち上げる。汗びっしょりの菊田が出てくる。

深呼吸した菊田はほっとしたような表情だが、船上の沈痛な空気に、眉をひそめた。

「どうしたよ。リック引き揚げ成功だろ」

由羽は目で保護房をさした。近づいてリックを見た菊田は青ざめた。

「死んでいるのか？」

村上が答える。

「いえ、かすかに動いてはいます」

菊田は腰に両手をやり、ため息をついた。

「やっぱり減圧してやるべきだったか」

「あの状況下で減圧作業は難しかったと思いますよ」

来栖がとりなした。

「だけどよ……この姿を、家族に見せるのか？」

リックは右半身を横にして倒れている状態だ。起き上がろうとしない。口の両脇が裂けて、さっきよりも大きく内臓が飛び出していた。いまにも吐き出しそうだ。とうとう左目から、目玉がぼろっと落ちた。視神経と血管でぶら下がり、鼻の頭の上で揺れている。

工藤一家の意志は変わらなかった。そもそもが『ゾンビの夫』との対面を希望したほどだ。目玉が飛び出そうが内臓が口から溢れていようが、かまわないようだ。

「私たちは夫がどんな状態であっても、大丈夫です」

千夏は言い切ったが、声は震えていた。明翔だけは怖がったので、船内待機だ。由羽は、昨夜本音を漏らした晴翔が気になった。晴翔の方こそが、「どんな状態でもパパと会う」と母親を説得したようだった。

「見た目が怖いだけでしょ。怖い目に遭うことはないって、由羽ちゃんが約束してくれたから」

リックが引き揚げられてから、三十分近く経過した。リックは相変わらず、体を横倒しにして、苦し気だ。いまにも口から溢れ出そうだった内臓は、少し喉の奥に引っ込んだように見える。気圧に慣れてきたのか。飛び出してしまった両目は変わらず、鼻の先でぶらぶらしている。体の右側を下にして倒れているので、右の眼球は保護房の床についてしまっていた。

顔に目がいってしまうが、体も、皮膚が露出した部分は腐敗が激しい。左足の甲は肉が削げて四本の骨が見えている。リックが足を動かすと、鍵盤を叩かれたピアノのハンマーのように骨が上下する。急がないと、どんどん無残な姿になってしまう。

家族は決意しているのに、対面の調整はまだついていなかった。

来栖が苛立ったように、声を荒らげる。スマホで保月対策室長と話しているのだ。

「待て待てと、いくら待たせれば気が済むんですか」

リックがその声に反応した。手をついて起き上がろうとする。床についていた右目を潰してしまった。ピンと引っ張られた視神経と血管が切れて、黒い血がどっとこぼれた。若い隊員がとうとう口を押さえて持ち場を離れた。海上に身を乗り出し、嘔吐する。

由羽は来栖からスマホを受け取り、スピーカーにして保月の言い分を聞いた。

「本土はカンカンになっているんだぞ！　保護房への移動は四日後で、家族の対面も四日後。米軍側との調整もついていない。勝手にリックを甲板に、しかも予定外の出雲丸に引き揚げるなど、言語道断だ。今後は政府に逐一報告を上げてからでないと――」

由羽は言い放った。

「保月さん。引き揚げの衝撃で洗濯乾燥機の蓋が壊れ、灰人が出てきてしまったんです。

四日後以降にならないとどうしてもダメなら、あのとき、大気圧潜水士は灰人を逃がして海中に放てばよかったんですか？　黄血島には自衛隊員と米軍が――」

「警視庁に用はない。来栖に代われ」

「彼は忙しいので私が話を聞きます」

「とにかく、現場主導で話を進めるのは許さない。一旦政府に報告を上げてから――」

「お前ちょっと黙っとけ、死ね！」

由羽は叫んで、スマホの終了ボタンを押した。菊田が甲板に戻ってきていた。せっけんのにおいを漂わせ、濡れた髪をタオルで拭いている。

「すまんなぁ、口の悪い娘で」

とにかく、と菊田はみなに聞こえる声で言った。

「家族の対面を急いで、そのゾンビさんを早く巡視船に移送してほしい。そうじゃなきゃ、出雲丸は作業ができない」

クイーン・マム号は中途半端に御母衣丸にぶら下げられたままだ。この状態で夜を明かすのはまずいだろう。

「ご家族を呼んでくる」

工藤一家は船長室で待っていた。由羽が入った途端、晴翔が立ち上がる。父の野球帽を抱き、意気揚々とついてきた。千夏は腰が重そうだ。

「大丈夫ですか」

「緊張で、胃が口から出そうです」

言ったそばから、口をつぐむ。夫はいままさに、口から内臓が出ている状態なのだ。

「ご主人はいま人間を襲撃できる状態ではなさそうですが、一応、保護房の二メートル手前の位置に目印のテープを貼ってあります。その内側には入らないようにお願いします」

「わかりました」

階段を上がる。甲板に出る扉を開けた。潮のにおいよりも腐臭が鼻をついた。真後ろにいる晴翔がびっくりしたように鼻を押さえる。

「なに、このにおい」

由羽は答えられなかった。千夏は察したようだが、明翔はもっとあからさまだ。

「くさい、くさい。誰かうんち漏らしたんじゃないのー」

無邪気な子供の純粋な反応に、いまは笑うことができない。

「明翔君はここまでよ」

明翔を扉の内側に残し、千夏と晴翔を甲板に促した。

由羽の後ろを静かについてきていた晴翔の足音が、止まる。保護房まで十メートルだ。

「あれ、なに……」

晴翔の声は突き放すようだった。千夏は「パパよ」と言い終わらぬうちに、泣き出した。これ以上は近づけないようだ。膝がガクガクと震えて、座り込んでしまう。

「ここまでにしようか」

由羽は晴翔に声をかけた。晴翔はリックを見据えている。昨夜、怖いと散々泣いて、感情を全部さらけ出したからなのか、いまは冷静だ。右目を自分で潰してしまい、左の目玉を眼窩からぶら下げて口が内臓でいっぱいで動けない父親を前に、同情するような目になっていた。

「おでこと顎のほくろが、パパだよ……」

背後の千夏の泣き声が大きくなる。

「苦しそうだね」

晴翔がぽつりと言う。由羽をまっすぐ見つめた。

「パパに話しかけてもいい？」

由羽は大きく頷いた。どんな状態であっても父親に会う——その覚悟を決めた子供の想いを尊重してやりたかった。千夏に言う。

「私が警護につきますので」

千夏は菊田が持ってきたパイプ椅子に座りながら、頷いた。

つい急いてしまう様子の晴翔を抜かし、肩ひとつぶん、由羽は前に出た。ベレッタを抜き、銃身をスライドさせて弾を装塡《そうてん》した。両手で構えたが、銃口は下に向け、一歩、二歩と晴翔を連れて近づく。目印のテープの前で止まる。

リックは自分の内臓を口に溢れさせ、びくびくと痙攣《けいれん》するように顔を動かしている。喉にも詰まっているのか、喉仏が苦しげに上下している。

晴翔は目にうっすらと涙を溜めていた。喉を振り絞るように、声をかける。

「パパ……」

灰人の小鼻がぴくりと動いた。息子の声に反応する、醜くも悲しい、怪物のように見えた。

「パパ！」

口の中いっぱいの内臓で声を上げられないからなのか、灰人の喉と鼻が鳴った。キュウッという、甲高く心細そうな音だった。

晴翔がボロボロと泣く。号泣に変わった。リックは喉から低いガラガラ声を、鼻から甲高い声を出す。仔犬《こ》が鳴くような切ない響きがあった。

「パパ！　パパったら……！」

晴翔はふらふらと保護房に近づく。テープを越えた。由羽はすぐに引き戻そうとしたが、躊躇した。リックは口いっぱいに内臓を溜めている。咬みつける状態ではない。

「パパ……」

フーッ、フーッ、フーッ、とリックの苦しげな鼻息が聞こえてくる。それほどに潜水支援船、出雲丸の甲板上は静まり返っていた。晴翔は保護房の鉄格子をつかみ、そうっと、揺らす。

「パパ？」

リックの腕が上がる。骨や腱、筋が一部出た右手が、晴翔の手に触れようとしている。由羽は慌てて晴翔を引き戻そうとしたが、かつてこの子の父親だった人の想いが、その腐った指の先に見えた気がした。

感染からもう一年半以上経っている。症状が改善している、ということはないのだろうか。

愛した子供の声を聞かせることで、その可能性を高めることはできないか。晴翔の父親を呼ぶ声と、リックの苦しく悲しげな吐息に、親子の呼応が見えた気がしたのだ。

晴翔が野球帽を鉄格子の隙間からそっと差し入れる。帽子のツバにまで震えが伝わる。

リックの灰色の手が、帽子に伸びていく。指の皮膚がところどころ腐っている。手首からは血管がぶら下がってはいても、かつて長男とお揃いでかぶり、野球場で阪神戦を楽しんだ日々を、かけらでも思い出してほしい。由羽も、他の誰も、咎めなかった。甲板上の誰もが、親子の『情』が起こすかもしれない奇跡を祈る。

リックの喉が奇妙な音を立てた。ゴクリという、静寂を突き破るほどの大きな嚥下《えんげ》音だった。

リックの手は帽子をすり抜けていた。リックは内臓を一気に呑み下した途端、晴翔の手首をつかんで保護房内に引き入れた。一瞬の出来事だった。晴翔は肩まで引き込まれ、保護房の柵に激突した。悲鳴を上げる。母親が絶叫して椅子をひっくり返す。

リックが口を開けて、晴翔の腕に食らいつこうとした。

由羽は晴翔の腕を引き戻しながら、ベレッタを構える。

「待て、撃つな！　百億円――」

菊田が叫んでいる。由羽は引き金を引いた。リックが動くのと、慣れない片手撃ちで、狙いが外れた。額にぶつかった弾はめり込んだように見えたが、致命傷にはなっていない。頭蓋骨で弾が滑ることがあるのだ。リック警護隊は保護房のすぐ脇に晴翔や由羽がいるので、引き金を引きかねていた。

来栖が叫ぶ。

「背面より射撃準備！」

リック警護隊が、由羽と晴翔の背後に配置される。

「伏せろ！」

由羽は晴翔の体に覆いかぶさりながら、身を低くする。一斉射撃が始まった。弾がリックの腕、顎、首に当たり、方々から肉を弾き飛ばす。晴翔の腕が抜けた。由羽は晴翔をしゃがませる。来栖が匍匐前進でやってきて、晴翔を保護房から引き離す。弾が鉄格子に当たってキーンと音を立てた。一発は由羽の頬をかすめた。由羽は腹這いになり、改めて銃を構える。引き金を引き続けた。

リック警護隊が浴びせた弾は、リックの耳を吹き飛ばし、頬にプツプツと穴をあけ、やがて右目の空洞に吸い込まれた。

ようやくリックが倒れた。その頭は穴ぼこだらけになっていた。

「おい！」

菊田が悲鳴にも似た叫び声を上げた。射撃をやめたリック警護隊、そして由羽の肩を押しのけて前に出てくる。

菊田は保護房の鉄格子を握り、隙間に腕をねじ込んだ。「おい、おい！」とリックに呼びかけている。保護房の前には、踏まれて潰れた野球帽が落ちていた。

「あんた、死んだのか。おい！」

菊田はしゃがみこみ、リックの死体を揺らしている。

「触ったらダメですよ」

村上が騒いだ。菊田はしょんぼりと座り込み、膝を抱える。

「百億がパア……」

第六章　花火

由羽と晴翔、そして菊田は、除染対象となった。

晴翔は腕をつかまれ引き込まれた。由羽は自覚していなかったが、晴翔の腕を引いて守ったときに、灰人に髪をつかまれていた。菊田は灰人の体に触れて揺さぶってしまった。

自衛隊宿舎の厚生館でかつて使用されていた浴場が、除染場となった。

男女の区別はシャワーカーテン一枚だ。隣で、菊田が除染されている。晴翔は母親が付き添い別の施設で除染をしていると聞いた。菊田が悪態をつく声が丸聞こえだった。

「タマの裏側まで洗うのかよ。こんなところをゾンビに触らせたってのか」

「汚染された手で触った可能性もありますし――」

「確かに灰人を触っちまったけど、その手でキンタマかくわけねーだろ」

健康診断時のような恰好をさせられ、自衛隊の医官に採血される。サンプルは航空自衛隊の入間基地の輸送機で本土に運ばれ、国立感染症研究所で分析されるらしい。感染研の村上による問診もあった。袖を捲られ、手足の肌の様子をつぶさに観察される。

「神経系の異常は見られませんね。この右足首はQM号対応時のやけどの痕ですか」

「そのケロイドが乙女の心を傷つけているのに、いちいち訊かないでくれる」

村上がアキレス腱のあたりを触った。

「痛い」

「ここ、皮膚がパックリ割れてますね」

「皮膚が拘縮しているから。急激に動くと皮膚が切れるのよ」

「甲板で灰人とひと悶着あった際、この部分が露出して接触はしませんでしたか」

「半長靴で、スラックスの裾を中に入れてた。接触はしていない」

村上は由羽の下瞼の裏側をのぞきこんだ。瞳孔の反応と心音、脈の確認をする。

「発症はしていないですね。咬まれた様子もありませんけど、念のため、隔離はさせてください」

衣類を直していた由羽は「え」と顔を上げた。

「感染してないのになんで隔離なんか」

「発症していないだけで、感染はしているかもしれません。血液検査の結果が出るまでは辛抱ください」

厚生館の三階に、入院病棟があった。ベッドが左右に十床ずつ、計二十床も並んでいた。病院のようなギャッチアップ式の電動ベッドではなく、白い鉄パイプの簡易ベッドだった。入口の目の前のベッド二つにだけ、マットレスと白いシーツ、掛け布団、枕が置かれていた。

「天城さんはこちらです」

村上がプレートに由羽の名前や年齢、血液型などを記入しながら、手前から二番目のベッドを指さした。

「私の隣は誰。晴翔君?」

「晴翔君は未成年なので、家族の部屋の隣で隔離ということにしました。ここは菊田さんです」

「勘弁してよ」

由羽は自ら布団と枕を担ぎ上げた。左手の一番奥、壁際のベッドめがけて歩く。村上が嫌そうな顔をした。

「数時間おきにバイタルチェックに来なくてはならない僕の身にもなってくださいよ。この入院室、端から端まで三十メートルもあるんですよ」

「走ればいいじゃない。いい運動になるわ」

由羽は端っこのベッドに布団をぶん投げた。シーツを敷いてごろっと横になる。古そうなエアコンがカタカタと音を立てて作動している。室内はエアコンが効きすぎて寒いくらいだった。空調を調整してほしいと言おうとして、菊田が入ってきた。

「ここで寝泊まりすんの？　あっちーな。エアコンついてんのか、野戦病院かよ」

由羽はピンク色の入院着だが、菊田は水色の入院着姿だった。ペアルックみたいで恥ずかしい。由羽は声を張り上げて村上に訴えた。

「寒いから空調止めて。冷えると足の古傷が痛むし」

菊田から反論はない。ベッドに腰掛けた菊田はファイルで顔をあおいでいる。

「なんで俺まで隔離されなきゃなんないんだ。ＱＭ号の引き揚げ、どうすんのよ」

「血液検査の結果が出るまでお待ちください」

村上が由羽のベッドにプレートを設置しながら、ぞんざいに答えた。由羽にぼやく。

「親子なんでしょう？　お父さんの隣で寝てくださいよ、もう」

由羽は無視して、掛け布団を被った。村上が菊田に叫ぶ。

「十七時半にバイタルチェック、十八時から食事です！　食事はリック警護隊の方が持ってきてくれます！　常時、部屋の鍵をかけさせていただき、リック警護隊が二十四時間交代で警備します！」

由羽が耳を塞いでいるうちに、村上は行ってしまった。菊田は半笑いだ。

「癖の強い研究者だな。ＱＭ号のときからの知り合いか？」

「そう」

由羽が答えたが「ああ!?」と乱暴に菊田が訊き返す。由羽は「そうだよ！」と叫ばざるを得ない。

「ちょっと黙っててよ、叫ぶの面倒臭いから」

「久々の父娘《おやこ》、二人きりじゃないか。酒でも持ってきてもらうか？　飲もうぜ、由羽」

「隔離中よ、なに言ってんの」

「飲まなきゃやってらんないだろうよ。百億円がパーだ」

由羽は眠るのをあきらめた。そもそも、こんな真っ昼間から眠れるはずがない。ベッドから起き上がって、菊田に叫ぶ。

「確実に百億円になる仕事じゃなかったでしょ。最初から確率は低かった」

「そんなことはない。入念に準備した。船から飛び出してきた灰人を俺が咄嗟にキャッチできたのだって、そのシミュレーションをしていたからだ」

確かに灰人が出てくる想定で訓練をしていないと、即座に対応はできなかっただろう。

「だけど、『殺す』『感染研で治療する』『米軍に引き渡す』と最初から選択肢は三つあった。百億円が上乗せされるのは米軍に引き渡した場合だけよね。そもそも三割しか成功の確率がなかった」

「三割も、だ。潜水の世界じゃ三割の確率がありゃ潜る」

「そういう甘い想定だから、いっつも金儲けに失敗するんじゃないの。だから家族を困窮させた」

菊田は、だあ〜と変な高い声を出し、後頭部を猛烈な速さでかいた。

「娘はうるせぇ。母ちゃんが生き返ったみたいだ」

布団を足で蹴りながら、ベッドの上にごろっと横になった。

「お前は母ちゃんのゾンビかっつうの」

全く笑えない。


由羽は御母衣丸の指令室で、モニター越しにクイーン・マム号の様子を見守っていた。青みがかった映像の中で、無数のワイヤーに絡まるようにして水深五十メートルの位置にぶら下がっている。城壁のごとく巨大なものだとわかるのは、大気圧潜水士が小さく見えるからだ。

誰かが由羽の肩をつかんだ。振り返る。背後にリックが立っていた。両眼窩から目玉をぶら下げたまま、口から自分の内臓を溢れさせ、由羽を襲う。由羽は丸腰だった。武器になるようなものが指令室にはない。

「来栖さん！」

指令室を出て助けを呼ぶ。右足に力がうまく入らない。階段を転げ落ちてしまった。落下したそこは、海面だった。由羽は沈んでいく。海底に吸い込まれているようだ。クイーン・マム号が見えてきた。

——あそこには戻りたくない。

由羽は必死に泳ぐ。手をかき足をばたつかせて泳ぐのだが、どれだけもがいても、クイーン・マム号に吸い寄せられてしまう。まるで見えない重力が存在するかのようだ。

ウイルスを誕生させてしまった罪と生き残ってしまった罪。

その二つの罪が見えない重力となって、由羽をクイーン・マム号へと引き寄せる。十四階の吹き抜けデッキから十三階のプールに吸い込まれていく。

炎にあぶられた灰人たちの死体が折り重なっていた。数百体がひしめいているように見える。ガソリンをまいて燃やし殺したのに、彼らはまだ生きていた。灰色の手を無数の触手のように伸ばし、由羽の体をつかもうとしている。

ひとつの手に手首をつかまれた。右足首、左の太腿も取られた。腕、腰、胸——次々と由羽の体は灰色の触手につかまる。ねっとりした冷たい感触が地肌に伝わり、悪寒がした。

「助け……！」

由羽の口を灰色の手が塞ぐ。その隙間から空気がポコポコと出る。由羽を置いて、海面に逃げていく。やがて目も塞がれて、由羽は頭から、呑み込まれた。

「やだーっ！」

悲鳴を上げて泣きすがった。

「大丈夫か」

由羽は誰かの両腕を必死につかんだ。

「助けて。来栖さん助け――」

においが違う。由羽は我に返り、顔を上げた。菊田が由羽の両腕を強くつかみ、揺さぶっていた。

「おいっ。夢だ、しっかりしろ」

「………」

由羽は身をよじって、菊田の腕から逃れた。膝を抱えて顔を伏せた。呼吸を整える。

「……いま、何時」

ここは薄暗闇の厚生館三階、入院室だ。

「朝の四時過ぎだ」

「ごめん。起こした。私、なんか叫んでたよね」

由羽は、夕食時に配られたペットボトルを取る。中身を飲み干した。菊田はいつまでも由羽のベッドの横にいる。腰に手をやり、見下ろしていた。

「なによ。もう目覚めたったら。大丈夫」

「だいぶうなされてた。息も絶え絶えで苦しそうだったぞ。何度も何度も、来栖さんの名前を呼んでいた」

「別に、そういう仲じゃないからね」

「誰もそんなこと疑ってないだろ」

菊田はようやく踵を返した。自分のベッドに戻ってくれるのかと思ったら、すぐ隣のベッドに入った。菊田の布団や枕、荷物が移動されていた。

「なんで隣にいるの」

だめか、と菊田が上目遣いに由羽を見た。

「やめてよ。あっちで寝てよ」

由羽は三十メートル先のベッドを顎でさした。

「別にいいじゃんか。親子だろ。たまには枕を並べて寝ようぜ」

「もうほっといてよ。大丈夫だから」

「大丈夫じゃないだろ」

菊田は仰向《あおむ》けになった。頭の下で腕を組む。天井を見つめながら言った。

「来栖さん、来栖さんと、彼に助けを求める悲鳴ばっかりだ。クイーン・マム号での悪夢、見ちゃってんじゃないのか」

「そうよ。だからなに」

菊田はびっくりした顔になる。

「だからなに、って――。毎晩、この調子なのか」

毎晩どころではない。通勤電車でうたた寝をしているときも見る。夜勤中、仮眠を取っているときは悲鳴を上げてしまい、仮眠室に刑事たちが押し寄せてしまったこともある。

「よっぽどの目に遭ったんだな」

「尻拭いさせちゃって、ごめんねー」

由羽は明るく流した。もう一度横になり、頭から布団をかぶる。これ以上踏み込まないでほしかった。泣いてしまう。父の足音が近づいてきた。がばっと布団をはぎ取られる。

「ちょっと」

慌てて布団を奪い返した。菊田の心配そうな目を見てしまうと、もうだめだ。あれは親にしかできない表情だ。涙が溢れてくる。

「由羽、誰かに話してるか。親友とか恋人とか」

「どっちもいない」

「謙介は」

「かわいい弟を巻き込みたくない。謙介は命より大事だから」

「変わってないな、お前」

菊田がふっと笑った。昔話が始まる。

「謙介が小学校一年くらいのときだったかな。久々に家に帰ったらよ、部屋が足の踏み場もない。謙介の零点のテストがぐちゃぐちゃになってあっちこっちに散乱しててよ。俺はそれで滑った挙句に、謙介が出しっぱなしにしていたやりかけのプラモデルの上に尻もちついてよ」

泣いていたのに、由羽は笑ってしまう。

「本当に痛かったんだぞ、あのときはまだ痔《じ》の手術をする前で——」

「やめてよ、痔の話なんか」

菊田は咳払いした。

「台所でつまみ食いしてた謙介をとっつかまえたら、お前がどこからか飛び出してきた」

覚えている。父はあの日珍しく苛立った様子で帰ってきた。家族に暴力をふるったことはないが、体が大きくて声がでかいから威圧感がある。謙介がひねり潰されてしまいそうだった。由羽は咄嗟に、菊田の腕に嚙みついたのだ。

「やっぱお前はゾンビじゃねえか。歯形がくっきり残ってよ、血が滲《にじ》んだんだ」

とにかくさ、と菊田は深刻そうな声音に戻る。

「カウンセリング受けるなり、その道のプロに話を聞いてもらうなりしてもらった方がいい。ヘビー級のトラウマ負ってんだよ。ちゃんと自分の口で、なにがあってなにをしたのか話して整理をつけていかないと、悪夢見るだけじゃ済まされなくなるぞ。俺だってさ」

菊田はオオダコと格闘したときの話をした。

「笑い話にしてたけどよ、本当は怖かったのよ。何本もの触手が体に巻き付いて、吸盤が体中に吸い付いて、ぎゅううっと体を締め上げられたときの恐怖と言ったら」

由羽は初めてその話を、武勇伝でも笑い話でもなく深刻に聞かされた。

「あれから毎晩のようにタコに襲撃される夢を見てよ。イカが出てきたこともあったぜ。スーパーでタコを見るとぞっとしたもんな。負けてたまるかとタコばっかり食ってたときもあったし。でもさ、自宅に帰って由羽に話すうちに、ちょっとずつ治ってったんだ」

由羽は布団から顔を出した。

「……てっきり、娘に武勇伝を聞かせているだけかと思ってた」

「いや。先輩の潜水士がさ、そういうのは誰かに話した方がいいっていうから。家に帰っても母ちゃんは俺の仕事の話をすぐに放蕩しているふうに捉えて怒り出すし、謙介はまだちっちゃかったし。由羽しか聞いてくれる人がいなかったんだ」

由羽が話をおねだりすることで、救われていたということか。

「恐怖の体験だったのに、由羽に話すたびに、過去の話、面白い話、武勇伝に昇華されていく感じがしてな。しかも由羽が俺をほめてくれるもんだからさ」

薄暗闇の中で、菊田が再び身を起こす。

「俺に話せよ、由羽。聞くからさ」

「来栖さんから聞いて知ってるでしょ。ウイルスを誕生させてしまったことだって──」

「知ってる。無鉄砲なことをしたもんだ。だがそう行動したお前の気持ちもわかる。だからお前はさ、組織には向いてないんだよ。俺がすぐ辞めちゃった理由がわかるだろ」

「私の話で自分を正当化するの、やめてくれる」

菊田は膝の上に両手を置いて「はいすみません」と形式的に言う。母から生活費のことを叱られたときも、いつもこんな調子でテキトーに謝っていた。再び菊田の声がオクターブ低くなる。

「お前が経験したことや罪悪感を、俺は真に理解してやることはできない。たぶん、来栖さんだけなんだろうけど、あの人にべったりくっついているわけにはいかないだろ。いまはまだしも、任務が終わったら……」

「わかってる。事実、第一次感染捜査隊の任務から解除されたあとは、一度も会っていなかったし」

「ウイルスを作ってしまった罪は来栖さんとしか共有できないもんだろう。だが生き残ってしまった罪悪感というのは、実はいろんな人が持っているんじゃないのか」

リック警護隊の面々の顔が思い浮かぶ。菊田は全く別の人々の例をあげた。

「黄血島の戦いで生き残った元日本兵の方々とかさ」

菊田は東辺の祖父の話を始めた。せっかく生き残ったのに、墓参事業で黄血島に戻ったところで、自殺した人だ。

「東辺さんから聞いたの」

「あの人はおじいさんの話をいろんな人にしてるんだ」

口が軽いからではないだろう。話すことで心を保っているのかもしれない。

「ずっと自分を責めてきただろうからな」

物心ついたころから、東辺は夏休みは必ず祖父の墓参事業に付き添ったが、ずっと嫌だったと話していた。中学校に上がり、初めてすっぽかした。祖父はひとりで行き、自殺した。東辺は自分を責めたはずだ。

「東辺さんのじいさんが、黄血島の戦いで投降したときの話は聞いたか」

由羽は首を横に振った。

「東辺のじいさんはさ——ところで名前は知っているか」

「そういえば、知らない」

「じいさん呼ばわりはダメだな。当時は十六歳の若き青年、東辺作太郎《さくたろう》君だ」

作太郎という個人名を聞いただけで、個が鮮やかに浮かんでくる。東辺の下の名前は『俊作』だったか。サルベージ計画を『作る』ことで業界では知らぬ人がいないほどの人物だ。祖父だった人も、頭が良くてなにかを『作る』ことが上手だったのではないかと由羽は思った。

「作太郎君は食料や水を探しに親鳴山の病院壕を出てふらふらと歩いていたとき、血塗《ちまみ》れの日本兵の死体を見つけた。顔が半分吹き飛んでいたそうだ。恐らく、艦砲射撃でやられたんだろう。米兵に見つかっていない死体だから、装備品がまるまる残っていた」

まず水筒の水を飲み、それから武器をもらった。作太郎はもともと軍属の民間人だったから、けん銃の一つも持っていない。帯革ごと外して腰に巻くと、ずしりと重い。けん銃の他、軍刀も下げていた。ポケットには手りゅう弾も入っていた。

「こんなに一度に武器がたくさん手に入ることはそうない。作太郎君は天命だと思ったんだ」

　このままでは鬼畜米英が本土に上陸してしまう。本土に疎開した家族を守るため、一人でも多くの米兵を殺害せねばならない。

「玉砕を決意した」

　見張りの米兵の目をすり抜け、親鳴山を下りた。米兵は北進している。南側にあった飛行場は米軍が占領し、新たに整備が始まっていた。

　鳥の鳴き声がして、作太郎は空を見上げる。満天の星の下で、親鳴山の頂上に掲げられた星条旗がはためいていた。作太郎は玉砕の覚悟を強くした。

　やがて、黄血島中部にあった米兵のキャンプ地を見つけた。見張りの米兵二人が煙草を吸いながら談笑している。背中にライフルを背負ってはいるが、手は離している。隙があった。くぼみに身を隠してタイミングを計るうち、明け方になりかけていた。

　闇がまだ残るうちに玉砕だ。作太郎は右手に軍刀、左手に手りゅう弾を掲げて、くぼみから立ち上がって走り出した。

　明け方、オレンジ色の帯が水平線に浮かんでいた。薄紫色の空に星が残っている。南十字星をすぐに見つけられた。早朝、父親の手伝いで漁に出るとき、あの空の色に心底感動したのをふと思い出したのだ。雨季が近づいたことを思わせる、湿気を含んだ風が吹いていた。

米兵が歯ブラシをくわえながら、キャンプテントから出てきた。立ちしょんべんをしようとして、米兵はなにかに気が付いた。二歩三歩左側へずれたところで、排尿した。もともと立っていたところには、真っ赤なハイビスカスが咲き乱れていた。

「美しい花にしょんべんをかけたくないという感覚が鬼畜米英にもある、ということに気が付いて、作太郎君は愕然《がくぜん》としちゃったんだって」

菊田が語る、東辺の祖父の話は真に迫っていた。菊田は昔から、話し上手だった。

「とても殺せないと思ったらしい。たとえ捕虜となって生き恥をかこうとも」

作太郎はその場で投降した。

「生きようと思う執着からの投降じゃなかった。そこが――後々の東辺作太郎氏の先行きを暗示していると思わないか」

黄血島が米国から返還されてから初めての遺骨収集事業にも、島民の墓参事業にも、作太郎は参加した。黄血島の戦い三十周年、四十周年記念行事にも参加した。

「なあ、由羽」

菊田が語りかける。

「生き延びたのに、どうして四十年以上も経ってから、激戦の地で自殺しちゃったんだと思う」

「生き残ったことへの、罪悪感？」

「時は、癒さないんだよ、由羽。時が経てば経つほど、罪悪感は増すんだ」

由羽は唇を噛みしめた。

「作太郎君が戦車に爆弾をしかけた話は、聞いたか」

由羽は頷く。孫の東辺自身が妙に強調していた言葉を思い出す。

進むより、引き返す方が怖い。

「遺骨収集事業や墓参事業が始まる前までは、東辺のじいさんは普通に生活していた。捕虜生活も戦後の混乱期も乗り越えて、新しい人生に邁進《まいしん》していた。だが黄血島に戻って慰霊を続けるたび、生き残った罪悪感に苛《さいな》まれるようになった」

「……………」

「心が引き返しちゃうからだ。怖くて申し訳なくて、どんどん心が壊れていった」

自分に似ているような気がしてきた。

「作太郎氏の自殺を、やれ亡霊に呼ばれただの、連れて行かれただのと話す人がいる。それで有志が、これ以上誰も死なないようにと、億石地獄にレンガを積んで誰も入れないようにしたらしい。本当はそうじゃないのに」

進むのをやめてしまったから、死ぬことにとらわれてしまった。

菊田はそんなふうに解釈しているらしかった。

「由羽。お前、QM号で何人殺した」

ぴしゃりとした物言いだが、咎めている口調ではなかった。

「数えきれない。直接引き金を引いたのは、十八人」

「お前がクイーン・マム号でしたことは、正しい」

正面切って肯定され、由羽の涙は滂沱《ぼうだ》と溢れた。

「射殺するとき、怖かったか？　起爆ボタンを押したとき、恐怖に震えたか？」

由羽は首を横に振った。あのときは恐怖心も罪悪感も、かけらもなかった。

生き残るため、「進んでいた」からだ。正しいと思ったからだ。

「進むより、引き返す方が怖い。東辺のじいさんの言う通りだ。ならさ、由羽」

「………」

「進めよ。お前は前を向いて進むしかないんだ」

十一時半ごろ、昼食前のバイタルチェックに村上がやってきた。

菊田はもう、扉近くのベッドに戻っている。村上が血圧を測るベルトを菊田の腕に巻き、シュッシュッと空気を入れていく。菊田は、由羽がうなされていたせいで殆ど眠れなかったようだ。朝食を食べたあとに熟睡していたが、完全に覚醒したいま、落ち着かない。

「結局、血液検査の結果はどうなのよ。船は大丈夫なのか」

「海の方のことはよくわかりません。この後、来栖さんが昼食を持ってきますので、直接訊いてみてください」

「そうは言ってもさ、東辺さんも周防社長も電話が繋がんないし」

由羽も身を起こす。

「仕方がないよ。数万トンあるQM号をぶら下げたまま二十四時間監視している状態でしょ」

御母衣丸は海流の変化があればケーブルを張ったり緩めたり、船の向きを変えたりと、微調整しながらバランスを保っている。朝食を持ってきた来栖が教えてくれた。最も的確な指示を出せるのは、重量計算をした東辺本人だろう。徹夜だったはずだ。

「周防社長は、甲板の清掃に追われています。ウイルスが付着していないか、検査が昨夜までかかりましたからね」

　由羽は離れたベッドにいながら、身を乗り出す。

「で、どうだった。甲板からウイルスは出たの？」

「そりゃ出ますよ。マシンガンでハチの巣ですよ。肉片をまき散らしている状態ですから」

　タイベックソフトウェアを身に着けての清掃、除染作業は大変だろう。しかも甲板は設置機材やハッチなどもあるので凹凸が多い。精密機器は下手に除染したら壊れる。一般的な除染作業よりもずっと手間暇がかかるはずだ。

「周防社長の心配は船のウイルス汚染もそうですけど、大気圧潜水服にウイルスが付着していないか、そのことが気がかりのようです。五回、六回と洗浄しているらしいですよ」

　菊田が迫る。

「で？　俺の血液検査はどうなったのよ。丸一日ベッドの上は頭がどうにかなっちまうよ」

「血液検査の結果はつい先ほど出ています。お二人も、晴翔君も陰性です」

　最初から感染の可能性は低いと思っていたが、改めて知らされ、由羽はほっとする。菊田はもう着替えの準備を始めた。

「動かないでください、血圧が乱れちゃうでしょ」

「感染してないんだからもういいだろ」

菊田は血圧計のベルトを勝手に外してしまった。

「ダメです。確かに陰性でしたが、まだ感染研の方で隔離期間をはっきりと定めていないのです。これは政府との調整が必要でして、今日明日に結論が出るものではありません」

「ふざけんなよ。俺は感染していないのにどうして隔離期間を設定されなきゃなんないんだ」

「ですから、ウイルスの性質に未知の部分があまたある以上——」

村上を無視して、菊田は一瞬で身支度をした。事件や事故の一報を受けて緊急出動するときの準備は昔から早かった。民間の潜水士になってからも、海難情報が入れば、潜水用具一式が詰まったスーツケースをすぐさま引っ張り出してきて、五分で家を出た。

「下手に血液検査の結果を教えるからこうなるのよ。感染の有無にかかわらず隔離期間は大人しくしてなきゃいけないって、最初から言っておけばよかったのに」

「菊田さんには言っておいた方がいいのだと、天城さんが教えてくださいよ。僕は彼の性格なんか知りませんからね」

菊田は由羽がいるのに平気ですっぽんぽんになって、アロハシャツと短パンに着替える。

「村上さん、心配しないで」

由羽は声を張り上げた。

「菊田さんが発症したら、私が即、射殺するから」

菊田は眉を上げて、帽子を取る。昔から愛用しているパナマ帽だ。

「おーっ。こわ」

「逃げるより進めと、アドバイスしたでしょ」

菊田は片方の口角だけ上げて笑う。

「余計なこと言っちゃったな」

じゃ、と改めてパナマ帽をかぶり、菊田はスーツケースを転がして行ってしまった。


夕食後、来栖が病室にやってきた。

由羽はちょうど、右足の傷の湿潤シートを貼り替えているところだった。シャワーを浴びたばかりで、まだ髪も乾かしていない。

「隔離解除だ。宿舎に戻れるぞ」

由羽は唇をとがらせた。

「それ、シャワー浴びる前に言ってよね」

厚生館から宿舎まで、歩いて五分くらいかかる。乾季のいま、風が吹くと砂埃が立つ。

風呂上がりにスニーカーは履きたくないし、サンダルで歩いたら絶対に足が汚れる。

「晴翔君はどうなった？」

「それもあって、早めに伝えに来た。本当は明朝が隔離解除だが」

陰性ならば一刻も早く黄血島を出たいと母親が強く主張しているらしい。

「一時間後には、入間基地に戻る空自の輸送機に乗って、黄血島を離れる」

「早く言ってよ！」

由羽は急いで着替え、来栖が運転するピックアップトラックで飛行場の滑走路に入った。

C2輸送機の前に五、六人くらいの人のかたまりが見えてくる。

千夏が左右に肩掛けバッグをかけて、二人の子供と手を繋いでいる。初日に出迎えてくれた、海上自衛隊黄血島航空基地隊の棚橋海曹長と、村内三等海曹もいた。見送りに来たらしい。

「お世話になりました」

千夏が頭を下げていた。明翔が「バイバイ」と手を振る。晴翔は肩をすぼめて、ずっと下を向いていた。

「晴翔君」

由羽は車を降りて、駆け寄った。晴翔はヘッドライトの明かりが眩しいのか、目を細めて由羽を見ている。迷惑そうにも見えた。

「帰るんだね」

晴翔はこっくり頷く。父親と対面する前の晴翔とは、別人のようだった。目つきが暗い。

千夏はきまり悪そうに微笑んだあと、息子たちを機内に促した。晴翔は無気力な様子だった。機内へ案内されても、内部を珍しがる様子もなく、壁沿いにずらりと並んだ椅子に座った。疲れたように目を閉じる。

千夏が由羽に向き直った。

「天城さんには、大変お世話になりました」

「とんでもないです」

「いろいろ申し訳ありませんでした。いまはただただ、夫が起こしたあの騒動で感染者が一人も出なかったことに、ほっとしています」

千夏は言うと、短いタラップを上がって輸送機の中に消えた。棚橋が搭乗口を閉める。母子の姿は見えなくなった。

由羽と来栖はフェンスの外から、離陸を見守る。

「やはりもっと強く、対面をやめるように言うべきだった」

フェンスに指をかけ、来栖がため息をつく。希望したのは家族だが、灰人を知らないからだ。映像で見て覚悟を決めても、いざ、目の前にその姿を見て、命に関わるような事態を経験したら、心変わりするのは当然だ。

「いま、リックはどこにいるの」

「父島の火葬場で、茶毘《だび》に付された」

ずいぶん早い。政府の判断だろう。

「奥さんは、遺骨の引き取りも拒否したそうだ」

由羽はしばし言葉を失った。離陸に向けて滑走路を移動するC2輸送機を見つめる。

「子供たちが怖がるから？」

来栖が頷いた。心から悔いている様子だった。

「家族と灰人の対面など、させるべきではなかった」

輸送機は離陸許可を待っているのか、滑走路の隅っこで沈黙している。

QM号の引き揚げが完了したら、遺骨の収集作業が始まる。時間はかかるだろうが、船内に置き去りになっている骨は家族の元に帰る。遺骨はお帰りと歓迎され、家族に抱きしめられ、祭壇に祭られて、手厚く供養されるに違いない。

「工藤一家から父親を弔《とむら》う気持ちすら奪うことになった」

轟音を立ててC2輸送機が滑走路を走る。本土へ向けて、飛び立った。

仕切り直しだ。

「本日〇九〇〇《マルキユウマルマル》より、QM号の引き揚げが再開される！」

一旦宿舎に戻っていたリック警護隊は、再びゴムボートに乗って御母衣丸へ向かった。

指令室では、東辺が海部と交代しながら、ぶら下がるクイーン・マム号の様子を見ていた。中園船長も含め、整容する暇すらなかったようだ。みんな無精ひげが生えていた。

午前九時。

由羽は二日前と同じように指令室に残り、水中カメラの映像を映すモニターを見つめた。すでに菊田も大気圧潜水服に着替えて、水深六十メートルの海中に吊り下げられている。来栖らは今日も別室で待機している。もはやリックの脅威は去った。十二階のランドリールームを監視する必要はない。遺骨の収集作業が残っている。今日も万が一のために引き揚げを見守る。

「引き揚げ開始！　第一、第二ウィンチ作動」

東辺の号令で始まった。十個全てのウィンチが作動し始め、再び船内が小刻みに揺れ始める。御母衣丸に重力がかかったのか、床が沈み込むような感じがした。計器の針はじわじわと動き始め、制御盤のデジタル数字が一気に上がっている。

〝ゴーヘイ、ゴーヘイ〟

メインケーブルを見る菊田が異常なしを報告する。他、アイプレートに固定されたケーブルを水中カメラで確認している友洋丸の技師たちも、〝異常なし〟と報告を上げる。

窓の下を見る。ウィンチが回っている。海中に没していたワイヤーが海水をまき散らしながら、ウィンチに吸いこまれていく。東辺はタブレット端末で、海流を確認した。

「問題はなさそうだな」

〝水深五十メートル到達！〟

海底から巻き上げられる砂や泥がないので、ケーブルのたわみや異常を発見しやすい状況だ。一昨日よりも早いペースで巻き上げている。

指令室内は熱気があるが、冷静だった。

〝水深三十メートル到達！〟

報告が上がった途端、指令室内がわっと忙しくなった。東辺が叫ぶ。

「甲板上昇準備！」

中園船長が号令をかけながら船橋に飛び込んでいく。船橋にいた甲板員たちが復唱し、やがてそれは船内放送になった。窓の外を見る。甲板でウィンチの状況を見守っていた甲板員たちが、急ぎ足で船内に引っ込んでいく。誰もいなくなった。

「甲板上昇開始!」

中園船長が指示を出した。一拍置いて、大きく船が揺れ始めた。ヒューンとケーブルが風を切る音がする。ガッシャーンという交通事故のような音を立てて、半潜水式台船部分が、持ち上がり始めた。ウィンチの巻き上げも同時に行われている。

「スライだ、スライ」

「ぶれるなよ、慎重にな」

ウィンチを操作している甲板員が、次々とつぶやいた。菊田から報告が上がる。

〝水深二十メートル到達!〟

「甲板下の映像は!」

東辺が叫んだ。船橋から返事がある。

「いまカメラのスイッチ入れました」

真っ暗だったモニターの一部に、映像が現れた。

クイーン・マム号の屋上だ。波に洗われている。これまで沈没船の映像は何度も見てきたが、海底にいたので薄暗く、青いフィルター越しに見ているようだった。色彩のない、青と灰色の映像は現実感を薄くしていた。モニターに映ったそれは一年半ぶりに海面上に姿を現し、色を取り戻している。

肩を叩かれた。来栖だ。いつの間にか指令室に入ってきていた。

「五階の廊下がガラス張りになっている。甲板下の様子を直接見られる」

リック警護隊の面々が集い、様子を見ているらしい。由羽は水中カメラが捉えている大気圧潜水服姿の菊田を一瞥する。

あと一息、気を付けて――。


海面に姿を現したクイーン・マム号は、号泣しているようだった。

五階の廊下のガラス窓は、クイーン・マム号の真正面だ。吹き飛んだ船首部が、断面図のように由羽の目の前に現れる。真っ黒に焦げ付いたままだ。ダマスク柄の壁紙がはがれ、石膏《せっこう》ボードが剝き出しになっているのが見えた。一部は鉄骨が見えて錆び付き、茶色の筋をつけている。方々から垂れ下がる配線は切れた血管のようだ。

船内に溜まった海水があちこちから流れ出る。クイーン・マム号が大量出血しているみたいだった。

船底部分まで完全に海面から出たとき、御母衣丸に大きな衝撃があった。浮力がなくなり、一気に重量が増したのだ。御母衣丸がズーンと沈む。どこまで喫水が下がるのか、沈んでしまうのではないかと不安になる。十メートル近く沈むと、ゆっくりと上昇し始めたが、五メートルほど喫水は下がったままだ。東辺の想定通りらしく、船は安定している。

クイーン・マム号は船内の水を吐き出しながら、御母衣丸内の巨大な空間で、吊り下げられている。中にあった調度品や椅子、扉なども、滝のような海水に流されていく。海洋生物がくっついたライフルもあった。誰かの防弾ベストやヘルメットもある。ヘルメットの中には頭蓋骨が残っているようだった。藻がついて緑色に変色した盾も流出する。装備品に書かれた『海上保安庁』『警視庁』の文字を見るのが辛かった。

魚がびちゃびちゃと跳ね、カニは早歩きで逃げまどう。リックのように目玉が飛び出たり、内臓が口から出てしまったりしている魚もいた。

すでに船底は閉ざされている。両舷側を塞ぐための骨組、キールのようなものが組まれていた。上下に分かれていて、縦に五メートルくらいの間隔でキールが延びる。甲板だった屋根から、電動シャッターのように、舷側が降りてきている。

沈没船からの排水量があまりに多いので、船底は水が溜まっている状態だった。水面には調度品の他、人骨のようなものも見える。人骨同士がぶつかり合うのか、カラカラ、カラカラという音が寂し気に聞こえてくる。数が多いからこんな音が鳴るのだ。由羽はいますぐそれをかき集めたい思いだった。

「排水と一緒に遺骨や遺留品も流れていってしまいそうよ」

心配で来栖に訊いた。

「三十か所の排水口全てに受け止め用のネットをかけている。その後、船尾部の濾過《ろか》設備を通って汚泥を取り除いてから、海に排水するそうだ」

船尾部に搭載している濾過設備は、汚泥などを処理する産廃処理業者が設置したものだという。

「汚泥から遺骨を探す作業も、俺たちの仕事だ」

由羽は大きく頷いた。

「何年かかるのかな」

ぽつりと言ったのは、野中副隊長だった。

「何年かかっても、最後の泥のひとしずく、骨のひとかけらまで、探すのみだ」

来栖の言葉は、リック警護隊の決意表明でもあった。

共に戦った仲間たちや犠牲になった感染者たちの骨を残しては、本土に戻れない。生き残った者の義務としての新たな任務だった。やってやるぞという気概がみなの顔に出ている。喜びとは違う。背負った罪悪感を少しでも軽くできる手段を見つけた、救いだ。

由羽は改めて、クイーン・マム号を正面から見据える。由羽と来栖が重油を燃料タンクから抜いた地下の機関室は、エンジンが剝き出しの状態だった。一軒家ほどの大きさだ。

海洋生物にまみれ、寂寥感《せきりょうかん》がある。制御盤にはサンゴが棲み着いていた。

四階部分は、医務室の断面が見えていた。医務室には六人の灰人が閉じ込められていたが、骨のかけらも見当たらない。ベッドが壁際に立っている。爆風で吹き飛び、壁にめり込んだのだろう。

五階部分に色彩鮮やかな菊の文様が見える。大きな花瓶が割れて半分になり倒れていた。かつて吹き抜け階段の下に大きな大正ロマンふうの文様の花瓶が置かれていた。

六階の断面からは、一台のスロットマシンがぶら下がっている。電源コードかケーブルでかろうじてぶら下がっている状態だった。『警視庁』と文字が入った、透明のポリカーボネート製の大盾が、天井に突き刺さっていた。

七階だけやけにキラキラして見えたのは、落下したシャンデリアがあるからだろうか。泥水に濡れて汚れてはいるが、船内の強い照明を反射して光る。その下にヘルメットが転がっていた。

八階から九階は当時は立入禁止で、誰も使用していなかった。機動隊や特警隊の防弾チョッキを着用した洋服が水溜まりに浮いている。

滝のように流れていた船内の海水が細い流れに変わっていた。十四階建ての全てのフロアから流れ出ているので、水面に叩きつける量は多い。土砂降りの雨の中にいるような音が船内に響き渡っていた。

十階は海上保安官が寝泊まりしているフロアだった。十一階は乗組員、十二階は警察官だ。たくさんの人があの夜、ここで寝ていたはずだが、死体は見当たらなかった。骨になったのか、別の場所に散らばっているのか。

十三階だけ、四角い突起物が船首部へ突き出ていた。恐らくプールだろう。コンクリート製のプールの枠はひび割れただけで、船中部から突き出し、残っていた。由羽のいるフロアからでは、プールの裏側が見えるばかりで、中がどうなっているのかはわからない。あの中は骨だらけのはずだ。

誰も言葉を発しない。

ただ黙して、クイーン・マム号を見つめる。ひとりが肩を震わせていた。隣の隊員が肩を抱いてなぐさめる。嗚咽になった。次々と伝播《でんぱ》していく。由羽も涙が溢れていた。

「八百七十人……」

誰かが口にして、わっと泣き崩れた。

「どうして俺なんかが生き残っちゃったんだろうな」

若い隊員がむせび泣く。

「家族もいないし、友達も少ないし。墓参りも全然してなかったのにな。なんで俺が……」

「俺は隊の部下を五人も死なせちゃった。ひとりは婚約中。子供が生まれるところだったやつもいた。俺が代わりに死んでいればよかったのに」

野中が言った。ボロボロと泣きながら懺悔《ざんげ》している。由羽の隣の隊員も泣きながら懺悔する。

「世話になっていた先輩が、目の前で咬まれて、どうしようって無言で俺を見る。初めて先輩があんなに気弱な顔をしているのを見た。俺が引き金を引いて死ぬまでほんの数秒なんだけど。その間、ずっと俺を見ていた。その目がどうしても忘れられない」

次々と隊員が、助けられなかった人、殺した人への懺悔を口にする。

まるで神父のいない告解《こっかい》室のようだった。


クイーン・マム号の引き揚げが無事完了した。

現在も安定して御母衣丸に抱かれている。船を支える固定枠の設置作業が休みなく行われていた。この作業は、由羽も聞いたことがある大手建設会社が担っているらしい。三日後にはケーブルが外されるということだった。

遺骨の収集作業は一週間後から始まることになった。リック警護隊はそれまで休暇だ。

ゴムボートで黄血島へ戻る途中、飛行機の轟音がして一瞬だけ海面が陰った。黄血島に入間基地の輸送機が着陸するところだった。来栖が言う。

「今日は売店が開くかもしれないな」

由羽は官舎に到着するなり、部屋に置きっぱなしだった財布をつかんで、厚生館へ急いだ。売店のシャッターが上がっていた。商品が並ぶ小さな売店を見て、喜びが溢れる。消費する楽しみを久々に味わえる。買い物籠に缶ビールやチューハイを次々と入れていった。

〝飲もうぜ、由羽〟

金にはならなかったかもしれないが、無事大役を果たした菊田を、ねぎらってやりたかった。そしてもっと、語らいたい。ちょっと恥ずかしいし照れ臭かった。二十年近くの空白を埋めるには、酒が必要だった。

スマホが鳴る。見知らぬ番号だった。インマルサット――衛星携帯電話からと思しき番号が頭についていた。黄血島沖に停泊している作業船からだろう。東辺からの電話だった。

「天城さん、いま、どちらですか」

「黄血島に戻っています。自衛隊の――」

言い終わらぬうちに、東辺が迫った。

「大至急、出雲丸へ来てください。桟橋へ迎えのボートを出します」

「わかりましたけど、いまちょっと……」

父の分の酒を買わなくてはならない。

「たったいま菊田さんが引き揚げられたようなのですが、様子がおかしいのです」

娘を呼べとしか言わず、頑として大気圧潜水服から出ないのだという。

「俺は感染しているようだ、とも言っているんです」


由羽は来栖の操船で走るゴムボートの上で、波しぶきに頬を濡らしながら、困惑していた。


――父が感染した？　まさか、そんなはずはない。

血液検査で感染はしていないと判明したばかりだ。菊田は灰人の体にちょろっと触れただけだった。手のひらに怪我をしている様子もなかった。今朝も元気だった。

――あの人のいつもの、悪い冗談、笑えないジョークに決まっている。

出雲丸が目の前に見えてきた。横付けするため、来栖がスピードを落とす。近づいてきているのに、スピードが落ちただけで遠ざかったように見えてしまう。動悸《どうき》が苦しい。由羽は、経験したことがないくらい、焦っていた。

まだ完全に停船していないうちから、出雲丸の舷側に取り付けられた固定梯子に向けて、身を乗り出した。危ない、と来栖に手を引かれた。振り払い、固定梯子にしがみついた。足が海水に浸かってしまう。半長靴の足が水を呑み込み、重たい。

足から水を吐きながら、甲板を突き進んだ。

スタンドに設置された大気圧潜水服が隅っこに追いやられていた。いつもはその周囲に、潜水服を点検する人や菊田のケアをする人、ケーブルを処理する人など、たくさんの作業員が集う。

今日は誰もいない。ぽつん、とそこにある。

作業員たちは船内に固まって避難していた。扉にはめ込まれた窓越しに、やってきたリック警護隊と大気圧潜水服を見比べている。別の窓からは、ボートフックを構える人、さす股を持っている人も見えた。

由羽は大気圧潜水服の前に突進した。スタンドを駆け上がる。

「お父さん」

ヘルメットの中をのぞきこんだ。菊田は眉間に深い皺を寄せ、目を閉じていた。頬を膨らませ、なにかをこらえるような顔をしている。小麦色の肌には血の気がない。由羽の呼びかけに力なく目を開ける。

「由羽……」

口を開いた瞬間、菊田は嘔吐した。ヘルメットの内側が嘔吐物で汚れて菊田の顔が見えにくくなる。由羽は改めてヘルメットにしがみついた。

「お父さん!」

「由羽、ごめ……」

黒い無数の糸のようなものが、菊田の皮膚の下でうごめき始めた。神経が黒ずみ始めている。都心の道路地図が顔面に広がっていくようだ。クイーン・マム号で何度も見た光景だった。

「お父さん!!」

ヘルメットを両手で包み揺さぶり、抱きしめ、お父さん、と連呼する。

「まさか本当に発症したのか?」

船内から周防社長が飛び出してきた。スタンドを駆け上がり、由羽の肩を引いた。ヘルメットの中の様子を見て目を見開く。

「お、嘔吐してるじゃないかっ」

周防社長は階段を飛び下りた。大気圧潜水服の上半身部分にすがりつき、回してロックを外そうとした。

「開けたらだめだ。発症しています」

来栖が止めに入った。

「中で発症なんかしたら我が社は倒産だ。この潜水服は無傷で返却義務がある。保険だって利かないんだ。ただでさえ百億が——」

来栖と周防社長がもみ合いになった。周防社長は羽交《はが》い締《じ》めにされながらも手を伸ばし、上半身部分を外そうとする。

「この潜水服だけは守る。菊やんだってそれを望んでいるはずだ。百億がパーになったんだ、この上、大気圧潜水服まで汚したらどうなる。菊やんとやっとの思いで守ってきた会社なんだ！」

由羽は、気が付けば大気圧潜水服の足元に落下していた。尻もちをついて、座り込んでいる。腰にも足にも力が入らなくなっていた。

——お父さんが、感染した。

大気圧潜水服の内側からガツン、ガツンと大きな音がした。ロボットみたいなそれが揺れる。中でお父さんが暴れている。感染したお父さんが、暴れているのだ。上半身部分が九十度回転し、ロックは外れかけている。上半身部分が傾いた。

——うそだ。父親が、灰人に、ゾンビになったというのか。咬まれてすらいないのに。

「う、うっそだぁ……」

由羽は声に出して、笑うしかなかった。

「離せこの野郎、菊やんを出してやらないと……！」

周防は泣きながら叫んでいた。来栖にヘッドロックされ、声が出なくなる。周防の自由になるのは足だけだが、来栖の身長を超える大男だ。ひと振り、またひと振りと大気圧潜水服の方へ足を蹴りあげながらもがく。

「由羽、ロックをかけろ」

来栖が叫んでいた。

「由羽！」

この非常事態に、由羽の頭はうまく回らない。とにかく立ち上がろうとした。目の前の大気圧潜水服は上下でずれた状態だ。その隙間から、灰色の大きな手が伸びてきた。父の右手が潜水服の上半身部分を、左手が下半身部分をつかむ。獣のような咆哮が聞こえた。大気圧潜水服の上半身部分が傾いた。

周防が振り上げた左足を、灰色の手がつかんだ。周防は、彼を羽交い締めにしていた来栖ごと大気圧潜水服に引き込まれた。

来栖は間一髪で手を離す。由羽とぶつかった。由羽は構えかけたベレッタを落としてしまった。右足を引っ張りこまれた周防は、咄嗟にスタンドをつかんでこらえている。わーっと絶叫しながら足を蹴ってもがき、父から逃れた。四つん這いになって甲板上を逃げまどう。彼が咬まれたのかどうか確認する前に、父をなんとかしなくてはならなかった。シグを抜こうか――。

由羽はできなかった。

大気圧潜水服の後方に回る。上半身部分を持ち上げていた。来栖がさす股を使い、父の体を大気圧潜水服の中に押し込んでいる。父は中の座席に腰を押し付けられ、顔面を側面に打ちつけた。由羽は上半身をかぶせた。ロックがはまる直前、来栖がさす股を引き抜いた。ロックがうまくはまらない。中で父が暴れているからだ。由羽は大気圧潜水服の肩に乗った。体重をかけ、上から押さえつけた。中で父親が暴れている。出せ食わせろと暴れている。来栖は船内の乗組員に叫んだ。

「溶接用具を持ってきてください！」

船員が船内からプラスチックの籠を持って出てきた。父が潜水作業中に使用していた溶接用具が中に入っていた。

三十分かけて、溶接作業が行われた。潜水服の上下を繋げてしまう。

由羽は肩に乗り、大気圧潜水服を全体重で押さえつけ続けた。父に肩車をしてもらっているような状態だった。父の肩の上からぼんやりと、溶接作業で出る花火のような光を見つめていた。

由羽がまだ幼稚園のころだっただろうか――。

あのころ、一家は台東区にある小さな官舎に住んでいた。隅田川《すみだがわ》の花火大会を見に行くぞ、と父が号令をかけた。生まれて初めて浴衣《ゆかた》を買ったのに、父は急な仕事が入ったと仕事に行ったきり、帰ってこなかった。

母はせっかくだからと新調した浴衣を由羽に着せて、隅田川まで連れて行ってくれた。まだよちよち歩きの謙介に手がかかるころだ。謙介がぐずるので、いいにおいがする屋台に並ぶこともできない。由羽はお腹をすかせたまま、行き交う人々にぶつからないように必死に歩いた。目線は大人の膝くらいだ。いくら見上げても大人の体の連なりが見えるばかりで、花火のひとつも見えない。

そのうち母親も苛立ってきて、ちょっとでも由羽が遅れると声を荒らげるようになった。一生懸命に慣れない下駄で走ったら、親指と人差し指の間の皮が剝けてしまい、痛くなってきた。

謙介の瞼が落ち始め、ますますぐずる。母親は謙介の抱っこでヘトヘトになっているが、由羽は訴えずにはいられなかった。

「お母さん、あんよ痛い。抱っこ〜」

「無理に決まっているでしょう！　仕事に行っちゃったお父さんに文句を言って！」

ふえーんと泣いたとき、由羽はひょいっと抱き上げられた。父がようやく仕事を切り上げ、駆けつけたのだ。由羽を肩車してくれた。下駄をそうっと脱がせ、血の滲んだ足を
「痛かったな、我慢して歩いて偉かったな」と大事そうにさすってくれた。

菊田は由羽の小さな下駄を指に引っ掛けながら、大きな手で膝を押さえていてくれた。

それでも高すぎて、由羽にはちょっと怖い。父親の頭にひっしとしがみつきながら、花火を見ていた。

「由羽、見えないよ。見えない」

父はケタケタ笑っていた。由羽の指が、父の目を覆ってしまっていた。

「目ん玉、潰さないでくれよー。由羽の花嫁姿を見たいからな」

父の髪はいまと違い、真っ黒で、量も多かった。

「由羽は誰と結婚するんだっけー」

「パパとけっこんする」

それは、父と娘が毎度交わす、お約束のやり取りだった。

父が一番喜ぶセリフだった。

第七章　全島避難

巡視船あきつしま船内の冷たい廊下に、由羽は膝を抱えて座っていた。

留置設備前にいる。人権に配慮してか、留置スペースは乗組員の居住区よりも広いらしかった。

奥にトイレがある。警察署の留置場とよく似ている。木の蓋がしてあったのに、父が暴れたのでどこかへ飛んでいってしまった。ホーローの便座にはヒビが入っている。

由羽のすぐ足元の、鉄格子を挟んだ向こうに、大気圧潜水服が倒れている。ヘルメット部分が鉄格子に当たっていた。中で父親が四つん這いになり、由羽の足に咬みつこうと必死になっていた。手足はもはや用無しだ。一体二億円するという大気圧潜水服は、無駄に手足をつけた楕円《だえん》のカプセルと化していた。灰人となった父親はその中に閉じ込められ、ヘルメットという窓からヒトを威嚇する。

留置施設入口の鉄の扉が開いた。来栖がやってくる。由羽は立ち上がれず、言葉も出ない。目だけで、どうだったかと尋ねる。来栖は首を横に振った。

「生きているのか、死んでいるのか。どこにいるかもわからない」

周防社長のことだ。

あの混乱の中、由羽は父親を大気圧潜水服の中に閉じ込めるのに精一杯だった。一瞬だけ灰人に足を引き込まれた周防社長が、その後逃れてどうなったのか、かまっている暇がなかった。

父に咬まれたのか。つかまれただけで済んだのか。

わからないまま、周防社長は足をもつれさせて出雲丸の甲板の手すりにぶつかり、バランスを崩して落水してしまった。

救命浮環《ふかん》は投げられたが、海に飛び込んで周防社長を救出しようとするリック警護隊員は、いなかった。感染しているかもしれないからだ。救助した瞬間にがぶりと咬まれるかもしれない。海面で救助しながら感染を判断し、射殺するのは容易ではない。落水した海面に銃口を向けて引き金を引こうとした隊員もいたが、そもそも本当に咬まれているのか判然としない。

咬まれているかどうかわからない人を射殺するなど、殺しのライセンスを与えられていようが、できるはずがなかった。

「まずいね」

「ああ。大いにまずい」

万が一感染していたら、灰人はヒトの肉を求めて、泳ぐ。

「すでに黄血島の自衛隊員に厳戒態勢が通達されている」

全ての訓練は中止されているらしい。飛行訓練のため滞在中だった米軍は一旦撤退する。夜間になれば黄血島は街灯が殆どないので暗闇に包まれる。日没後は外出禁止となり、けん銃の携帯指示が出たそうだ。

「黄血島に上陸されたら、シャレにならない」

三万人の魂が眠る、鎮魂の島だ。

万が一、黄血島内で爆発的感染が起こったら、英霊の静かな眠りを妨げる、血で血を洗う騒動が島内で繰り広げられることになる。発症までの時間は個人差がある。早い者で数秒、遅い者で数日かかる。

「咬まれていることを隠したり、気付かなかったりした隊員が、戦闘機や輸送機で本土へ戻ってしまう危険もある。あっという間に本土に感染が広がる」

「日本列島だけじゃないよね」

米軍もいるのだ。アメリカ本土にも感染が広がるかもしれない。

「そもそも、どうして父は発症したの」

血液検査は陰性だったと国立感染症研究所は結論を出している。

「それが間違えていたか。血液を採取した一昨日の昼以降、感染するようなものに触れたか、口に入れたか」

感染経路を調べなくてはならない。制圧は来栖の方がプロだが、捜査に関しては由羽が専門だ。まずは父の居住区の部屋を調べるべきだった。

「感染捜査、しなきゃだね」


潜水支援船、出雲丸にゴムボートで戻る。混乱の収まった甲板上は、混沌としていた。大気圧潜水服のスタンドは倒れ、溶接に使った用具があたりに放置されていた。

作業員も乗組員も全員、下船している。父の感染経路がわからない以上、乗組員に感染者がいる可能性があるのだ。黄血島の厚生館の入院室に隔離中で、血液検査を迅速に行っている。船は空っぽだが、漂流しないように巡視船が曳航《えいこう》していた。

ネームプレートを確認しながら、来栖と居住区フロアを歩く。感染予防のため、由羽も来栖もタイベックソフトウェアを着ている。二人揃って歩くとシャカシャカと音がした。

「来栖さん」

「うん？」

どうして父を射殺しなかったのか、尋ねるつもりだった。訊くまでもない気がして、どうでもいい質問をしてしまう。

「私のこと由羽って呼び捨てにしてたね。ずっと『あんた』だったのに。なんで急に？」

来栖は一拍置いて、答える。

「あんたが初めて菊田さんを『お父さん』って呼んだからだ」

「意味わかんないし。またあんた呼ばわり？」

ここだ、と来栖がネームプレートを指さした。合鍵で扉を開けた。六畳半くらいの、畳の部屋だった。中に入ろうとしたが、足がすくむ。

マスクをしていても、父のにおいを感じる。においとしてではなく、ぬくもりとして、強烈に由羽を刺激する。

小さな窓辺には洗濯物が、壁には父の衣類がハンガーに掛けられていた。父がそこに立っているかのようだ。

「ごめん。無理」

由羽は一歩外に出て、しゃがみこんだ。ゴム手袋をした両手で顔を覆って嗚咽をこらえる。先に中に入っていた来栖の足が見えた。そのたたずまいだけで、来栖の気遣いを感じる。

「俺は刑事じゃないから、家宅捜索の類《たぐい》はしたことがない。黄血島でいまそれができるのは、あんただけだ」

由羽は涙を拭った。刑事なのだ、がんばらなきゃ……。

立ち上がり、改めて中に入った。

右手に布団がある。ブランケットが足元で丸まっていた。枕は斜めにころがっていた。元警察官とは思えない。ちゃぶ台には缶ビールの空き缶が三本と、ポテトチップスが半分残った状態で置いてあった。父は酒のつまみに柿ピーとかするめは好まず、いつもスナック菓子を食べていた。謙介と取り合いになってよく喧嘩していた。

「昔っからこうなのよね。しけるから密封してって母親にあれほど言われていたのに」

小さなテレビがあったが、埃をかぶっている。この海域はテレビ電波が入らないだろう。父が使っていたスマホは、充電コードに繋がっていた。スマホを開く。壁紙は初期設定のままだった。あまり使っていなかったのかもしれない。手袋を外し、着信履歴をざっと見た。仕事関係の発着信の中で、妙な登録名を見つけた。

『奥さん』

父は独身だ。女の名前くらいあってもいいが、『奥さん』の発着信が圧倒的な数を占めていた。しかも、殆どが着信だった。父からかけているのはここ一か月で一回だけだった。

由羽は『奥さん』の電話番号を控える。03から始まる固定電話番号だ。

「もしかして人妻じゃなくて、『奥』っていう苗字の人かな」

「気になるなら、かけてみたらどうだ」

由羽は『娘』である自分を一旦かき消し、電話をかけてみた。発信音は鳴るが、留守電になってしまった。警戒されては困るので、警察ではなく、娘としてメッセージを残すことにした。

「わたくし、菊田吾郎の娘です。実は菊田が――」

急逝したと言えない。死んだと言っていいのか。ゾンビになったと言うのもおかしい。

「急病です。もし連絡事項等があるようでしたら折り返しのお電話をお願いします」

由羽は自身のスマホの番号を伝え、電話を切った。

テレビ台の脇にあったゴミ箱に、白い紙切れを見つけた。ばんそうこうの粘着面の保護シートだ。ばんそうこうの外袋もある。由羽はゴム手袋を再びつけて、傍らに積み上がっていた新聞紙を一枚広げた。その上にゴミ箱の中身を出す。ばんそうこうの包装袋が三枚もある。他、血の付いたティッシュも見つかった。

「血の色が退色していない。ごく最近、怪我をしていたのかも」

「隔離中はどうだったか覚えているか」

　怪我をしていた記憶もなければ、ばんそうこうを貼っていた様子もない。

「怪我をしたのは隔離を終えてここに戻ってきてから、ということか」

　ゴミ箱の中には段ボールの切れ端が入っていた。断面はなめらかだ。ハサミではなく、刃物で切ったようだ。血の付いた段ボールの切れ端が見つかった。

　物置棚の引き出しを探る。カッターナイフを見つけた。刃を出す。ティッシュで拭ったようだが、かすかに血のようなものが付着している。

「段ボールをカッターナイフで切っていたときに、指を切ったのかも」

　来栖は巡視船あきつしまの乗組員に電話をした。

「ヘルメット越しに、菊田氏の指を見ることができないか？　怪我をしているか、ばんそうこうを貼っているか、確認してほしい」

　由羽は首を傾げる。

「父は段ボールを切ってなにをしていたのかしら」

「段ボールだから、中になにかを入れるためだと思うが」

　来栖は立ち上がり、物入れの扉を開けた。途端に中から雑誌の山が溢れてくる。全部、青年雑誌やいかがわしいエロ漫画だった。アダルトＤＶＤも大量にあった。由羽は赤面する。

「なにやってんのよ。いい年してこんなもの溜めこんで」

「船の中はスマホの電波も届かないしテレビも見られないから退屈だろう。本や雑誌を溜めこむのはわかる」

「だからってエロ本ばっかり」

悲しみが一瞬で吹き飛ぶ。来栖は苦笑いしながら片付ける。

「菊田さんらしいが」

由羽は出入口近くにある洗面台を見た。風呂もトイレも共同だが、手洗い場だけは室内に付いている。その下のゴミ箱に、タオルが捨ててあった。新しいのになぜ捨てたのだろう。拾い上げてマスク越しににおいをかいだ。

「なんか生臭い」

来栖がエロ本の山を一瞥し、なにか言いたそうな顔をした。由羽は察する。

「体液とかじゃなさそうよ。砂がたくさん付いてる」

来栖もマスクをおろし、タオルを鼻に近づけた。

「確かに生臭いが、潮のにおいもする」

点々と黒い小さな粒が付いていた。

「砂かな。海の砂が付いた手を拭いた？」

「それならタオルで拭く前に水で洗い流すだろう。海の砂が付いたなにか——物とかを、タオルで拭いたんじゃないか」

「釣りでもしていたのかしら」

「菊田さんに釣りの趣味はなかったはずだ」

父は海好きだが、釣りだけは退屈すぎると嫌っていた。魚が釣れるのを待つくらいなら、銛《もり》を持って潜っていった方がいいと話していた。

「そもそも魚の水気を取るのにタオルは使わないよね。キッチンペーパーが普通。それがなかったらせめて手拭いとか」

海中にあったなにかをタオルで拭ったのだろうか。

「しかも雑巾でもなく、使い古したタオルでもなく、比較的きれいな新しいもので拭いている」

「大事なものだったということ？」

由羽ははっとする。

「まさか、クイーン・マム号の中からなにか持ち出した、とか？」

ありうる。リックを殺害してしまったので、父は百億円を手に入れることができなくなった。せめて金目のものをと思い、船内の備品を勝手に盗《と》ったのか。

　来栖も頷く。

「沈没船マニアというのがいる。引き揚げられた品物や調度品は、高く売れるんだ」

サンゴが付着した瓶や、高価な食器などがメジャーだという。タイタニック号から引き揚げられたバイオリンは、一億円以上の値がついて落札された。

　いまや世界中で、クイーン・マム号の名前を知らぬ人はいないだろう。ゾンビ感染症が発生した船の備品など所有したい人がいるとは思えないが、いずれ歴史的価値が出るのは間違いない。海底で調査や引き揚げ作業を一手に引き受けていた父なら、こっそり備品を持ち帰ることは簡単だっただろう。

　巨大な大気圧潜水服を着用しているから、船内に入ることはできない。だが割れた窓から腕を伸ばせば手に届くものもある。海底に散乱している備品もあったはずだ。船首部分などは吹き飛んで船内が剝き出しになっている。通りすがりに取り、作業機材の入ったプラスチック籠に紛れさせてしまえば、簡単に持ち逃げできる。

　由羽は思わず、雪崩を起こしたままのエロ本やＤＶＤを蹴飛ばした。

「なにやってんのよ、あいつ」

泣いて悲しんで、損した。

「全部丸く収まったら即、射殺してやる」

来栖はため息交じりに腕を組んだ。

「やはり船内の堆積物にウイルスが残っていたのかもしれない。菊田さんはそれを不用意に持ち帰ってしまった」

「触っただけなら問題なかったのに、指を切ってしまった。それで切り傷からウイルスが入って、感染した？」

来栖は頷いた。

「恐らく、菊田さんは入院隔離後に居住区へ戻って船内から持ち出したものを段ボール箱に詰めた」

段ボールをカッターナイフで切っていたのは、船内から取ったものとサイズが合わなかったからだろう。切って調整した。

「わざわざ段ボール箱の大きさを調整したということは、郵便や宅配便でどこかへ送るつもりだったんじゃないか？」

由羽は真っ青になる。

「ウイルス汚染されたものを誰かに送りつけたということ？」

「見たところ室内に段ボール箱が残っていない。もう送ったとしか思えない」

「だけど、黄血島に郵便局はないはず。宅配業者なら空自で取り扱いがあるんだっけ」

航空自衛隊が預かって輸送機で入間基地まで運び、そこの宅配便営業所が受領するシステムだ。

「すぐに黄血島に戻って確認しよう」

由羽が立ち上がったとき、菊田のスマホがバイブした。『奥さん』からの折り返しの電話だった。由羽は電話に出る。

「もしもし？」

相手に沈黙がある。どうしてか緊張感があった。「もしもし」と返ってきた声に、由羽は一瞬で心がかき乱される。

上月麻衣の声だ。


由羽と来栖は黄血島に戻った。やけに硫黄のにおいが鼻をつく。

自衛隊の庁舎に入り、航空自衛隊が入るフロアを訪ねる。宅配便の受付記録を見せてもらった。

「やっぱり」

すでに『奥さん』こと上月麻衣から電話で聞いて調べるまでもなかったが、伝票の届け先には父の字で、『上月麻衣様』と書かれていた。

来栖は伝票の下の方を指さす。

「サイズは最小だな」

三辺の合計が八十センチ未満となっている。中身は『缶コーヒー』と記されていた。

「缶コーヒー一本送るために、航空自衛隊に荷物を預けたはずがないわよね」

来栖がよく飲む、ボトル入りの缶コーヒーを思い出す。菊田がたまにまとめ買いすると話していた。空きボトルが居住室に残っていたに違いない。そのうちのひとつをきれいに洗い、菊田は――。

由羽は、電話で話をした『奥さん』こと上月麻衣の言葉を思い出す。

〝確かに菊田さんから今朝方、荷物を受け取りました。中身はクイーン・マム号内の砂だと聞きました。せめてご主人の遺骨の代わりになれば、と昨夜電話で話してくれました〟

父親と上月麻衣に交流があった。仏壇の前に落ちていた男物のハンカチを思い出す。父のものだったのだ。上月の仏壇の前で、娘がしたことを謝ったのだろうか。

麻衣は警察官の妻だ。警察官だらけの官舎に住んでいる。由羽の家族関係を人づてに調べるのはそう難しいことではなかったのかもしれない。そもそも父親は元警察官なのだ。

由羽に刃物を向けた麻衣の、荒《すさ》んだ姿を思い出す。

恨みを募らせていたはずだが、由羽はしばらく入院していて復讐を果たせなかっただろう。代わりに父親を呼びつけたのだろうか。父親も、麻衣の様子に気をもんでいたに違いない。いつか娘に直接危害を加える日が来ると案じ、彼女の気持ちをなだめようと、麻衣の夫の遺骨に代わるものを、と砂を船内から持ち出した。空きボトルに入れて濡れた側面をタオルで拭った。丁寧に段ボール箱に詰めている最中、指を切った。

砂に付着していたウイルスが菊田の体内に入った。

指を切って感染してから二十時間後に、発症したか。

感染から発症までの期間は個人差が大きい。ものの数秒で発症した人も見たし、数日経ってから突然発症した例もある。菊田の場合はある意味、運がよかったかもしれない。彼が大気圧潜水服の中にいたから、隔離しやすく、一瞬で感染が広がることはなかった。

電話口の麻衣は比較的落ち着いていた。宅配便は受け取ったばかりで、まだ開けていないという。絶対に開けないこと、箱にも触るなと強く頼んだ。

「なぜ。あなたのお父さんがせっかく詰めてくれたのに」

「父は感染し、発症しました」

電話越しに伝えたとき、麻衣は絶句したのか、返事がなかった。

「そちらに届いた荷物の中身には確実にウイルスが存在しています。絶対に触らないでください。箱を触った手もよく洗っておいてください」

どういった状態で菊田が感染したのか大まかに話し、注意を促した。麻衣は「わかりました」と、しっかり答えていた。由羽に刃物を向けたときのような不安定な様子はなかった。あの出来事があって、吹っ切れてくれたのか。電話を切り際、由羽は改めて謝罪した。

「麻衣さんのためだったとはいえ、父がとんでもないものを送りつけてしまいました。本当にごめんなさい」

「いいえ。あなたも大変ね。ご愁傷様」

由羽は麻衣との電話を思い出しつつ、父が書いた伝票を抜き取った。警視庁本部と国立感染症研究所に一報を入れる。『上月麻衣』の伝票の文字を見るたび、麻衣の言葉が蘇る。

ご愁傷様——突き放すような声音だった。

当たり前か。彼女は由羽を心の底から恨み、憎んでいるだろう。来栖が隊員に依頼している。

「この宅配便の荷物はウイルス汚染されています。すでに荷物は届いていますが、移送を担った自衛隊機や宅配便トラックを割り出し、除染隔離してください。また、移送に関わった隊員、入間基地の宅配便営業所の人間から中継地点、配送トラックも全て——」

由羽のスマホが鳴る。謙介だった。

「弟からよ」

黄血島に来てから、全く連絡を取っていなかった。姉が黄血島にいることも知らないはずだが、なぜこのタイミングでかかってきたのか。不安を覚えながら、由羽は電話に出た。

「由羽ちゃん……？」

謙介の声は探るようだった。

「謙介。どうしたの」

父の話をどう切り出そうか、迷う。

「いや、いま少し話せるかな。忙しい？」

由羽が答える前に「実は知ってるんだ」と謙介は前置きした。

「由羽ちゃん、いま黄血島にいるんだよね。父さんから聞いてるよ」

謙介は父親とまめに連絡を取っていたようだ。

「三日前に話したときは張り切ってたよ。〝由羽と二人でＱＭ号を引き揚げるんだ〟と。父と娘の共同作業だって嬉しそうだった」

嗚咽が漏れそうだ。その父は、いま……。

姉の無言を、謙介はいつものように父への怒りと捉えたようだ。ところでさ、と急に話題を変えた。

「ついさっき、僕んとこに変な電話がかかってきたんだ。上月麻衣さんって人」

由羽は一瞬で悲しみから引きはがされた。

「由羽ちゃんの知り合いだというんだけど、知ってる？」

「第一次感染捜査隊の隊員で殉職した上月警部の奥さんよ」

「やっぱり、本当だったんだ」

麻衣が身元を名乗ったのだろう。

「麻衣さんはなんて？　どうして謙介にかけてきたの」

「お姉さんとお父さんのことで知らせたいことがあるから、大至急青戸の官舎に来てほしいと言うんだ」

由羽は頭が真っ白になった。麻衣の行動の真意がわからない。

「俺の番号は由羽ちゃんから聞いたらしいけど」

「教えてない」

「……なんか、変だね」

駅のアナウンスと、電車接近メロディがスマホから聞こえてきた。霞ケ関駅ホームのメロディだ。

「まさか謙介、青戸に向かってる？」

「そりゃ、由羽ちゃんと父さんになにかあったと聞いたら行かないわけにはいかない」

罠《わな》だ。由羽は直感した。『ご愁傷様』と言ったあの声音はほくそ笑みか。

「謙介。行っちゃだめ――」

「来栖さん、大変です！」

由羽の声をかき消す声が飛び込んできた。フロアの入口にリック警護隊の野中副隊長が立っている。慌てた様子だ。

「本土で感染者です。警視庁から海保に速報が入ったとのこと」

由羽はますます混乱した。なにが起こっているのかわからない。悪い方にことが流れているという切迫感ばかりが溢れる。電話口で謙介がなにかわめいているが、頭の中に内容が入ってこない。

来栖が前のめりに野中の肩をつかんだ。

「どこから広がった。入間基地か？」

「入間基地は埼玉県内だよ。警視庁の管内なら東京なんでしょ？」

宅配便の中継地点か、宅配便トラックか。その可能性は低い気がした。

麻衣のもとにウイルスがある。

『ご愁傷様』

嘲笑うかのような声が蘇った。その麻衣が、由羽の弟を呼び出している。いま、野中が目の前で来栖に報告する。

「葛飾区のグランドール青戸という警視庁借り上げの官舎です」

来栖が伝票を見返した。上月麻衣の自宅住所と全く同じマンション名がそこに記されている。

「青戸の官舎には、入間基地経由で帰宅した工藤一家が住んでいます。現在警視庁は、感染源は晴翔君と見て、工藤一家の自宅を封鎖し、中にいる家族を安全に隔離すべく――」

「違う！」

由羽は叫んでいた。


東京に戻らねばならない。

由羽は自衛隊庁舎を駆けずり回った。船では三十時間、ヘリでは四時間かかる。輸送機なら二時間で本土に戻れる。なんとか航空自衛隊の輸送機に同乗できないか。どの課で頼めばいいのかわからず、片っ端から庁舎内を回った。だが、なかなか話が通らない。

自衛隊もまたパニック状態だった。

感染しているのかしていないのかはっきりしない周防が、いまだ見つからない。感染はしておらず、溺水して黄血島沖一キロ地点の海底に沈んでいるのか。感染しており、ヒトの肉を求めて海を彷徨《さまよ》っているのか。

十六時。黄血島の日没は一時間半後だ。幹部以外の隊員に、退避命令が出ていた。すでにリック警護隊は、来栖の指示で黄血島の海岸線をぐるりと囲んで警戒にあたっている。とはいっても、人数が少ない。由羽は東京に戻らねばならないが、いずれにしても十人ちょっとしかいないのだ。

警視庁の現役警察官の中で、灰人との対峙経験があるのは、由羽以外には二人しかいない。再編成し直した特殊急襲部隊、ＳＡＴでは対応に不安が残る。

警視庁本部も経験者を求めている。だから海上保安庁に速報を入れたのだ。由羽が本土に戻れるように自衛隊機を飛ばしてほしいと要請が出ているようだが、黄血島航空基地隊は退避命令が出ているので、混乱している。

リック警護隊の十二人は、黄血島を守らねばならなかった。

海岸線だけで三十キロ以上ある。ひとりあたま三キロの海岸線を監視することになる。運よく上陸するところを発見できるだろうか。見落とす可能性の方が高いだろう。

「たった十二人で灰人の上陸を阻止するのは無理だ。ましてや日没まであと一時間半、照明があるのは自衛隊基地周辺のみであとは真っ暗闇だ。自衛隊にも手伝ってもらわないと島を守れない」

黄血島防衛のために人手が欲しい来栖も、自衛隊庁舎内を駆けずり回っている。野中副隊長は情報を集めて回っている。

つい三十分前まで一緒にいた三人は自衛隊庁舎の中でバラバラになっていた。由羽はようやく話をつけ十七時離陸の輸送機に同乗できることになった。急いで滑走路へ向かおうとして、廊下で野中とぶつかりかけた。

「いまどんな状況？」

「リック警護隊に自衛隊員を加えるのか、防衛省と政府の間でもめているらしいです」

自衛隊は総理大臣から出動の命令が出ない限り、弾の一つも撃てない。災害救助要請などは国会の承認はいらないが、治安出動、防衛出動はそうはいかない。

「そもそも国民はＱＭ号の引き揚げを知りません。かぎつけているマスコミには箝口令が敷かれています。この状況下で黄血島の自衛隊員を出動させることは難しいです」

今回も自衛隊は出動できないのか。

「灰人を制圧はできなくとも、見張りに立たせることくらいはできるでしょう」

「ええ。本人たちも、もどかしそうにしています」

百メートルおきに見張りを配置するとしたら――。

「見張りの自衛隊員は三百人近く必要ね」

黄血島は陸海空含め、四百人前後の自衛隊員が駐留していると聞いた。退避命令が出ているいま、引き受けてくれるかどうかが問題だった。

「来栖さんがいま交渉しています。現場の士気は高いですし、市ヶ谷もゴーサインを出しているようですが、永田町《ながたちょう》が渋っています」

野中が、スマホを握りしめたままの由羽の手を見た。

「青戸の官舎の状況は？」

由羽は首を横に振った。まだ謙介から折り返しの電話がない。

麻衣は見つかったか。他に感染が広がっていないか。離陸した戦闘機の音が思考をかき乱す。廊下の窓から滑走路を見た。数分前に別の戦闘機が離陸したばかりだ。次々と離陸している。

「いやな予感がする」

由羽は来栖を捜した。庁舎のロビーにいた。海上保安庁のＱＭ号対策室長、保月につかまり、怒声を浴びているところだった。玄関の扉が開けっぱなしで、硫黄のにおいが強く漂ってくる。

「来栖、お前やってくれたな。灰人を海に取り逃がしたそうじゃないか」

「まだ周防社長が感染したとは――」

「灰人になったと見て避難態勢を敷くほかないだろう！」

来栖は毅然《きぜん》と返した。

「申し訳ありません」

「自衛隊の航空機は十七時半の日没までに全て飛び立つ予定だ」

来栖がしばし、絶句した。

「全機が離陸するんですか。自衛隊は逃げるんですか」

「逃げるのではない。避難だ。なにせ彼らは弾の一つも撃てない。ましてや自国民に対して発砲したとなったら、後々、大変な騒ぎになる。防衛大臣は更迭《こうてつ》され内閣も退陣となるだろう」

「政権にいる政治家のために、自衛隊は戦うことができないということですか。隊員たちはそれを望んでいるんですか」

「私が説得した」

来栖は軽蔑の目で保月を見ていた。

「海上保安庁で対処すると説明した。我々には黄血島と自衛隊を守る責務がある」

由羽はあまりの不条理に、口出しせずにはいられない。割って入った。

「装備も人数も自衛隊の二十五分の一しかない海上保安庁が、自衛隊を守れというんですか」

「お前らがまいた種だ」

保月が声を荒らげた。

「菊田吾郎はあんたの実父だろう」

なぜ即座に射殺しなかったのか、咎められる。

「周防社長が引きこまれる前に、どうして発砲しなかった？　なんのための殺しのライセンスだ！」

保月の唾を顔中に浴びた。


十六時四十五分。由羽は滑走路の脇の待機場を走り回っていた。退避する戦闘機や輸送機が百機以上並んで搭乗準備をしている。どの輸送機に乗ればいいのかわからない。自衛隊員たちはピリピリしていて、話しかけづらい。避難という名目の撤退を命じられ、忸怩《じくじ》たる思いがあるはずだ。大急ぎで荷物を輸送機に詰め込んでいる隊員もいれば、上官ともめている隊員もいた。

「避難を辞退させてください。海保に押し付けるのはこれで二度目ですよ」

「仕方がないだろう、これは命令だ」

由羽はパイロットの恰好をした隊員に肩を叩かれる。

「警視庁の天城さんですね」

村内三等海曹だ。

「上から話を聞いています。警視総監と防衛大臣が直接話をつけたということでした。どうぞ、こちらの輸送機に乗ってください」

青戸の官舎の感染騒動をすぐさま鎮圧するため、一分でも一秒でも早く、ＱＭ号の生き残り警察官を現場に送り込みたいのだろう。それにしても、顔を拝んだことすらない組織の上層部と政治家が自分を話題にしているなんて、妙な感じがした。父が冷やかす顔が浮かぶ。

〝由羽も偉くなったもんだ。がんばれよ〟

そもそも全ての発端は父が善意でやらかしたことだ。父のことだから、深刻な反省はしないだろう。

〝すまん、すまん。あとは頼んだ〟

いつもパナマ帽をかぶって、全ての後始末を由羽に押し付けて海外に逃げていく背中が妙にリアルに浮かんだ。

それでいいのに。灰人になったなんて、うそであってほしい。目の前で起こったことなのに、いまだに信じがたい。受け入れたくなかった。

深呼吸し、気持ちを落ち着けようとする。さっきまでずっと硫黄臭かったが、いまはなにもにおってこなかった。滑走路の隅で、赤い吹き流しが北にしっぽを向けて泳いでいる。強い南風が吹いているようだ。

村内が案内したのは、航空自衛隊入間基地の輸送機とは違うタイプのものだった。

「これは海上自衛隊の輸送機です」

「じゃあ行き先は護衛艦？」

入間基地でないと困る。

「大丈夫、一旦入間基地に入る予定ですから」

「村内さんが操縦するのね」

「いえ。僕は辞退するつもりです」

まっすぐな瞳で、村内は言った。

「僕はここに残ります。代わりのパイロットを探しています。ではまた」

由羽を搭乗口に押し込めて、村内は見えなくなった。

がらんどうの輸送機にはロープ状のネットで覆われた荷物がいくつか積まれている。壁にずらりと並んだ座席の一つに促された。足元には貨物を運び入れるためのローラーがいくつも並んでいる。うっかり踏むと滑りそうだった。中にいた隊員に、頭の少し上に丸窓がついた席に案内された。説明を聞きながら四点ベルトを締める。言い争いの声が外から聞こえてきた。

窓のすぐ外に、村内がいた。荷物を運ぶ棚橋に訴えている。

「お願いします、俺は残らせてください。この輸送機は別のパイロットに――」

「だめだ。この輸送機で一旦避難しろ。俺たちは軍隊じゃない、自衛隊なんだ」

棚橋海曹長が声を荒らげた。

「名前の通りだ。他国のことも、自国民のことも、積極的に排除できる存在ではない」

村内が唇を嚙みしめている。

「万が一、そのような事態が想定されたら、回避する。それが自衛隊の在り方だ。それが嫌なら海外に行って傭兵《ようへい》にでも志願しろ」

村内の姿は見えなくなった。コックピットに乗り込んだようだ。入口は貨物室とは別にあるのか、その姿を見ることはできなかった。

あと十分で離陸するとアナウンスが入った。次々と隊員が座席に座る。満席だった。

向かいの丸い窓から、強い西日が入る。十七時十分前、日が沈み始める時間だ。

最後の輝きだったのだろうか、強く差し込んでいた夕日は一分ほどで消えた。太陽が完全に水平線の下へ沈んだのだろう。

「離陸は一七〇〇《ヒトナナマルマル》、入間基地着陸予定時刻は一九〇〇《ヒトキユウマルマル》です」

離陸のギリギリまで謙介の電話を待ち、ようやくかかってくる。由羽はすぐさま電話に出た。

「謙介、どうだった」

泣いていた。由羽は最悪の事態を予測する。由羽の名を呼ぶその声音が、父親そっくりだった。謙介は後ろ姿も父親に似ている。声は高校生くらいから父と殆ど同じだ。由羽は間違えたことすらある。

「謙介。話して。どうだったの」

麻衣の罠にはまらなかったはずだが、青戸の官舎には駆けつけただろう。「由羽、ごめん」と言って発症した父親の声が蘇り、胃が絞られるように痛くなる。まさか咬まれていないか。謙介まで巻き込まれたのではないか。

「大丈夫」

謙介は嗚咽を交ぜながら、必死に説明を始めた。

「僕が駆けつけたときには全部もう、収まってたんだ。青戸の警察官舎の住民、三十八世帯百六名のうち、四名を除く全員の無事の確認が取れた」

「――四名、というのは」

「感染者だよ。感染源の上月麻衣。左腕が砂まみれになっていた」

左腕にはリストカットの痕があると、千夏が話していた。新たな傷をつけ、菊田が送ったクイーン・マム号の砂を擦り付けたのだろうか。

あえて、感染した。

他人を、謙介を巻き込み自殺するためか。麻衣のそんな悪魔的な行動が想像できる。

「残りの三人は？」

「麻衣に襲われた三名だよ。タイミング悪く、官舎の廊下で井戸端会議をしていたみたい」

警察官の妻たちだろう。女性の名前が読み上げられる中、最後の一人に由羽は悲鳴を上げそうになった。

「工藤千夏さん、三十七歳」

感染した父親をなんとか癒そうとしていた長男の晴翔と、現状を把握しきれずに無邪気に振る舞っていた明翔、二人の息子たちを思い出す。

「僕が駆けつけたとき、ＳＡＴは上月麻衣と二人の主婦の制圧に手間取っていた」

謙介がむせび泣く。

「僕は、工藤さんのところに駆け込んだんだけど、感染したお母さんは台所で、頭が潰れた状態で死にかけていた。小五のお兄ちゃんが、野球のバットを必死に振り下ろしてた。弟が襲われかけたらしい」

警察が処理するからもういい、と謙介は晴翔を止めて抱きしめたようだ。

「放心状態だった。お兄ちゃんは何度止めても、母親の頭にバットを振り下ろし続ける」

謙介は電話の向こうで泣きじゃくっている。

「謙介。晴翔君は、いまどうしているの」

「名前を知ってるの？」

謙介はリックのことも、工藤警部補のことも知らないようだった。

あの少年の身に降りかかる不幸に由羽は心が絞られた。弟を守るために自ら母親にバットを振り下ろした純粋な勇気と気力には、感服する。

「いま、隣にいるよ。まだ放心状態だけど」

「話せるかな」

電話を代わってもらう。由羽は一刻も早く伝えなくてはならなかった。父が由羽にそうしてくれたように。

もしもし、と興奮気味の声が聞こえてきた。由羽が名乗った途端、晴翔は堰《せき》を切ったように泣き出した。輸送機は離陸準備に入っている。隣の自衛隊員が、早く電話を切るように急かす。由羽は急ぎ、晴翔に伝えた。

「晴翔君。よく聞いて」

晴翔がしゃくりあげる中、由羽は断言した。

「晴翔君、よくやった。君は正しいことをしたんだよ」

電話の向こうが静かになる。

「君がしたことは本当に素晴らしかった」

「本当？　ママを、ママを……」

少年の肩にのしかかる罪悪感を徹底的に排除してやる。由羽は大げさなほどにほめたたえ、電話を切った。震えるため息をつく。

離陸態勢に入ったのか、轟音に包まれた。民間航空機とは違い、振動がもろに座席に来る。尾てい骨が痛くなるほどに体が揺れ、やがて強烈な重力が全身にかかる。座席や壁に吸い込まれているかのように、体が張り付く。

由羽は首をひねり、小さな丸い窓の外を見た。

北に向かって離陸したのだろう、北の波打ち際と大洞海岸、子鳴山が見えた。左に旋回したのか、空しか見えなくなった。北の海域が一瞬だけ目に入る。サルベージ船団と巡視船の群れ、その航跡が見えた。巡視船十隻と海自の護衛艦五隻が、周防を捜索している。

輸送機は旋回しながらも上昇している。首が痛かったが、必死に顎を引いて、下を見ようとした。来栖の姿を見つけたかった。かつても、共に戦った来栖と、最後の最後で離れ離れになりかけた。来栖は殉職覚悟でクイーン・マム号に残った。なにも言わず、怪我をした由羽をヘリに吊り上げ救助させた。あのとき、じっと甲板で由羽を見送っていた来栖を思い出すと、いまだに胸が苦しくなる。

今日、来栖とは混乱のうちに離れ離れになってしまった。

黄血島南西部にあるトビ浜が見えた。黒い砂浜を歩く人の姿も見えた。来栖かどうかはわからない。点々と、孤独な足跡をつけている。

視線を上げたとき、異様な光景が目に飛び込んできた。

トビ浜沖、一キロか二キロの海上だ。

海面が白く泡立っている。半径五百メートルくらいの海域でやたら白波が立っていた。他の海面は穏やかで、鏡のように凪《な》いでいる。なぜあそこだけ海面がざわついているのだろう。トビ浜沖は、トビウオの豊かな漁場と聞いたことがある。群れが海面でジャンプしているのだろうか。

海面のざわめきはトビ浜へ向かっているように見える。トビウオの群れが浅瀬に向かって泳ぐことが、あるだろうか。まだまだ輸送機の高度は低いが、トビウオがあんなに大きく見えるか。

由羽は視線を更に西側へ向けた。

何キロ沖なのかはわからないが、点々と船団が航行しているのが見える。船そのものは点でしか見えないが、航跡が白い線になって海面に残るので、船団がいるとわかる。

リックの身柄を欲しがる隣国の船団が黄血島周辺を航行していたはずだ。

まさか。

由羽はベルトを外していた。隣に座っていた隊員が咎めたが、無視して椅子の下に置いたリュックから、双眼鏡を出した。電車に乗った小さな子供のように、シートに膝をつき、窓に顔を近づけて双眼鏡で下を見た。左目を基点にして望遠を調整していくうち、ぼやけていた海面の様子が、鮮明な絵となって目に飛び込んで来る。

人だ。あれは泳ぐ人の群れだ。黒い頭と、クロールする左右の腕が見える。

数えきれない。百人以上はいた。しかも彼らは揃って紺色の制服を着ていた。こんなところでどこかの組織が制服のまま遠泳訓練をしているとは思えない。灰人になったかもしれない周防が、まだこの海域にいるはずなのだ。

あれは灰人ではないのか。

由羽は頭を抱えた。

周防がヒトの肉を求めて黄血島に上陸することばかり考えていた。黄血島周辺を航行する船を襲う可能性について、思い及ばなかった。サルベージ船団を襲うとしても、巡視船や護衛艦の乗組員が対処できる。灰人となった周防が他の船を襲撃するという可能性については、憂慮していなかった。

黄血島沖を航行していた中国の船団を襲ったようだ。

「引き返さなきゃ」

由羽は立ち上がっていた。雲の中に入ったのか、飛行機内は大きく揺れている。由羽はふらついて倒れたが、四つん這いになってコックピットの入口に叫ぶ。

「村内さん、引き返して！　灰人の群集が、黄血島に押し寄せている！」

第八章　黄血島決戦

由羽はじりじりと焦る気持ちを抑え、車の前で待っていた。キーがない。いっそのこと、窓を拳で叩き割って目の前に停まっている車の中に入ってしまおうか。指に苛立ちが出てしまう。無意識にトントンと指で腕を叩いていた。落ち着かなければ、と深呼吸する。

黄血島に戻ってきたのに、硫黄のにおいが全くしない。

「天城さん！」

振り返るのと同時に、車のキーが飛んできた。投げたのは村内三等海曹だ。

三十分前まで、C130R輸送機の操縦桿《そうじゅうかん》を握っていた。村内は由羽が訴える前から、黄血島に引き返す準備をしていた。コックピット席から、灰人の群れが泳いでくるのを見ていたのだ。沖にいる海上自衛隊の護衛艦からも、中国船団の異変に関する報告が入っていた。海上保安庁の巡視船のうち、足の速い何隻かがすでに現場に向かっていた。

灰人と思しき泳者の数は、二百人から三百人はいた。

黄血島にはリック警護隊の十二人しかいない。あとは、装備はあるのに反撃することが法律的に許されない、自衛隊員ばかりだ。陸上自衛隊と航空自衛隊の隊員はすでに島を脱出している。海上自衛隊の一部は、護衛艦が沖にいることもあり、百人ほどが業務のため陸に残っていた。

「この状態で引き返さないのは自衛官として恥」

村内は許可がすぐには出ないと思ったのだろう。管制官にはエンジントラブルと偽り、黄血島の飛行場に戻った。

村内の協力で車を借りられた。由羽はすぐさま運転席に飛び乗る。右足首の動きが悪いが、拘縮した皮膚がびりびりに破れても、援護に向かわなくてはならなかった。

「天城さんはどちらへ」

村内が尋ねた。

「来栖隊長を捜す。島内のどこかの海岸線にいるはずだから」

「了解。私は上を説得します。せめて小銃の使用だけでも認めてもらわなくては」

由羽はアクセルを踏んだ。急発進、急ブレーキさえしなければ足首にさほど負担はかからないが、いまほど急発進したい瞬間はない。

灰人の群集が泳いで向かっていたトビ浜に向けて、車を走らせる。

億石地獄前の交差点を左折した。今日もレンガのドーム状の建物の隙間から、濃い煙が出ていた。風が強く、煙は北側に流されている。

砂浜に下りられそうな道を探す。下手に波打ち際に近づくと砂にはまり、抜けられなくなる。身を低くして水平線を見た。灰人の姿は全く見えない。上空からはよく見えたが、陸からは見えないのだろうか。

由羽は道路を外れた。タイヤが巻き上げた砂利が車体にぶつかる音がやかましい。もっと波打ち際へ行かないと、来栖や他のリック警護隊と合流できそうもない。由羽はハンドルを注意深く握りながら、スマホで来栖に電話をかけた。繋がらない。フロントガラスに視線を戻した瞬間、灰色の影がぬっと目の前に現れた。

「危ない！」

由羽はハンドルを右に切りながら急ブレーキを踏んだ。大きな音と衝撃がある。人を撥《は》ねてしまった。ハンドルを切り返せぬまま、車ががくんと前に落ちる。黒い砂がフロントガラスに叩きつけられた。

車が砂浜の段丘から落下したのだ。高さは一メートルもないだろうが、車には命取りだ。アクセルを踏んでも後輪が空回りしている。前輪が砂に食い込み、車が徐々に沈んでいくのがわかった。由羽はギアをバックに入れ直してアクセルを踏んだが、状況は変わらない。

「くそ！」

由羽は思わずハンドルを叩いた。シートベルトを外して運転席から出ようとした。さっき撥ね飛ばした人が、両手をだらりと前に垂らしながら、近づいてきた。奇妙に体を傾けている。左足がおかしい。左足の靴先が後ろを向いている。左足首が百八十度後ろへねじれているのだ。痛そうなそぶりはない。不便そうではある。左足を操る糸が切れてしまった人形のようだった。

ウワゥ、ウワゥ、と由羽を威嚇しながら近づいてくる。

灰人だ。もう砂浜に泳ぎ着いていた。

右からバチンと大きな音がして、由羽は悲鳴を上げる。運転席の脇の窓ガラスに灰色の手がへばりついていた。人相よりも、真っ赤に熟れたその口腔内に目を奪われる。

由羽は慌てて助手席に移動し、扉を開けて逃げようとした。重い。灰人が倒れていた。由羽が開けた扉に押され、倒れたようだ。灰人はすぐさま立ち上がり、由羽の顔をつかもうとしてきた。由羽は慌てて扉を閉めたが、灰人の腕が挟まる。

左手で扉を引き続けたまま、右手で銃器を探る。灰人の腕に二発、撃ち込んだ。呻《うめ》き声が聞こえ、腕がするりと引っ込んだ。灰人は痛がらないが、熱さには弱い。発射直後の弾は二、三百度あり、皮膚を焦がす。

由羽はすぐさま扉を閉めた。後部座席から逃げようとしたが、遅かった。車は無数の灰人に囲まれている。日が落ちてあたりが薄暗い上、全ての窓ガラスを灰色の物体に覆われて、車の中は真っ暗になった。

人数を数える。扉を勢いよく開けて五人くらいを吹き飛ばし脇の窓に固まっている灰人をアサルトライフルの連射モードで一気に退治する。あとはこの場を離れながら、ベレッタとシグで追いかけてくる灰人を一人ずつ片付ければ逃げ出せるか。

だがここは砂浜で足場が悪い。由羽は右足の自由が利かない。しかも日が落ちてあたりは薄暗い。道路に自力で出たところで、自衛隊庁舎まで徒歩だと一時間近くかかる。辿り着く前にまっ暗になる。暗闇では、においで動く灰人が有利だ。

車が砂の中に沈み始めていた。砂浜がボンネットをじりじりと呑み込んでいく。後部に灰人が殺到していた。重さで砂浜にめり込んでいっているのだろう。はずみで砂浜に突き出ていた流木が、フロントガラスを突き破った。

灰人特有の腐臭が、わっと鼻腔《びこう》に押し寄せる。

割れたフロントガラスから束になって灰色の手が伸びてきた。ガラスの破片が灰人の皮膚を傷つける。幾筋もの血がフロントガラスを流れていくが、灰人が痛がる様子はない。ひたすらに大口を開けて由羽を食おうとしている。

由羽は後部座席に移動し、リアガラスにぴたりと背をつけて、ベレッタを構えた。灰人の頭を、片っ端から撃っていった。

余計なピンチを招いただけだった。フロントガラスが粉々に割れ落ちたのだ。わっと灰人が押し寄せてきた。二十人近い灰人が同時に車内へ体をねじ込ませてくる。詰まってしまい、なかなか由羽のいる後部座席まで辿り着けないようだ。背後のリアガラス一枚挟んだ向こうには、無数の灰人が群がっている。恐らくこの車に百人くらいの灰人が押し寄せている。あと一分もしないうちに、由羽は全身を彼らに食われて骨だけになるだろう。

覚悟を決めたとき、スマホが鳴った。ディスプレイを見て由羽はスマホに飛びついた。

「来栖さん！」

「いまハチの巣にする。身を低くして、窓の高さより下に伏せろ。頭を出すなよ」

由羽は言われた通り、後部座席の足元に隠れた。車が前のめりになっているので、助手席と運転席のシート背面に寝転がるような形になった。

「耳を塞いでろ」

通話が途切れた。ダダダダッというMP5サブマシンガンの連射音と、ガラスや灰人の体が弾け飛ぶ音が連続して聞こえる。由羽の体に次々と肉片が落ちてきて、血が降り注ぐ。

銃声は止《や》んだだろうか。恐る恐る耳から指を抜いて、目を開けた。

頬に垂れた血がすうっと唇に流れてくる。灰人の血だろう。慌てて血を拭う。口には入っていないが、唾を吐いた。

見上げると、車の窓ガラスは粉々に割れて落ちていた。殆どの灰人が上半身をだらりと車内に折り、動かなくなっていた。

左後部座席の窓があった場所に、黒い半長靴を履いた足が見えた。

「咬まれたか」

「咬まれてない」

来栖がしゃがみこみ、由羽の顔をのぞきこんだ。腕が伸びてくる。由羽は来栖の腕にしがみつき、車外に出た。来栖の腕は汗で滑りやすかった。彼はまた上半身裸だ。地下壕の中に隠れていたのだろう。

「行くぞ。まだ来る」

来栖が海岸線を指ざした。

灰人が砂浜に次々と泳ぎ着いていた。砂に足を取られながらも、口をだらしなく開け、両手を投げ出すようにして歩く。目は見えていなさそうだ。鼻を突き出し、小鼻をひくひくと動かしながら、由羽と来栖の方へ近づいてくる。

由羽の体が突然、浮いた。来栖の肩に担がれていた。顔が来栖の背中にぶつかる。もが

く と由羽の尻が来栖の頬に当たる。

「歩けるったら！」

「走るんだ！」

来栖は由羽を担いだまま、砂浜を走り始めた。来栖の右肩に下げたＭＰ５とライフルがやかましく鳴って跳ねる。たまに由羽の顔に当たった。

「重たいでしょ。私、がんばって走るから」

さすがの来栖もすぐに息が上がる。

「いま何キロだ」

女性に体重を訊くな――と言っている状況ではない。

「五十七キロ」

三キロ、サバを読んだ。

「問題ない。六十キロの背嚢《はいのう》を担いで訓練している」

「そうなの。それじゃお言葉に甘えて」

気配を感じ、由羽は首を上げて前を――来栖にとっては後ろを見た。

「ねえ、来てる。もう目の前！」
五、六人の灰人が海水を滴らせながら、走ってくる。体が腐敗してしまったリックは歩くこともままならない様子だったが、中国船団の灰人は人間とさほど変わらぬスピードで追いかけてきた。

感染前の身体能力にもよるだろうが、感染したばかりで体が腐敗していないので、感染前と同等の運動神経があるのだろう。

由羽は脳天に血が上っていた。身を起こしてベレッタを抜こうとした。

「力まないでくれ、余計に重たくなる」

「だけど灰人が！」

視界がめまぐるしく変わる。砂浜を上がってくる灰人の群れが見えていたのに、目の前は親鳴山の麓になっていた。来栖が後ろを振り返ったのだ。背後で銃声がする。

また視界が回った。さっきまで目前に迫っていた灰人が頭を撃ち抜かれて倒れていた。続々と追いかけてくるが、倒れた灰人に足を取られて転んでいる。転んだ灰人に足をもつれさせ、次の灰人も転倒する。将棋倒しのようになっていた。

なんとか時間が稼げそうだと思った瞬間、脇道から灰人が道路に躍り出てきた。後に続く灰人の列が途切れない。次々と来栖と由羽を追いかけてきた。

来栖は道なりには進まず、途中、獣道に入った。タコノキの根を越えて、生い茂る枝を振り払い、絡んだツタをちぎって突き進む。岩場が見えてきたところで、由羽は下ろされた。あたりはもう暗闇に包まれている。来栖の白い肌がうすぼんやりと浮かんでいた。来栖は岩場に尻もちをついて、呼吸を整えている。

「いずれバレるよ、あいつら、においでかぎつけるから」

「わかってる。この岩場を上がったところに地下壕の入口がある」

「地下壕に隠れるの？」

「先に上がれ」

ぐいと腕を引かれたと思ったら、尻を持ち上げられた。由羽は地面から一メートルほど上にある岩場にへばりつかざるを得なくなった。

「中は暗闇で迷路でしょう。ますます私たちには不利よ」

「いいから黙って中に入れ」

由羽は来栖に支えてもらいながら、なんとか岩場を上がる。上がった先で四つん這いになった途端、右手がずるっと下に滑る。

穴があいていた。地下壕の入口だ。

「天城さん」

下から野中の声がする。ほのかに光が差していた。

「こっちに下りてきてください」

野中は地下壕の削りっぱなしの壁に足をついていた。身を乗り出し、由羽の体を支えて、地下壕の中に下ろしてくれた。

地下壕の壁にはランタンが引っ掛けられていた。その周りが明るいだけで、壕の奥は真っ暗闇だった。先が見えないというだけで恐怖心が強くなる。由羽はスマホのライトを点灯した。ひしゃげた鉄骨やコンクリートの塊など、ガラクタが地面に散らばっていた。元日本兵のものと思われるヘルメットも転がっている。

それにしても、暑い。

「ここ、何度あるの」

野中が懐から計器を出し、確認した。

「気温七十五度。湿度は八十パーセントです」

ほぼサウナだ。野中も上半身裸だった。由羽も裸になってしまいたい。タンクトップタイプのブラトップをつけているので、Ｔシャツを脱いでしまいたかったが、もう少し我慢することにした。

夜通しここに身をひそめることになるかもしれない。限界まで我慢し、一枚ずつ脱いでいった方が精神的に楽だと思った。

来栖が飛び下りるようにして、地下壕の中に入ってきた。

「他の警護隊のみんなは？」

「各二、三人のグループに分かれて、親鳴山に散らばっている」

「ここにひと晩隠れているの？　自衛隊の庁舎の方が快適そうだけど」

「隠れるんじゃない。殺しのライセンスを与えられているのは、俺たち十三人だけなんだ」

そうだ。来栖が潜伏のためにこんな場所を選ぶはずがない。

「ここだと、灰人よりも私たちの方に利がある、ということね」

「北部の壕にはおびき寄せたくない。自衛隊の施設があるからな」

それで、島の最南端にある親鳴山を選んだのか。

「そういえば以前、いくつかの穴を塞いでいたけど」

「灰人が直進できる入口は全て塞いだ。あけてあるのは五か所、天井に入口がある地下壕のみだ」

由羽は地下壕の入口を改めて観察した。天井部に入口があるので、壁に階段が掘られ、木の枠で補強されていた。途中から崩れてしまっている。

「暑いから上半身裸、というわけではないのね。あえて体臭を出している」

灰人をおびき寄せるためだ。

「灰人って階段を下りられるんだっけ？」

「下りられるから、全ての階段を途中から潰した」

つまり、落下してくる。

「そこを仕留める」

確かに、この形状の出入口に灰人が殺到し入り込んだとしても、落下するか尻もちをつくかだろう。立ち上がるのにもたついている間に頭を撃てばいい。入口が平坦な地下壕だと、灰人がそのまま押し寄せてしまう。群集で来られたら、人間は不利だ。

灰人を殺す方法は二つしかない。頭部に攻撃を加えて脳機能を停止させること。あとは焼殺《しょうさつ》だ。やけどを負った箇所から皮膚が壊死《えし》し、死に至るのだ。

来栖が壁に掛かっていたランタンを取り、「こっちだ」と由羽に顎を振る。

入口から十メートルの位置に、左右へ分かれる道がある。どちらも袋小路だった。長さは二メートルもないだろう。

「このスペースは旧日本軍が作った棲息部《せいそくぶ》だ。ここに隠れて侵入してきた敵を撃っていた」

来栖が、親鳴山の地下壕の地図を見せてくれた。

どこからか唸り声が聞こえる。来栖と野中は、壕の入口にけん銃を構えた。地下壕内は音が反響する。唸り声の出所がわからず、由羽は一人で全然別の方を見ていた。あっちだと来栖が顎で出入口方面をさした。

天からにょきっと誰かの足が出てきた。来栖と野中の体臭に誘われてここまでやってきた灰人だ。すぐに足を踏み外した。左半身を下にして、落ちてくる。

「俺が」

野中が手を挙げた。灰人は鼻を突き出し、クンクンとかぐような仕草を見せた。ウワーッと歯を剥いた。狂暴そうだが、立ち上がろうとする動きは緩慢だ。野中がダブルタップ——連続二発の射撃で顔を狙い、殺害した。

来栖が両足首を持ち上げて、灰人を地下壕の奥へ引きずる。乾いた土に、べっとりと黒い血の跡がついた。よく見ると、同じような線が二本、地面に残っている。跡を辿った。

地下壕を十メートル進んだ先を右へ曲がっている。その先は棲息部のようだが、他と違っていくぶんか広い。六畳くらいの広さがあるので、別の目的で作られた部屋かもしれない。すでに灰人の遺体が二つ、並んでいる。

「着ている服で察しがつくが、身元を確認するか」

野中が射撃した灰人は、海上保安官のような恰好をしていた。作業制服と形がよく似ている。胸や腕についたワッペンは違う。

「海警局《かいけいきょく》の船の乗組員ですね」

「海警局って？」

「中国の沿岸警備隊みたいなものだ。尖閣によくやってくる輩」

　由羽は逃げるのに必死で、車で群集に囲まれたときも灰人の服装まで気を回していられなかった。そう言えば、紺色の服を着用していた灰人が多かった気がする。ポケットを探るうち、ＩＤカードが出てきた。漢字なので、中国語でも生年月日がわかる。西暦二〇〇〇年生まれの青年だった。まだ二十一歳だ。血塗られた頬にニキビの痕が見えて、死に顔もあどけなく見えた。

　残りの二人は私服姿だった。茶や紺色のスラックスに、ひとりはトレーナー、ひとりはＴシャツの上にブルゾンを羽織っていた。トレーナー姿の方は身元がわかるものはなにも身に着けていなかった。胸板が厚く屈強な体つきをしている。左手の薬指にゴールドの指輪をつけていた。皮膚に食い込み、外すことができなかった。指輪は傷だらけで、長い結婚生活を想像させた。故郷で長年連れ添った妻が待っていると思うと、胸が痛くなる。

「黄血島周辺を航行していた中国の船団には海警局の船以外にも、漁船がいたのよね」

「ええ。こっちのブルゾン姿は漁民ですかね」

　身元が確認できるものを携帯していないか。由羽はブルゾンの前を開いた。白い開襟シャツを着ている。地面に投げ出された灰色の手に、由羽は注目する。

「指がない……」

両手とも、合わせて五本の指が欠損している。ヤクザの指詰めとはちょっと違う。第一関節から上がないのだ。来栖が意味ありげに由羽を見据える。

「東辺襲撃犯か」

陸での事件が、もう何年も前のことのように感じる。こんなところで犯人に遭遇するとは思いもよらなかった。だが灰人になってしまっている。この場合、書類送検が可能か、刑事の性《さが》で一瞬考えて、すぐにやめた。

来栖は警備の視点からこの案件を見ていた。

「指のこの欠損具合からして、工作員かもしれない」

「どういうこと？」

「あちらの国がよくやる拷問に、冷凍室に閉じ込め続けるというのがある。制裁で行うこともある」

「この指は、凍傷でなくなったということ？」

由羽の額からどっと汗が落ちた。眉毛では受け止めきれないほどの量で、目に入ってくる。束ねた毛先からも汗が垂れた。吸う息が熱い。深呼吸しても不快感が増すばかりだ。

暑くて思考が続かない。

来栖が、別の棲息部にまとめて置いてあった背嚢から、ペットボトルの水を一本くれた。

「貴重な水だ。がぶ飲みするな」

「この壕は一人増えたことですし、残っている自衛隊員に補給を頼みますか？」

野中の提案を、由羽は断った。

「明け方まで待って。たとえ車でも、暗闇の中で灰人の群集に囲まれたら最後だよ」

一口水を飲む。ぬるい。渇きが癒えた気がしない。余計に喉が渇いたような気すらする。

「それにしても、黄血島の西の沖にいた中国の船団に感染が広がってしまったってことよね」

船はもともと何隻あったのか。来栖が答える。

「海警局の船が二隻。あとは全て漁船で二十一隻だ」

海上保安庁が正確に確認していたようだ。海警局の船は大型のもので、乗組員の数は五十人はいるだろうと来栖は推測する。各漁船に十人いたとして、船団にいる中国人の数は三百人程度か。

「いま船団はどこにいるの？」

「黄血島沖西八キロの地点で、バラバラになっているそうだ」

航行不能に陥って、潮で北側に流されているのだろう。

「中に灰人が残っていたら――」

「可能性がなくはない。うちがすでに外務省に通達している。そもそも船内でなにがあったのか、彼らが党本部に報告しないはずがない」

党本部とは中国共産党、つまり中国政府のことだ。

「周防社長から感染したのよね。黄血島の北一キロ地点で姿が見えなくなって、海保の巡視船や海自の護衛艦が捜しても見つからなかった。偶然にも西海岸の沖にいた中国の船団が航行中に発見した、もしくは遭遇したということ？」

「いや、灰人となった周防が中国の船団に泳ぎ着いたとみるのが自然だ」

「自衛隊員がうじゃうじゃいる黄血島を通り過ぎて？　陸に上がった方がずっと捕食しやすいし、距離的にも近かったのに、なぜ」

「風だと思う」

来栖は即答した。

「今朝から黄血島周辺は無風だった。硫黄のにおいが強烈にしただろ」

確かにそうだった気はする。

「でも夕方には全くしなかったわ」

「そう、夕方まではこの島全体が硫黄のにおいに包まれていた」

そういうことか、と由羽は手を打った。

「噴出する硫黄のにおいが、ヒトのにおいをかき消してしまっていたのね」

「灰人は視力がいまいちのようだから、硫黄臭い島は通り過ぎるというわけだ」

確かにこれまで、硫黄のにおいが強くする時と、全くしない時の差が激しかった。あれは風の影響だったのか。

中国の船団は泳ぎ着いた周防が灰人だとすぐにわかったはずだ。リックの身柄を欲しがっていたくらいだから、棚から牡丹餅《ぼたもち》といわんばかりに灰人を捕獲しようとしただろう。船内に引き入れなければ、ここまで感染が広がらない。やがて乗組員が全滅すれば、次のヒトの肉を求めて灰人たちは海に飛び込む。周辺の漁船へも泳ぎ着いて、また感染が広がったと推測できた。

「いま、風はどうなの」

「南風が吹いている」

硫黄のにおいが北の海上へ流れてしまっている。中国船団の灰人たちは、黄血島にいるヒトのにおいをかぎ分けて上陸したか。

「南から北へ風が吹き続けている限り、日本のサルベージ船団は守られそうね」

由羽は、指のない灰人の遺体を見た。

「気になるのは海に残された中国船よね」

完全に空っぽになっていればいいが、灰人を乗せた状態で、他の船団に突っ込んでいくかもしれない。北には日本のサルベージ船団が、東の沖にはロシアの船団がいる。しかも夜の海上は真っ暗だ。レーダー頼みになり、見つけにくい。

いま、黄血島海域は、ゾンビ船が漂流しているかもしれない状況なのだ。中に灰人が残っていなければただの無人船だが、万が一、船内を灰人がうろついていたらどうなるか。海保の巡視船や海上自衛隊の護衛艦がうまくその船を拿捕《だほ》できれば、すぐさまリック警護隊が乗り込んで始末できる。だがどうにもまどろっこしい。来栖が言う。

「風の向きが変わらないうちに全ての灰人を親鳴山におびき寄せて殲滅するぞ」

「私も脱ぐわ」

由羽はTシャツを脱ぎ捨てた。すでに汗まみれになっている。岩場に放り投げたらぼてっと音がした。野中は目のやり場に困った顔をした。来栖は全く動揺を見せない。

「あんたに脱いでもらえるのは助かる。筋肉質の肉より、脂肪分たっぷりの肉の方がうまいにおいがしそうだ」

「ちょっと太めの私は霜降り肉ってこと？」

灰人がかぎ分けているかどうかはわからないが、自嘲して言った。誰も笑ってくれない。

「来栖」

囁くような声が、どこからか聞こえてきた。洞窟のような場所で反響する。由羽には洞窟の奥から聞こえるように思えたが、来栖と野中は入口に向き直った。

「私だ。撃つなよ、入るぞ」

保月の声だ。スラックスと革靴の足が入口の穴から見えてきた。こんなときでも保月はスーツ姿だ。階段を下りてくる。途中から壊されていることに気が付かなかったのか、落ちて尻もちをついた。痛そうに右腕をジャケットの上からさする。来栖は手を貸すこともせず、無言で保月を見下ろしている。

「来栖、電話に出ろ。政府から通達が出ている」

「また現場に無理難題を押し付ける通達でしょう。そんな電話には出ません」

来栖が真正面から抗議したが、保月は冷淡に命令する。

「日本人感染者は撃っていい。だが、隣国の人間は撃つな。国際問題に発展する」

「なにをいまさら」

由羽は思わず前に出た。来栖が制し、正々堂々と保月に報告する。

「もうすでに、トビ浜で百人近くをハチの巣にしましたが」

「知っている。見てきた。撮影し、政府に送った。官房長官も内閣危機管理監も、カンカンになって怒っておられる」

「来栖さんが制圧してくれなかったら私は死んでいました」

保月がじっと由羽を見据えた。

「君に殴られるのを承知で言おう。君ひとりが死んでくれた方が、まだましだったかもしれない」

「ちょっと」

「中国の共産党本部にも、中国船団に感染が広がっていることが報告されているそうだ。外務省経由で入った情報によると、全滅したらしい。漁船の乗組員含め、三百二十三名いたそうだ」

三百二十三名——何人かは食われて骨になっているとしても、数百人は黄血島海域に、もしくは島に上陸しているだろう。

「直後、北京《ペキン》の日本大使が共産党本部に呼び出されている。感染した中国国民の保護を求めているそうだ」

由羽は呆気《あつけ》にとられる。クイーン・マム号で感染が広がったとき、ダンスホールに隔離した六百人の乗船客すら保護できなかったのに、無理な話だ。

「病気の国民だから、絶対に殺さずに保護せよと要求している。不用意な殺害と認められる行為があった場合は、日本国が中国国民を虐殺したとみなし、報復に出るとしている」

「はあ!?」

由羽は思わず声を荒らげた。保月は笑い出す。顔から大量に発汗しながら、疲れたようにしゃがみこんだ。

「とんでもない国だ、ここへきて態度をくるりと翻した」

来栖は観察するような目で、保月を鋭く見ている。

「リックがまだ生きていたころは身柄を欲していただろう。ＨＳＣＣウイルスは、もとは中国の研究所で作られ、米軍に盗まれたものだと」

いまは知らぬ存ぜぬらしい。

「そんなウイルスは知らないし、存在も認められない。黄血島沖にいた船団は、太平洋沖の公海上で漁を行う漁船団を守るために海警局がついていただけ。停船はしておらず航行していただけだ、と主張している」

他国の領海、排他的経済水域であっても、経済活動や調査活動をしなければ航行の自由がある。あくまで通行していたのみだ、とおおぼらを吹いているらしい。

「黄血島に現在上陸している中国国民は感染症にかかった善良な市民であり、避難民としてしかるべき機関が安全に保護し、中国に送還しろというわけだ」

「そんなことは不可能。自国民に対してですら安全に保護することができなかったのに」

由羽は改めて訴えた。野中は不安そうだ。

「俺たちが灰人となった中国人を殺害していると知ったら……」

「自国民を虐殺したとして、中国は即時報復に出るだろう。すぐにこの黄血島に中国軍がやってくるぞ。我々は攻撃される」

またこの黄血島で戦争が始まる。保月が困ったように、由羽を見た。

「あんたが犠牲になった方がまだまし、というのはひどい言葉だ。だが、そう思いたくなる心情は理解してくれただろう」

保月は中国の海洋進出計画について話し始めた。第二列島線と呼ばれる、グアム島のあたりまでの海域の支配を狙っているという話は由羽も知っている。

「そこに、日本という島国があることは完全に無視されている。日本を占領するとも攻撃するとも明言しない。中国は、結果的にそうなるような流れに持っていく機会を、虎視《こし》眈々《たんたん》と狙い続けているんだ」

その最初の一歩が、尖閣諸島問題か。何度も何度も侵入行為を繰り返し、日本の漁船を脅かす。警備の海上保安庁巡視船とにらみ合う。日本が攻撃してくるのを待っているのかもしれない。

「中国は、早いところ日本と戦争をしたいんだ。世界が納得する開戦理由を常に欲していたんだからな。これまでの尖閣諸島での行動がそうだ」

そのチャンスが黄血島で偶然発生した。逃すまいと難癖をつけてきている。

「夜のうちになんとかしなくてはまずい。夜明けにも中国は偵察機を飛ばすと警告してきている」

由羽も灰人をなんとかしないといけないと思っていたが、保月は殺害してしまった灰人の遺体をなんとかしないといけないと思っているのだ。

「焼いて骨にしてしまうか。ほとぼりが冷めたころに海にばらまけば――」

突然、由羽の耳元で発砲音がした。連続二発のダブルタップだ。

保月の右目と鼻に命中した。血が飛び散る。後ろにのけぞるようにして、保月は倒れた。

由羽は絶句して、右隣にいる来栖を見つめた。冷徹な横顔をしている。硝煙のにおいを漂わせたシグを帯革にしまった。出す音にすら気づかなかった。気配もない。

咎める間もなく、来栖が右向きに倒れた保月を足で蹴り、仰向けにした。ネクタイを取り、ワイシャツの襟をつかんでボタンを引きちぎった。

「あっ……！」

すでに体が灰色になっていた。ツタが絡まり天を目指すように、黒く変色した神経がいまにも首に広がろうとしていた。

「よく感染しているとわかったね——」

来栖がジャケットを脱がせる。右腕が血に染まっていた。歯形もついている。手首から血が垂れる直前だった。

「やけに顔色が悪かった。右手をさすり続けているのもおかしかったし、そもそもこの暑さの地下壕でジャケットを羽織り続けているのも妙だ。どうやら灰人の死体を隠すためにトビ浜に出ていたようだしな。まだあのあたりにはうじゃうじゃ灰人がいる」

首に黒く広がり出した神経網に気が付き、来栖は即座に射殺したらしかった。

「日本人の灰人は射殺していいと明言していたから、遠慮なくやらせてもらった」

野中は難しい顔のままだ。

「しかし保月さんの話には一理あります」

由羽も唸る。

「灰人だからといって、これ以上中国人を射殺しまくるのはまずいかもしれない。戦争の引き金になるというのは、大袈裟な話でもないような気がする」

かといって灰人はすぐに殺害しないと、感染は一瞬で広がる。どうしたらいいのか。

「数百人近くいる灰人を生きたまま拘束するなど不可能に近い。殺すなというなら、黄血島に灰人を残し、我々も自衛隊も退避するしか手がない」

そんなことはできないと、野中が強く意見した。

「すると、この島は中国のものになってしまいますよ」

取り残された病気の自国民を救出するためだとかなんとか言って、中国軍が上陸するはずだ。

「あの国のことだから、軍部が島の灰人を保護の名目で排除し、一週間後には栈橋や新たな飛行場を完成させていますよ。南沙《なんさ》諸島だってそれらしい理由をつけて、勝手に海を埋め立てて基地を建設し、実効支配下に置いたんだ」

黄血島の占領は、中国の太平洋進出の大きな足掛かりになるだろう。日本の領海は狭まる。島も周辺海域も中国のものとなる。滑走路があるから、中国はここに戦闘機を配備できる。南太平洋上で空母なしで戦闘機の配置と補給ができるというわけだ。目標の第二列島線までを手中に収める大チャンスだ。かつて米国が、日本の本土攻撃の足掛かりになるとして、黄血島を奪ったように。

「そもそも感染者を生きたまま強制送還せよ、って――」

「プロパガンダの国だ。人民の抑圧も言論封鎖もわけない。完全隔離する自信がある。喜んで引き受けてウイルスを生物兵器に転化するだろうな」

「そんなのもっとダメだわ。日本政府はそこのところをわかっていて、私たちに日本国民以外の灰人の射殺を禁止しているの?」

「そこまでバカじゃないだろう。頭を悩ませているのだろうが、なにせ彼らは千二百キロ離れた安全地帯にいる。堂々巡りの議論をしている暇がある」

エアコンで適温にコントロールされた部屋で、ふかふかの椅子に座って、忍び寄る灰人に怯えることもない。

現場は、リック警護隊はそうはいかない。

いまも、獣のような人いきれが漂ってくる。ぷんと潮のにおいがした。海警局の制服を着たびしょ濡れの灰人が姿を現した。階段の途中で落下した。立ち上がるのに時間がかかっている。白髪の目立つ中高年だ。海警局の幹部だろうか。

誰も銃口を向けなかった。

灰人は三十秒かけて立ち上がり、よたよたした足取りで吠えながら前進してきた。そこには保月の死体が横たわっている。灰人はまた転んだ。三十秒もすれば体勢を立て直し、立ち向かってくるだろう。

由羽はベレッタを引き抜き、両手で構えた。灰人がむくっと起き上がり、ふらり、ふらりと体を左右に揺らしながら立ち上がった。由羽の構えた照準の先にいる。臭い息をまき散らしながら、近づいてきた。口を開けたとき、奥の金歯がきらりと光る。

引き金にかけた指に、力が入らない。

これ以上撃ち続けたら、戦争が始まる。

由羽は後ずさる。背後の暗闇に体を吸い込まれていくようだった。

――戦争は、もうやめてくれ。

地下壕のずっと奥から誰かの声が聞こえた気がした。

――暑い。痛い。苦しい。水が飲みたい。

由羽はベレッタを下ろしてしまった。

来栖が灰人の背後に素早く回り、その背中を蹴る。灰人は前のめりに転び、うつぶせに倒れた。来栖が首の後ろを踏み潰す。下顎が外れる。皮膚が破れる、ぐしゃっという音が同時にした。半長靴を履いた足で弄《もてあそ》ぶように、来栖が灰人の体を仰向けにする。右足を後ろに振り上げ、下顎を蹴り飛ばした。外れた顎をだらしなく顔から垂らし、灰人はなおも来栖に咬みつこうと鼻を向けてくる。

「恐らくこの灰人は、地下壕の入口に落下したときに顔を打って、顎が外れたんだろう」

来栖が言い訳した。由羽はため息をつく。

「まだ二百人以上の灰人が島に残っているはず。そして私たちは十三人しかいない。一人一人にこんなことをしている暇はないし、群集で来られたらどうしようもない」

来栖は確信顔で野中を振り返る。

「作戦マグマでいくか」

二人は強く頷き合った。灰人の射殺を再び禁じられる——来栖には想定済みだったのだ。


由羽は汗水を垂らしながら、黄血島で穴を掘り続ける。

黄血が丘にいる。数日前、東辺が連れて行ってくれた場所だ。硫黄泥を手のひらに擦り付けて「すべすべだー」と無邪気に喜んでいた日が、遠い。

七十余年前の太平洋戦争真っただ中にタイムスリップした気分だった。黄血島決戦に備えて島を要塞化するために、日本兵は汗水垂らして島に穴を掘り続けた。

いま周りは高さ三メートル近いフェンスで囲まれている。

基地に残っていた海上自衛隊員が来栖の依頼を受け、即席で設置した。支柱を十メートルおきに地面に打ち込み、半径十メートルの一帯を丸く囲んでいる。フェンスの外側には自衛隊の照明車が停車し、中を照らし出していた。

リック警護隊が一斉に穴を掘る。即席フェンスは海上自衛隊員十五名が守っている。

闇夜の中で穴を掘り始めて、一時間が経った。

フェンスの外側に島中の灰人が集まり始めていた。男たちはみな上半身裸だ。ヒトのにおいと強い照明車の光に吸い寄せられるらしい。灰人たちはフェンスに手をかけて揺さぶったり、よじ登ろうとしたりしている。フェンスと支柱の隙間から体をねじ込もうとしている灰人は、自衛隊員がライフルの銃床を振り下ろし、追っ払っている。

指揮を執っているのは来栖だ。上半身裸で、穴の底にしゃがんで作業している。体についた砂や硫黄泥の汚れが流れ落ちていくほど、汗をかいていた。

「現在温度、八十度まで来たぞ！」

「目標温度まであと二十度だ！」

野中副隊長が叫び、隊員たちを鼓舞した。一同が再び一心不乱に地面にスコップを突きたてる。

かつて、黄血島の子供たちは学校に行く前、この地熱を持った黄血が丘にサツマイモを埋めた。帰宅時には焼き芋ができあがっていたと、東辺が話していた。掘り進めれば進めるほど、土の温度が高くなるというのは本当だった。

ときどき、土や泥の合間から岩や巨石が現れた。つるはしを持ったリック警護隊員が割って処理する。

「気を付けろ、硫黄が噴出してくるかもしれない。浴びたら全身やけどだ。ガスのにおいが強くなったら一旦掘るのをやめて報告してくれ」

来栖が地熱を測る計器を穴の上のバケツに投げ入れ、再びスコップを握る。由羽は息切れがひどくなる一方だ。穴に下りると、胸から下はサウナだった。土が八十度なら、気温はどうか。来栖に尋ねる。

「六十度だ」

由羽はすでにブラトップ一枚だ。もう脱げるものがない。汗を滴らせ、淡々と土にスコップを突きたてた。硫黄交じりの黄色い土をすくう。バケツの中に投げ入れた途端、入りそこねた土が側面に当たって飛び散り、顔を直撃した。

熱い。

じわじわと靴底も温められている。半長靴は足の甲の部分に鉄板が入っている。熱が伝導しやすい。もう少し掘り進めたころにはゴム底が溶け出すかもしれない。

バケツがいっぱいになった。持ち上げて、上で待機している自衛隊員に渡す。バケツの底を手のひらで押し上げたとき、余りの熱さに手を離しそうになる。金属製のバケツは熱したフライパンのようだった。

北側にはスロープができている。手押し車に載せた土を野中が押して外に捨てていた。

土を捨てるときに手にかかったようで、熱がっている。

野中のすぐ後ろで、つるはしを振り上げ石を割る隊員がいる。気合の声を上げるたび、周囲の灰人たちが騒いだ。におい、光、音に敏感に反応している。

石が割れて、蒸気が噴出した。つるはしを持った隊員がひっくり返った。手をついた地面も熱い。すぐさま手をのけて立ち上がり、スロープを駆け上がる。

硫黄蒸気の噴出箇所まで由羽は五メートル離れているが、それでも頬に痛いほどの熱を感じた。交番勤務のとき、火事の通報を受けて現場に駆け付けたときのことを思い出す。中に残された人がいないか確認するため、ブロック塀越しに「誰かいますか」と叫び続けた。噴き上がる炎から五メートルも離れていたから大丈夫だと思っていた。その日の夜に風呂に入ると飛び上がるほど顔が痛かった。軽度のやけどを負っていたのだ。

来栖が負傷した隊員に寄り添っている。

「すぐに冷やせ、顔に直撃したか？」

「耳です。ちぎれそうだ」

隊員をうつむかせ、来栖はホースの水をかけてやっている。

由羽の隣に、野中がふらつきながら戻ってきた。負傷した隊員がいても心配する余裕がないようだ。脱水症状で朦朧《もうろう》としているのかもしれない。野中は一旦スコップを置いて、軍手の両手を見つめる。

「じんじん痛くなってきた。もしかしてやけどになってんのかな」

野中は軍手のにおいをかいだ。

「焦げ臭い。繊維が焼けてる」

手当てをしながら、来栖が叫ぶ。

「十分経った、交代！」

穴の中はサウナ状態だ。十人が十分交代で穴掘り作業をしている。海上自衛隊員も含めた次の十人が、穴に下りていく。掘り始めに比べて足取りが重くなっていた。

「体がひりつく者は早いうちに水で冷やせ。いまは島の節水を気にするな」

フェンスの隙間から幾本ものホースが方々に延びていて、水を垂れ流していた。休憩に入った隊員たちが頭から水を浴びたり、飲んだり、靴の裏を冷やしたりしている。

来栖はひとり、休みなしで穴の中に戻った。

「地熱八十五度まで来たぞ！」

おう、と男たちがかけ声を上げる。振り絞るような声だった。フェンスを囲む灰人たちがますます騒ぎ始める。二百人は集まっているだろう。中国船団の感染者のうち、生き残っている全員を集められているはずだ。黄血島で上半身裸の男たちが四十人近く集まっているのはここだけだ。海上自衛隊の幹部が庁舎に残っているが、窓を閉め切り、明かりを消して待機している。

いまにも倒れそうなフェンスがある。支柱が斜めに傾いていた。穴を掘りに行こうとしていた自衛隊員が慌てて戻り、フェンスを押し返した。

「危ないっ！」

由羽は叫んだが、遅かった。隙間から体をねじ込んだ灰人が、フェンスを押した自衛隊員の腕に咬みついた。

村内三等海曹――入間基地に退避するところを、わざわざ引き返してくれた自衛官だ。

村内はフェンスから一歩二歩と下がる。咬まれた腕をぎゅっと押さえながら座り込んだ。

周囲の自衛隊員たちは茫然自失だ。悲愴《ひそう》な顔で目を泳がせる。灰人は叫び声を上げて騒ぐ。まるで血に興奮するプロレスの観客みたいだった。

村内のもとに素早くかけつけたのは来栖だった。

「見せてください」

「いや……」

来栖がぐいと手首をつかんで、村内の袖を捲りあげる。出血していた。来栖はシグを構え、その銃口を村内の顔面に突きつけた。

「待ってくれ！」

棚橋海曹長が強引に間に入ってきた。真っ青になって震える村内をかばうように前に出た。来栖は首を横に振る。

「棚橋さん、ダメだ」

「わかってる。わかってるから。俺がやる」

棚橋が帯革からけん銃を出した。彼にはリック警護隊のような、殺しのライセンスがない。自衛隊員が銃器を使って仲間を殺害したと発覚したら騒ぎになるだろう。

だがいま、そんなこまごまとした決め事などもうどうでもいい気がした。海上自衛隊の黄血島航空基地隊として共に過ごしてきた棚橋と村内の間に、誰も入るべきではなかった。来栖は今後大きな問題にならないようにと配慮したのか、自らのベレッタを棚橋に渡した。棚橋は受け取った。

村内は地面に膝をつき、観念したように、正座している。切腹を待つ武士ほどに達観はできていない。肩は震え、目から涙がボロボロと流れ落ちていた。

「村内、伝言は」

「呉の両親に、産んでくれてありがとう、と……」

村内はそれ以上言葉にできず、痙攣するように上半身を震わせた。嘔吐しそうになっている。発症目前だ。棚橋が引き金を引いた。村内の上半身が地面に倒れるよりも早く、棚橋が泣き崩れた。

フェンスの隙間から、再び灰人が上半身をねじ込んでくる。来栖がスコップで頭を殴った。

棚橋は泣きながら立ち上がり、フェンスの警護に戻る。喉を振り絞るように気合の声を上げ、フェンスを押し返す。もう村内を見ない。彼の遺体を外に運び出してやりたいが、いまの状況ではそれも許されない。

「本土はなにをしているのかしらね」

誰にともなく、由羽はつぶやいていた。毎度のことだけに、乾いた口調になる。

「永田町の政治家や霞が関の官僚は、なにをしているのかしら」

自衛隊員は武器を持っているし、使いこなせる。目の前に脅威が群がっているのに、引き金ひとつ引くことが許されない。感染したら頭を撃ち抜かれる。

「蒸し焼きの運命よりましですよ」

野中がホースの水で手の甲を冷やしながら、フェンスの向こうの灰人たちを見た。

「彼らも国に帰れば家族や仲間が……」

野中は途中で言うのをやめた。ホースの水を頭からかぶる。異国の地で灰人となった中国人たちへの同情を押し流しているようだった。

十分間の休憩後、由羽と野中は穴に下りた。二人揃ってうまく着地できない。由羽は尻もちをつき、野中は滑った。休憩と作業を繰り返すうち、十分間の休憩では回復できないくらい消耗していた。穴の中があまりに暑い。水を飲むそばから滝のように汗が流れ出てしまう。自分の体が水道管になったみたいだ。常に空っぽで乾いた状態だ。スコップを持つ手に力が入らず、何度も落としてしまう。意識も朦朧としてくる。どれだけ掘り進められたのかわからないまま、次の休憩の時間になった。

由羽は穴の上に登ろうとしたが、足が上がらない。穴の斜面にしがみつき続けていると、地熱で体を焼かれる。穴の底はすでに九十度近い。ぺたりと座り込むこともできない。

「来栖さん、もう限界です」

フェンスを押さえる自衛隊員も叫んだ。休憩中のリック警護隊員たちが、ホースがある南側に密集していた。南側のフェンスに灰人が殺到している。三人の隊員で押さえているが、斜めに傾き始めていた。隅にいた一人が咬みつかれそうになっている。

「やめろ！」

隊員は背中でフェンスを押しながら、けん銃を出し、撃とうとした。

「ダメだ撃つな、俺たちには射撃許可が出ていない！」

「だけどこのままじゃ……」

西側のフェンスの隊員が駆け付けて、ライフルの銃床で灰人を押し返した。今度は西側のフェンスが斜めに倒れ始めた。慌てて隊員が戻って押さえる。

「来栖さん、急いでください！」

来栖は一旦穴の上に這い出た。倒れかかったフェンスに向かい、隙間から伸びた灰色の腕にスコップを振り下ろした。

「休憩中の隊員はフェンスを押さえるのを手伝え！」

来栖は怒鳴ったが、穴の斜面にへばりつき茫然自失の由羽を見て、目の色を変える。駆けつけ、由羽の腕を引っ張り上げてくれた。由羽は無我夢中でホースの水を飲んだ。両手の痛みに耐えられない。ホースの水を手の甲にかけた。喉の渇きも耐え難い。手の甲から落ちる水を必死で飲んだ。犬になったようだった。

皮膚の厚い手のひらもひりひりと痛み始めている。手の甲はじんじんと脈打ち、赤くなっていた。水をかけていないと、激しい痛みに襲われる。

来栖はスコップを握り、穴に飛び下りた。もう軍手をしていない。じわじわと熱で溶け、破れてしまったのだ。来栖の手は華奢《きゃしゃ》だった覚えがあるが、いまはグローブをはめたように分厚くなっている。やけどで腫れ上がっているのだ。相当に痛むはずだが、歯を食いしばって、穴を掘り続けている。

「また倒れてきたぞ！」

由羽の背後で叫び声がした。慌てて向き直り、由羽はフェンスを押し返した。重心を落とし、足を踏ん張った。ずるっと滑ったとき、左足の親指の裏がカッと熱くなり、痛んだ。筋肉疲労とは違う痛みだ。ちらりと足の裏を見たら、熱で溶けたのか靴底が破れていた。

水から離れると、手の甲が痺《しび》れるように痛み出した。右足のやけどを負ったときも相当な激痛にのたうち回ったが、両手は神経の数が多いから、赤く腫れるだけのやけどでも痛みはきつい。手と体がバラバラになってしまいそうだった。気が遠くなりかけた。

「百度達成！」

穴の底にかがんで計器を地面に突き刺していた来栖が、叫ぶ。何人かが拳を突き上げて喜んだ。殆どは喜ぶ気力もない。逃げまどうように穴からよじ登り、水を求めてホースにむしゃぶりつく。

野中が無線機に指令を出した。

「こちらリック警護隊、野中。巡視船あきつしま、応答せよ」

船長の応答する声が由羽にも聞こえてくる。野中が掠《かす》れた声で報告する。

「作戦マグマ、フェーズ2完了。これよりフェーズ3に入る。どうぞ」

〝巡視船あきつしま、了解。これよりあきたか1号2号、出動！〟

巡視船あきつしまのヘリコプターがここにやってくる。五分で来るそうだ。

「みな、やけどをしただろう。ヘリが来るまでホースの水で冷やし、水分補給をすること」

来栖が一同を思いやる。自衛隊員の間に立ち、フェンスを押さえるのを手伝った。やはり彼の手は真っ赤に腫れ上がっている。

由羽はホースを引っ張り、走った。途中でつんのめる。フェンスの外の灰人が踏んづけたのだろう。全体重をかけて引っ張ると、フェンスの外にいた灰人の何人かが同時にひっくり返った。

「来栖さん、少しは両手を冷やして。真っ赤だよ」

由羽はホースの水を来栖に向けた。

「大丈夫だ。自分の方を冷やし続けろ。水ぶくれになるぞ」

ヘリの爆音が聞こえてきた。空を見上げる。

薄い雲が北へ流れている。東京では見られない満天の星が広がっていた。小さな点として見えていたヘリが近づいてくる。白い機体に青と水色のラインが入る。

海上保安庁のヘリ、あきたか1号だ。すでに機体後部の扉が開け放たれていて、ホイスト装置が外に出ていた。ホイストマンが吊り上げ救助の準備を始めている。爆音が大きくなっていく。北の空からもう一機、ヘリが出動しているのだ。ヘリは二十四人乗りだ。リック警護隊と応援に駆け付けてくれた海上自衛隊員、合計三十四名を速やかに救出するため二機が同時出動している。

「一番から十二番、撤退だ。穴に入れ！」

来栖が穴に下りて真ん中に立ち、空に向けて手信号を送る。上空のヘリが来栖を追うように移動してきた。オーライオーライと来栖が無線機に呼びかける。緑色のバッグと共にホイストロープが夜空をのたうつ。ズドンと地面に落ちてきた。来栖が駆け付けてバッグを開けるそばから、バッグの底にもやっと薄い煙が立つ。地熱でバッグが溶け始めているのだ。中から等間隔に結び目がついたロープを出す。吊り上げ具が見当たらない。由羽はぎょっとした。

「まさか、あの結び目に足を引っ掛けて吊り上げられるの？」

由羽がクイーン・マム号から脱出するときは、エバックハーネスという、腰回りと股下をすっぽりと包む吊り具を付けてもらっていた。しがみつく必要もなく、安定して吊り上げられた。

「あんたと俺は最後だ。フェンスを押さえていろ！」

へリの爆音が耳をつんざく。ヘリのダウンウォッシュによる風の吹き下ろしで、唇もうまく動かない。由羽は歯を食いしばり、フェンスを押さえ続けた。指に咬みつこうとしてくる灰人がいるたびに、警棒で顔を突いた。

来栖の合図で、穴掘りのリック警護隊とフェンスを押さえていた自衛隊員が交代する。自衛隊員は次々と穴に入ったが、「熱い！」とサウナ状態の穴の中であたふたとジャンプする。土の温度は百度。ゴム底はじわじわと溶け、靴底が抜けて熱がる隊員もいた。

彼らは地獄の釜から逃れるように、次々とロープをつかみ、結び目に足をかける。

来栖がホイストマンに巻き上げの合図を送った。ロープが巻き上がっていく。自衛隊員はロープを太腿の下に回す。帯革に回してカラビナで繋いだ。体が浮いたとたんに結び目に片足を置き、腕をロープに巻き付けるようにして、安定的に上昇していく。

あんな技を軽々とやってのけるのは、日ごろの訓練の成果だろう。警視庁ではＳＡＴや特殊救助隊ぐらいしかできない。

自衛隊員の全員が全員できるわけではないだろうが、やはり他の公安組織と比べて飛び抜けて身体能力が高い。彼らがいざというときに武器を使用できず戦術的に動けない現状を嘆きたくなる。

一気に二十人が吊り上げられた。中に隊員を収容しきらないうちに、ヘリは移動した。

次のあきたか2号に場所を譲るためだ。あきたか1号は、隊員をぶら下げたコープを巻き上げながら、北へ移動して小さくなっていく。

再び、地面にロープの束が入った緑のバッグが落ちてきた。野中がロープを引き出していく。

「番号順に呼ぶ、全速力で行け！」

来栖が叫んだ。由羽は最後だ。来栖を信じて、力いっぱい、フェンスを押し続ける。もうすぐ救助されるとわかっているからか、最も苦しかったときより体が軽く感じた。

西側のフェンスが、傾いてきた。最初に吊り上げられた隊員が押さえていたフェンスだ。由羽がいま押さえている東側のフェンスとは、穴を挟んで反対側にある。その西側のフェンスを、灰人がよじ登っている。その重さでフェンスが急激に斜めになった。倒れるころには数十人の灰人がフェンスに上り詰めていた。一気にフェンスの内側に雪崩れ込んできたが、目の前は穴だ。次々と穴に落ちていった。

灰人は火――つまり、熱に弱い。

落ちた灰人たちが甲高い悲鳴を上げて苦しみ出した。うまく着地できる灰人はいない。顔から落ち、地熱の熱さにのたうち回っている。手をついて立ち上がろうとして、慌てて手を引っ込める。また転ぶ。熱せられたフライパンの上で踊っているようだ。

痛々しい気持ちになり、見ていられない。射殺してやる方がずっと楽だろうに、こんな苦しい思いをさせて殺さねばならないのは、本当に辛かった。

「八番まで行け！」

すでにホイストケーブルの巻き上げが始まっている。呼ばれた隊員がフェンスから離れて、ロープをつかむ。南側のフェンスも倒れた。灰人がこぼれるように、地獄の硫黄釜に落ちる。倒れたフェンスは滑り台のように灰人を滑り落とす。ときに、シーソーのように灰人を空中に飛ばして、穴の中に落下させた。

穴の上のギリギリに立っている由羽は、右足がずず、ずず、と滑る。左足の靴底が完全にはがれ、どこかへ行ってしまった。足の裏に砂利がこすれる。痛くて熱くて踏ん張れない。穴に落ちそうだ。左側のフェンスはもう押さえる人がいない。支柱に結索《けっさく》したロープが緩み、フェンスが前後にぐらつく。灰人が潜り込んできたが、すぐに穴に落ちた。由羽は叫ぶ。

「来栖さん、限界！」

「がんばれ、もう少しだ、九番十番、行け！」

足元でガツッという凄まじい音がした。穴から由羽の足に手を伸ばしていた灰人がいた。その頭を来栖がライフルの銃床で打ちのめしていた。

ホイストロープはどんどん巻き上がっていた。リック警護隊員たちが、宙に浮かぶ。

「最後だ、十一番十二番！」

由羽の右側のフェンスを押さえていた隊員たちがロープへ向かう。ジャンプしロープをつかむ者もいた。左右のフェンスが斜めに傾き、どっと灰人が押し寄せてきた。

「行くぞ！」

来栖に腕を引かれた。どうやってロープにつかまればいいのかわからないまま、来栖と二人三脚のようにロープへ向かって走る。フェンスが傾いてきた。由羽と来栖を叩き潰そうとしているようだ。穴のすぐ脇を全速力で走った。地熱で焼かれる灰人が甲高い悲鳴を上げて、苦しみ悶えている。由羽と来栖を引き込もうと、次々と灰色の手を伸ばしてくる。来栖がロープをつかむ。由羽の帯革にカラビナを装着する。由羽は灰人に足をつかまれた。必死に蹴散らす。足がすり抜けた途端、体がふわりと浮いた。フェンスが倒れてきた。砂煙を上げて、地面の上に叩きつけられる。フェンスの上によじ登っていた灰人が衝撃で吹き飛び、次々と落下する。フェンスは先端の重さで穴へ傾き、灰人を穴に注ぎ込むように転がり落とした。

「足はどうしたらいいの！」

「ぶらぶらさせるな、しがみついてろ！」

来栖はまだ自分の装着が終わっていない。手早くカラビナを接続すると、太く頑強なロープを片手でさばき、股下に通した。結び目に半長靴の足を置く。右手でぐっと由羽の体を抱きしめた。

「首につかまれ」

由羽はロープを挟み、来栖の首に腕を巻き付けた。

「下を見るな。上を見てろ」

「わかった！」

ぐんぐんと体が上昇していく。落下しそうな恐怖で肝が冷える。心の中で鼻歌を歌ったりしてみる。腕の力とカラビナひとつで自分がヘリに吊り上げられている、腕が滑ったらどうなるか、悪い想像ばかりが頭をよぎる。

「ちょっと揺れるぞ」

「なんで。無理。一ミリでも揺れたら落ちる」

声が震えた。

「ロープに三人しがみついてきている」

来栖が右足を振り下ろしたのがわかった。ロープが大きく揺れる。由羽はきゅっと身を縮こませて来栖にしがみつき、心の中で悲鳴を上げた。上空から野太い悲鳴が聞こえる。

一人が手を滑らせている。野中だ。なんとか途中でこらえたが、完全にバランスを崩し、下半身が浮いてしまっていた。足をばたつかせている。腕の力だけでロープにしがみついている。

「まだあと二人」

「無理だよ、野中さんが落ちる！」

由羽はとうとう下を見た。三時間かけて黄血が丘に掘った穴から、濃厚な白い煙がもくもくと出ていた。灰人たちが熱さで悶え苦しんでいる。半数はピクリとも動かなくなっていた。

〝灰人を黄血が丘で蒸し焼きにする〟

作戦マグマの概要を、来栖は端的に表現した。

地熱が百度になる地点まで掘れば、灰人は焼かれているのと同じくらいのダメージを体に負うはずだ。もっと時間がかかるかと思ったが、穴には硫黄が噴出しているところもある。数百度の蒸気が立ち込める場所に近づいた灰人は一瞬で倒れ、動かなくなった。

全員が落ちて死んだら、隠蔽《いんぺい》だ。日本国が中国人灰人を殺害したと中国側に悟られぬよう、黄血が丘の穴を埋め戻すのだ。

黄血島は日本の領土だ。あちらは捜査も捜索もできない。卑怯《ひきょう》なやり方ではある。彼らの遺骨を故郷に帰してやることもできないだろうが、日本を攻撃する口実を作ることは阻止できる。戦争は、回避できるはずだった。

ホイストロープにしがみついていた灰人の一人が勝手に落ちて、地獄の硫黄釜に吸い込まれた。残りひとりは着実にロープを上がってきている。来栖の足元まであと五メートルくらいか。

ヘリのスキッドが頭上に見えてきた。ホイストマンが足をつき、身を乗り出して由羽に手を伸ばしている。

由羽は来栖の首に回した左手に力を込めながら、思い切って右手を離し、ホイストマンに向けた。グローブをはめた手でつかまれる。反対側にいたホイストマンからも手が伸びてきた。来栖はすでに由羽のカラビナを解除している。由羽は両肩と腰の帯革をつかまれて引き上げられた。ヘリパッドに足をついたとき、靴底をなくした左足の裏がひやっとした。先に引き上げられていたリック警護隊員たちが由羽を引っ張り上げてくれた。最後は気が抜けるのと同時に腰が抜けた。由羽は隊員たちに運ばれるままになった。

「ああ怖かった」

つい弱音を吐く。何人かが少し笑った。殆どの隊員がやけどを負っていた。痛みに呻いている。ペットボトルの水を一気飲みしている隊員もいた。

「なにか冷やせるものをくれ」

野中は落下しかけたときに肩を痛めたようだ。ホイストマンに腕を回してもらい、可動域を確認している。

来栖が上がってきた。すぐさまホイストマンを下がらせる。背中に回していたライフルを取り出し、銃床で下方を突いている。灰人の姿は見えないが、叫び声は聞こえる。その声が遠ざかっていった。

由羽は来栖の背後から、下をのぞきこんだ。最後までロープにしがみついていた灰人が、煙を上げている穴に吸い込まれていった。海警局の制服を着ていた。

「あちらの特殊部隊の人間だったかもしれないな。ロープにしがみついて登ってこられるほどだ」

来栖がぽつりと言った。由羽は、来栖が中国文学を愛読していたことを思い出した。敵を知るためではない。個人まで憎まないためだと話していた。

来栖は痛そうに両手を前にだらりと垂らす。手の甲に水ぶくれがいくつかできていた。休憩せず、ひとり穴を掘り続けていた。

「早く手当てしないと……」

「氷嚢ないか」

「大丈夫だ、心配するな」

来栖はライフルを下ろし、腰をかがめて立ち上がった。操縦席のシートに手をつき、パイロットに尋ねる。

「あと何分で着く」

「船には海岸線に近づいてもらっています。七分で巡視船甲板に着陸できます」

「そこで応急処置をしてくれるか。やけどのひどいやつは置いていくが、元気なのと、俺と、それから警視庁の天城はすぐに島へ戻る」

副操縦士は驚いている。

「島に戻るのはわかっていますが、夜明けまで七時間以上あります。一旦休んで傷の手当てをした方がいいです」

「いや。まだ灰人が残っているかもしれない。あの群集とはぐれたのがいたら、黄血が丘ではなくて自衛隊庁舎へおびき寄せられてしまう」

庁舎には、黄血島航空基地隊の幹部が十人、残っている。

「島に一人も灰人が徘徊《はいかい》していないと確認できるまでは、休憩しない。フェンスの撤去、穴の埋め戻し、トビ浜の灰人の死体も急いで始末しないと、夜が明けたら中国側にばれる」

海上自衛隊も戻るはずだ、と来栖は断言した。

「村内三等海曹のご遺体を、一刻も早く回収してやりたいはずだ」

操縦士が了解した。来栖はようやく座り込む。痛そうに水ぶくれの手を見た。

由羽は四つん這いになって、来栖の横に向かい、寄り添った。

「来栖さんはあきつしまに残って治療すべき。水ぶくれはⅡ度の熱傷《ねっしょう》だよ。切開しないと」

「知ってる」

「全治一か月だよ。両手がその状態でこれ以上は無理」

「あんたの右足のⅢ度熱傷より軽い。水ぶくれを破って湿潤シートでカバーすればそれでいい。あとは痛み止めを飲めば済むだけの話だ」

「だけど痛いよぉ、やけどは」

心から言う。来栖は苦笑いした。

「大丈夫だ。ありがとう」

来栖の笑顔と、ありがとうという言葉が、妙に心に沁《し》みた。大きなヤマを越えたのだ。

改めて達成感に浸ることができたのは、つかの間だった。

操縦席の窓の向こうに、由羽は異様なものを見た。南を向いていたヘリが、北の海にいる巡視船あきつしまに向かうため、北へ旋回を始めたところだった。

黄血島の大根ヶ浜が見えている。太平洋戦争末期、米軍が上陸した、東側の砂浜だ。

「なにかいるな」

パイロットたちも気が付いていた。

黒い砂浜は漆黒《しっこく》の闇に包まれている。波打ち際に白い波が立っているのみだが、金色の物体が、ところどころに見える。しかも波打ち際から陸に向かって移動している。まるで闇夜に輝く黄金の波のようだ。いつまで経っても波が引かず、押し寄せるばかりだった。

身をひねって操縦席の窓を見ていた来栖が、立ち上がった。

「サーチライトを起動してくれ！　大根ヶ浜上空をもう一度旋回」

「了解」

前を照らすライト以外にも、捜索用のサーチライトが別にあるようだ。操縦士が計器を操作した途端、眼下の大根ヶ浜の一部が、円状に照らされた。

由羽は腰を浮かせて窓の下をのぞき見て、へたりこんでしまった。

「うそでしょ」

サーチライトの円に、白人の群れが見える。次々と泳ぎ着き、黄血島に上陸しているところだった。

灰人だろう。

黄金色に輝いて見えるのは、金髪か。

「ロシアの船団もやられたか」

来栖は深いため息をついた。

中国船団の灰人の一部が、黄血島ではなくロシア船へおびき寄せられたようだ。

由羽はもう腰が上がらなかった。サーチライトに照らされた円の中で、黄金の波が途切れない。押し寄せるだけ押し寄せて、引き返すこともない。

野中が左肩をかばいながら、来栖に近づいてきた。ヘリから見える光景を、涙目で見下ろす。

「来栖隊長。撤退しましょう。もう無理です」

他の隊員からも次々と同様の声が上がる。

来栖は無言のまま、黄血島の地図を広げた。彼が指を置いたのは、億石地獄や枯葉地獄近くにある、ミリオネアホールだった。太平洋戦争中は硫黄が噴出していた場所で、米軍がゴミ捨て場にしていた。

「ここも掘れば地熱が――」

地図を指さす来栖の指先が、震えている。黄色い水ぶくれの向こうに、血が滲む真皮《しんぴ》が透けて見えた。由羽はサーチライトの先に目をやり、来栖にそっと言った。

「これ以上の穴掘りは、無理だよ」

もはやこれまでだ。野中が訴える。

「自衛隊に対応を任せるべきです。来栖隊長！」

「弾の一発も撃てない彼らに、対応を丸投げか」

「永田町に掛け合って、防衛出動を出してもらえれば自衛隊だって本領発揮できるはずです」

「夏の参院選を前にした政治家がその決断を下せると思うか」

ヘリ内の誰もが黙り込んでしまった。

「日本国民の大多数は、ＱＭ号引き揚げプロジェクトすら知らないんだぞ。国民が知らぬところで進行している危機に対し、自衛隊に防衛出動をかける——それができるだけの気概がある政治家の顔が一人でも浮かぶか？」

由羽は来栖の問いかけに答えられぬまま、反論した。

「きっとロシアも中国と全く同じ要求をしてくるよ」

自国民の病人を、無傷で強制送還してくれ。

「穴はもう掘れないし、射殺するしかない。ロシアは病気の自国民を不当に虐殺したとみなして、北海道侵略でも始めるかもね」

　由羽は自嘲していた。人間は危機的状況に置かれてどうしようもなくなると、笑ってしまうようだ。みな、サーチライトの先をぼんやりと見下ろすしかない。操縦士と副操縦士は進行方向とレーダーに注目していた。

「黄血島基地に次々と戦闘機が着陸している」

　管制塔とやり取りを始めた。島外に避難した米軍機が戻ってきているらしかった。

「まずいぞ」

　来栖が水ぶくれだらけの指を震わせながら、手首で額を押さえる。

「米軍が日本政府の対応に業を煮やしたんだろう。黄血島を守るために戻ってきたんだ」

　海上自衛隊の護衛艦が、常に米軍と情報共有しているはずだ。ロシアの船団から灰人が集団発生し群集となって黄血島に上陸していることは、耳に入っているだろう。

「もう日本側には任せておけないということね」

　情けない話だが、米軍が代わりに対応してくれるのは助かる……。

　ここは日本の領土ではある。他国の軍隊が自国のそれを差し置いて軍事力を行使するなど一般的にはありえないことだろうが、日本ではありうる。日米同盟があるからだ。

「日本の権威は地に堕《お》ちるだろうな」

つぶやいたのは、海上自衛隊員だった。由羽は、はたと顔を上げる。

「そもそも米軍がロシアの灰人を日本の領土で攻撃して大丈夫なの？」

米軍は強気だろう。自衛隊のように銃器使用を縛る法律もない。黄血島は米軍の夜間訓練場としても機能している。この島での権利を守るため、灰人の掃討作戦を行うはずだった。

「米露戦争の引き金にならない……？」

巡視船あきつしまから無線が入った。船長からだった。来栖を呼んでいる。

〝こちら巡視船あきつしま船長。来栖隊長に告ぐ。即時撤退せよ。ロシアの灰人は米軍が処理することになった。混乱を避けるため、リック警護隊は即時撤退せよ〟

海上保安庁本庁からの正式な要請だという。霞が関がそう現場に命令している。すなわち、永田町の意向だ。

米軍戦闘機の着陸を邪魔しないよう、ヘリあきたか2号が高度を上げた。暗闇の太平洋に、楔形の島の影がうっすらと見える。

黄血島。

かつての英霊が眠る神聖な島を、次の戦争の引き金になりうるような状況にしたまま、リック警護隊は撤退した。

巡視船あきつしまの甲板に、あきたか2号が着陸した。スキッドに足をかけて、由羽はよろよろと甲板に降り立った。靴底をなくした左足の半長靴は邪魔なだけだ。脱いでしまおうとしたとき、来栖が整列の号令をかけた。

リック警護隊は黄血島警備任務を解かれるのだ。

来栖を先頭に、隊員たちが二列横隊になって整列した。

巡視船あきつしまの船長が向かい合わせに立つ。リック警護隊はこの巡視船あきつしまに属していたようだ。由羽はそんなことすら知らず、〝飛び入り参加〟し、殺しのライセンスを与えられていた。

由羽は後列の隅に立った。

来栖が敬礼を合図し、一歩前に出た。巡視船あきつしまの船長が任務解除を指示した。

来栖が復唱し、場は解散となった。

形式的なやり取りだった。ばらけた一同は乗組員に促され、救護室に向かった。みんな喉がカラカラに渇いている。顔は砂まみれで、服は硫黄泥で汚れていた。やけどで足を引きずっている者もいた。野中は肩を押さえながら歩く。誰もなにも言わない。水をくれとも、治療をしてくれとも、言えるはずがなかった。

国内で唯一の灰人を殺害できる部隊なのに、大量の灰人を残したまま、黄血島を撤退したのだ。事実上の敗北だ。それがただの無人島だったら、ここまで忸怩たる思いにならなかったかもしれない。よりによって、黄血島なのだ。

解散の声がかかったいまも、由羽は動けずにいた。

来栖はあきつしまの船長と何事か話をしている。珍しく感情的で前のめりになっていた。なんとか島に戻れないか、交渉しているようだった。

「お疲れ様でした」

沈痛な空気だった甲板に、大きな声が響く。サルベージマスターの、東辺だった。友洋丸から、いつ巡視船あきつしまに移乗したのだろう。彼は黄血島での騒ぎには一切タッチせず、クイーン・マム号を抱く御母衣丸で作業を続けていたはずだ。いまは船内に引き揚げていくリック警護隊ひとりひとりに声をかけていた。いてもたってもいられず、なにかできることはないかと駆けつけたのかもしれない。

東辺と目が合う。由羽は涙で視界がかすんだ。ワイシャツにスラックス、ネクタイを締め、日出サルベージの作業上衣を羽織る東辺の姿が、十六歳の、東辺作太郎に見えてしまう。会ったことも顔も知らないのに、その存在をくっきりと感じる。

「ごめんなさい」

黄血島を墓場に選んだ東辺作太郎に、ただ、謝る。あの島で育ち、あの島で戦い、あの島で結局死を選んだ彼の墓を、灰人を巡る米露の戦場として荒らしてしまうことになる。そして由羽はその背後に、あの島で命を落とした三万人もの日米の兵士の影を見るのだ。

〝前に進むより、引き返す方が怖い〟

潮風が吹いて、由羽の頭をさらり、と撫《な》でた。父の声が聞こえる気がする。

〝前に進めよ、由羽。お前に残された道はそれだけだ〟

由羽はパッと顔を上げた。叫ぶ。

「来栖さん」

船長に詰め寄っていた来栖が、由羽を振り返る。由羽はただひとつ、大きく頷いた。あきらめない、と来栖には伝わったようだ。つかつかと近づいてきた。

由羽は続けざまに、東辺を見据えた。

「東辺さんに協力していただきたいことがあります」

撤退はしない。リック警護隊は前へ進むのみだ。

エピローグ

巨大な自衛隊特化車両が、黄血島をぐるりと一周するメイン通りを、のろのろと走っている。

来栖光はその荷台にしゃがみこんでいた。ピックアップトラック型のこの特化車両はもとはトヨタのメガクルーザーだったようだ。荷台の広さが通常のピックアップトラックの倍はある。スピードリミッターは外され、迷彩柄の塗装がされるなど改造が施されている。

手に警棒を持って荷台に乗り込んでから、島を三周している。

一周目のとき、まだ空は漆黒の闇に包まれていた。いま太陽の姿は見えないが、地平線の色が濃紺から薄紫色に変わりつつある。

夜明けまで、あと一時間だ。

特化車両がヘアピンカーブを曲がる。スピードは時速十キロで歩く速さと同じくらいだが、タイヤがきゅうっと鳴り、砂が巻き上がる。後方にぞろぞろとついて歩く灰人たちの顔に、降りかかった。

顔に砂をかけられて怒ったのだろうか。先頭にいた灰人が咆哮を上げて、鼻に皺を寄せる。背が高い、立派な鷲鼻《わしばな》の男だった。白色人種だからか、青みがかった灰色の肌になっていた。曇り空の日の鈍色《にびいろ》の海を思わせた。

ロシア国境警備隊のカーキ色の制服を着ていた。

来栖は海保大卒業後の初赴任地が稚内《わっかない》海上保安部の巡視艇だった。稚内の沖からは、晴れた日にはサハリンが見える。ロシア船籍の廃材を運ぶ船が海難に遭遇したとき、共に救助に駆けつけた。海の上で生きる者同士、国境も人種の壁もなく、乗組員救助のために奔走した。乗組員五名のうち海に投げ出された二名も含め全員救助したときは、固く握手をして、救助成功の喜びを分かち合った。

灰人になってしまえば、国境も人種も関係ない。国民を、人類を守るために排除する。

先頭を突っ走っていた鷲鼻の隊員が、とうとう特化車両のアオリにしがみついた。来栖はすぐさまその指に警棒を叩き下ろす。なかなか頑強な手指をしている。離さない。車は再び左折した。遅速だから振り落とされるようなこともない。来栖の膝に咬みつこうとしてきた。半長靴の足の裏で顔面を押して、特化車両から突き落とした。鷲鼻のロシア人は背後の灰人を巻き込みながら地面に落下し、遠ざかっていく。

先頭集団が転んだからか、トラックと灰人の群集の距離が開いた。十メートル、二十メートルと離されていく。

来栖は運転席を隔てる窓を叩いた。スピードを落とせと言おうとした。

「わかってる！」

由羽の強い返事が先制する。

彼女がロシア人灰人殲滅のために立てた作戦に、名前はない。だがシンプルかつ大胆なものだった。その場にいた全員が賛同した。いま、特化車両の荷台には来栖しかいない。他の隊員たちは各々、島の北部で作戦の準備をしているはずだ。

来栖は灰人を煽《あお》り、車を追いかけさせていた。三周目に入り、そろそろ黄血島中の灰人の全てを集められただろう。暗視スコープを使い、改めて人数を数える。

おおよそ三百人以上。中国の船団よりも多い。

ハーメルンの笛吹の子供のように、特化車両にふらふらとついてくる灰人の中には、アジア系の風貌の人も交ざっていた。ロシアにはアジア系もいるから一概には言えないが、生き残った中国人灰人かもしれない。

もはや止まりそうな速度だ。距離が縮まった途端、先頭の二人が荷台にしがみつきよじ登ろうとしてきた。足蹴りにして追い出す。来栖は窓を叩いて由羽に訴えようとする。

「わかってる、いまスピード上げた！」

怒鳴り散らされた。由羽は来栖が指示する隙を全く与えてくれない。えらい女だ。父親があの菊田吾郎だったのだ。普通の女性のはずがない。

来栖は由羽に無線で伝えた。

「そろそろ行く」

「了解」

冷静だが熱い返事が聞こえてきた。

巡視船あきつしまで痛み止めを飲んできた。いまはなにも感じないが、両手の指に即席で巻いてもらった包帯はぐっしょりとピンク色に濡れていた。水ぶくれが破れ、血と組織液が滲み出ているのだろう。

ロシア人の灰人を三百人以上ぞろぞろと連れ、太平洋戦争中に米兵が上陸した大根ヶ浜沿いの道を、北上する。一周目は暗闇に溶けていた慰霊碑も、いまは輪郭がわかるほどに空は明るくなり始めていた。墜落したＢ29のオブジェ手前で車は左折した。右手に滑走路の端を見ながら、黄血島の西海岸方面へ、島を横断する。

目標物が見えてきた。

ドーム状のレンガの建物が現れる。今日はやけにレンガの色があせて見えた。もうすぐその役目を終えると、あのドーム自身が覚悟を決めて待っているような、悲壮感があった。

フェーズ2に移行だ。

無線で伝える。リック警護隊員の他、この作戦に協力している全ての者たちから、激励の言葉が聞こえてきた。

「幸運を」

最後に来栖と由羽に呼びかけたのは、東辺だった。

由羽がアクセルを踏み込んだのだろう――特化車両が急発進した。灰人も自然と足を速める。もう黄血島を三周もさせているのに、息切れしていない。疲れも見えなかった。

来栖はもうなにも指示しない。由羽の提案通り、銃器を全てアオリに括りつけ、身軽になった。代わりに帯革にはカラビナとロープを接続する。スライダーの滑りを確認し、時の運と、天城由羽という警察官の機転に、懸ける。

由羽が叫んでいる。「アーッ」と喉を嗄《か》らし、痛々しい。強烈な重力が来栖の体にかかった。航空機が離陸するときと同じくらいのスピードが出ているはずだ。この特化車両は、最高時速二百五十キロ近くまで出る。来栖は運転席と荷台を隔てる窓にぴたりと体をつけて、両手で頭を守った。

衝撃から身を守りながら、前方をちらりと見る。特化車両のボンネットの先が、億石地獄を覆うレンガドームを破壊しながら潰れていくところだった。力みすぎてハンドルを握る由羽の手は血の気がなく真っ白になっていた。

激しい衝撃に、来栖も体勢を守るのに必死だ。次から次へとレンガの破片や砂、泥、レンガそのものが降ってきた。来栖の背中や腕を打つ。喉を焼くほどに強烈な硫黄のにおいがした。

いま、特化車両は億石地獄を覆うレンガを破壊し、地獄の穴をジャンプしている。摂氏二千度の泥状の硫黄が、直径十メートルの穴の中で湧き上がっている。特化車両を丸呑みできるだけの泥地獄が広がっていた。

東辺の祖父が身を投げた『地獄』だ。遺体は上がらなかったと聞く。見つけることも捜すこともできなかった。地球の真ん中に通じているであろう、巨大な灼熱の穴の上を、いま、飛んでいる。

「ああああああああああ！」

運転席で由羽が叫んでいる。彼女もやけどの痛み止めを飲んでいる。右足の痛みをいまは感じていないだろう。右足首に渾身《こんしん》の力を込めて、アクセルを踏みこんでいるはずだった。

着地した途端、下から体を突き上げられ、来栖は外に投げ出されそうになった。窓を守る鉄格子に腕と足首を絡ませて、こらえる。

特化車両は十メートルの直径の穴を、あと一歩、飛びきれなかった。前輪は地面に着地しているが、後輪が泥の斜面を滑っている。

じりじりと、地獄へ引き込まれそうになっていた。由羽は息を止めているのか、顔を真っ赤にしてアクセルを踏み続けている。特化車両の前部は潰れ、半分崩れたレンガがドミノ倒しのように少しずつ崩壊していく。

後輪から灼熱の硫黄泥が巻き上がる。黄色の血飛沫が上がっているようだった。来栖の体にも硫黄泥が一滴、二滴とかかる。背中や腕に火箸を突きつけられたようだった。慌てて振り払う。

後方からは断末魔の悲鳴が上がっていた。

特化車両を追いかけてきた灰人が、次々と億石地獄に呑まれる。体中から煙を出して皮膚を爛れさせ、やがて泥に呑まれて姿が見えなくなる。悶えて叫び声を上げる灰人の上に、後から惰性で走ってきた灰人が落ちてきて、揃って沈む。一度沈んだ灰人が、全身から爛れた皮膚と灼熱の硫黄を垂らし、叫び声を上げて浮上する。結局また沈んだ。黄血が丘の蒸気地獄とはまた別の、泥が皮膚にまとわりつく灼熱地獄だ。灰人は小動物のような悲鳴を上げ、次々と呑まれていった。

特化車両は前輪が土を噛み、地獄から這い上がろうともがいている。崩れたレンガの山が行く手を阻む。後輪を舐《な》める泥は滑る。車輪は高速回転しているのに、じりじりと車体は下がっていた。

来栖はアオリを蹴り、運転席の屋根に駆け上った。フロントガラスを滑り台にして、落ちたレンガを蹴散らしながら、ひしゃげたボンネットの前に着地する。

由羽のこらえる姿が視界に入った。無理ならすぐに車外へ脱出しろと言ってあるが、彼女は踏ん張り、アクセルを踏み続けている。

来栖は帯革からスライダーを出し、特化車両の下に滑り込んだ。両頬に前輪が巻き上げる泥が降りかかる。熱湯を浴びているようだ。熱さをこらえ、駆動輪にあらかじめ付けておいたカラビナと接続する。匍匐前進で車両の下から這い出た。周囲は熱湯風呂のような湯気が上がっている。

由羽の叫び声がまだ続いている。

「落ちるー！　来栖さぁあん!!」

由羽の絶叫を背中に浴びながら、来栖は全速力で北へ走った。

名もなき作戦だったのは、夜明けまで時間がないせいだった。だがこの作戦にはたくさんの仲間たちが協力してくれている。打ち合わせは一切できなかった。無線や電話で一方的に話しただけだ。直接、指示を出せなかった人が百人はいる。こちらの意思が正確に伝わっていることだけを信じての、無謀かつ強引な作戦だった。

来栖は、この先に頼んでいたものがあることを一心に願いながら、全速力で走り続けた。レモンのさわやかなにおいがした。レモングラスの生い茂る草原だ。気持ちが落ち着いていく。由羽がこれを少年に与えて、勇気づけていた。

目の前に、目印の赤いコーンが見えた。

来栖は左手に握っていた無線機に叫んだ。

「接続箇所到達！」

赤いコーンの横に、来栖の腕と同じくらいの太さの係留索がある。いま、それは一本の線としてまっすぐと北へ延びている。

来栖はダイブした。全身がレモングラスの草原に叩きつけられる直前に、腕を伸ばしてロープの先をつかみとろうとした。

先がアイ――輪になっている係留索だ。カラビナを引っ掛けて、特化車両の駆動輪と繋げたロープと接続しようとした。

係留索が、逃げた。

来栖を嘲笑うように、北の方向へ逃げていく。来栖は慌てて立ち上がった。無線機に叫ぶ。

「まだ巻くな、早い！」

レモングラスの草原を走る係留索を、来栖は全速力で追いかけた。係留索のアイが草を傷つける。香りが更に強くなった。来栖は再びダイブする。つかむ。カラビナで接続する。

「接続完了！」

まるで生き物のように、係留索が跳ねた。土を蹴散らし、周囲のレモングラスの葉を切断する。ピーンと小刻みに震えながら張りつめた。

係留索の先は、三百メートル先で次のロープに接続されている。更に数百メートル先の墓地公園で三本目の係留索に接続され、直線で大洞海岸に繋がる。北西部にある大洞海岸を経由したロープは、ワイヤーケーブルに接続され、海中に没する。

その先にいるのは、黄血島沖北一キロの地点から南西へ移動してきた、御母衣丸だ。

座礁ギリギリの浅瀬まで島に接近してもらっている。中園船長が、船底を岩場に擦らぬよう、海の上で乗組員と共に戦っているはずだ。

御母衣丸は、クイーン・マム号と八百七十名の遺骨を抱いている。足場や固定枠を建設している真っ最中だが、作業を中断して駆けつけている。来栖が接続したロープは、その船尾部にある第十ウィンチと接続されている。

由羽がレンガドームを破壊するために選んだ自衛隊の特化車両は、重量が三千キロ近くある。突っ込めば破壊力はある。おびき寄せた灰人を、硫黄が噴き出す灼熱の泥沼に落とすことができる。

だが、灰人は三百人以上いる。次々と落ちてもらわねば困るから、穴の対岸で特化車両はとどまっている必要がある。特化車両は巨大すぎて、他のトラックで引っ張り続けることはできない。どこかで引き揚げないと、もろとも硫黄地獄に呑まれるだろう。

そこで由羽が提案したのが、御母衣丸による牽引《けんいん》だった。御母衣丸のウィンチで、特化車両が落下しないように、穴のそばギリギリのところで引き続ける。

全ての灰人が、落ちるまで。

御母衣丸が最接近できる海域は、黄血島の北西にある大洞海岸から四百メートル沖合までだった。

億石地獄から距離にして四キロある。リック警護隊の十一名は巡視船が積んでいた予備の係留索をありったけかき集めた。最長で二百メートル、最短で五十メートルの長さがある係留索を、二十五本つなげて四キロとした。結索部分は二十四か所。外れないように見張るため、各接続箇所には自衛隊員や米兵を総勢二百名配置した。来栖が手にした無線機では英語も飛び交っていた。

来栖は踵を返し、ピックアップトラックがもがく億石地獄へ戻る。

途中の丘から、御母衣丸の姿がよく見えた。

十万トンの船を引き揚げる馬力を持っている。四キロ先にいる三千キロの車両など、わけもない。海上にびくともせずに浮かんでいた。

東辺が指揮を執っている。

由羽の提案を受け、東辺が計算した。係留索の種類、牽引力、ウィンチの巻き上げ速度、ロープの位置、船の向きに至るまで。日本一のサルベージマスターである東辺が二十分で計算し、由羽の提案を具体的なサルベージ計画に仕立て上げた。

来栖が億石地獄に戻ったときには、もう全部、終わっていた。

御母衣丸に引き揚げられたピックアップトラックは勢いあまったのか、助手席を下にして横倒しになり、引きずられていた。車輪がまだ高速回転している。ピンと張ったロープで、じりじりと北へ引っ張られていた。

来栖は、ウィンチの巻き上げを停止するように、東辺に無線機で伝えた。

億石地獄には誰もいなかった。

騒乱の痕跡は残っている。周辺に飛び散る泥や、岩場に残る手形、足形が生々しい。

灰人が三百人以上落ちたはずだが、この底なし地獄に全員呑み込まれたようだ。十メートル四方あるかないかの硫黄泥の噴出口は温度が二千度ある。動植物は骨すらも溶けてしまう。何百人でも一瞬で呑み込めるだけの高温と深さがあるようだった。

この作戦に関わったリック警護隊、海上自衛隊員、米軍、そしてサルベージ船団のみなに英語で伝える。

「mission complete（作戦成功）」

来栖は無線機を胸に戻した。彼らが各所で上げているであろう歓声や歓喜は、ここまでは届かない。胸に迫る達成感はある。一旦断ち切り、由羽を救出する。

来栖は横倒しのピックアップトラックの上に乗った。地獄の縁でもがいていたピックアップトラックは、ボディがコンロの上の鉄板のように熱い。来栖は更なるやけどを負うのを覚悟で、運転席の扉を開けた。火にかけた鍋の蓋を開けたように、むんとした空気が湧き上がる。

由羽は汗でびしょ濡れになって、気絶していた。体はシートベルトで固定されているが、首や手が助手席の方に落ちかけている。歯はぎゅうっと食いしばったままだ。

まだ足がアクセルを踏み続けていた。

特化車両が数千度の億石地獄に落ちかけてから引き揚げられるまで、ものの三分ほどだった。車は熱せられ、密閉された車内の温度は百度近くまで達していたに違いない。

由羽はなにかうわ言を言っている。

「来栖さん……来栖さ……」

脱水症状を起こしているようだ。来栖はボディ側面とタイヤの一部に両膝をつき、上半身を車内にもぐらせた。由羽の体を右腕で抱えてからシートベルトを外す。彼女の重量がずしりと腕にかかる。由羽を持ち上げながら半長靴の足をつき、一気に引き揚げた。

由羽はいつも、来栖に身を任せてくれない。

昨日の夕方、トビ浜で担いだときのように、彼女は全身を硬くして足を突っ張らせている。自分で灰人をなんとかしようと、自ら戦おうとする。

地面の上に横たわらせた。由羽はまだアクセルを踏み込み続けていた。そこにもうアクセルはないというのに、右足が硬く緊張している。

頬を優しく叩いた。汗が飛ぶ。

「由羽、由羽」

無線で水の補給を頼み、由羽のそばにしゃがみこむ。

「来栖さん……」

彼女はうっすらと目を開けていた。もう足を休ませていい——来栖は、傷だらけの右足のひざ下を、なだめるように撫でた。彼女の右足が少しずつ弛緩《しかん》していく。

「終わった。もう大丈夫だ」

「灰人は」

来栖は改めて顔を上げ、周囲を見渡した。

「さあ……どこへ消えたのかな」

由羽の口角が、少し、上がっただろうか。

リック警護隊が給水ボトルを担いで駆けつけてきた。由羽の救護を頼み、来栖は改めて出発だ。

帯革にけん銃を二丁装着した。左肩にライフル、右肩にマシンガンを下げて、隊員を連れて行く。左肩を脱臼していた野中は、休ませた。

すでに太陽が半分、水平線から顔を出していた。暗闇は去り、黄血島は光を取り戻しつつある。

リック警護隊と日米両軍、総勢五百人で島内を捜索した。たまに中露の偵察機が飛んできた。航空自衛隊機がスクランブル発進したようだが、いまのところ中露とも目立った行動には出ていない。

午前中いっぱいかけて、黄血島のいたる場所を捜索した。封鎖していない地下壕の隅々にまで入った。黄血が丘の穴は夜明け前に埋め戻した。村内の遺体も無事回収し、海上自衛隊に引き渡した。灰人の姿は見当たらなかった。

巡視船あきつしまに乗っていた特殊警備隊が、黄血島周辺を漂流する中国やロシアの船団の船を次々と拿捕し、乗り込んでいると聞いた。何隻かの船は感染が始まった船を見捨て、母国への帰路にあるようだ。今後の日中関係、日露関係をどう片付けてくれるのか、政治家にがんばってもらう他ない。

両方の船団の中に灰人はいなかった。ここまで感染を広げることになった周防社長は、中国海警局の警備艇の留置施設の中に生きたまま捕らえられていた。無菌室のような透明のカプセルの中に入られていて、白衣をまとった腕をしゃぶっていたらしい。無菌室を警備艇に搭載しているはずはないし、白衣の人間が乗船しているはずもない。中国が灰人を生け捕りにする準備を万端整えていたことがわかり、現場は騒然としたらしかった。周防社長はすでに特殊警備隊が射殺している。

翌日、十五時の時点で残る灰人は、あと一人となった。

菊田吾郎。

彼を治療するのか、殺害するのか。米軍は再び、研究を申し出ているらしい。

決定権があるのは、由羽と謙介のみだ。

正午、天城謙介が黄血島に到着した。

羽田航空基地の海上保安庁のヘリに乗って、巡視船あきつしまの甲板に降り立つ。迎え入れた由羽を謙介は抱きしめ、泣いていた。

「父さんは」

由羽が涙を拭いながら、弟を巡視船の船内に連れて行った。初めて巡視船あきつしまに乗船したときは、迷ってばかりいた。来栖の案内がなくても、父親がいる場所には辿り着けるようだった。

その後、巡視船あきつしまの第一公室で、天城きょうだいは長らく議論していた。由羽が宿舎から大量の缶ビールを持ち込んだ。きょうだいは宴会状態になった。サルベージマスターの東辺は家族の間に入ることを遠慮し、留置施設の前で菊田の名を呼んで泣いていた。由羽に引っ張り込まれて、酒を飲まされた。

「どうしても今日中に飲み干したいの」

酒は強くないという東辺に由羽が酌を続けた。東辺は泥酔し、テーブルの上で潰れてしまった。乗組員は飲酒できないし来栖も飲まないのに、「飲んで、お願いだから飲み干して」と由羽は頼んで回るほどだった。

あのビールは菊田のためのものだったのだろう。天城きょうだいは酔っ払い、途中、言い争いになっていたときもあった。過去の思い出話になって笑っているときもあった。

「お父さん、こんなだったよね」

懐かしんで大笑いしても、由羽の目から涙が途切れることはなかった。菊田が愛用していたパナマ帽が、空き缶に囲まれ、テーブルの真ん中に置かれている。

〝なんだかおおごとになっちまって、わりぃなあ〟

パナマ帽から菊田の声が聞こえるようだった。

夜になってもきょうだいはまだ話し合っていた。たまに覚醒した東辺も参加したが、結局由羽に飲まされて、また寝てしまう。

第一公室の中は火照《ほて》ったような空気になっていた。来栖は第一公室の窓を開けた。ふわりと優しい風が吹きこんでくる。由羽と謙介の間にあったパナマ帽が風に吹かれ、空き缶をなぎ倒し、すうーっとテーブルを滑る。やがて落ちた。きょうだいの目の前から、いなくなる。

泥酔していた由羽が、ピンと背筋を伸ばした。

「そろそろ、行くわ」

シグの弾倉を確かめている。

場所は由羽が選んだ。

「なによりも海が好きな人だったから」

搭載艇で黄血島の大根ヶ浜沖まで出ることにした。謙介は巡視船に残った。父親は処刑されに行くようなものだろう。とてもその場にはいられない、と泣き崩れていた。

防声具《ぼうせいぐ》をつけ、後ろ手に手錠をかけられた状態で、菊田は搭載艇に下ろされた。防声具は、刑務所や拘置所で使用される。暴れたり叫んだりする拘束者に取り付けられるものだ。後ろ手に手錠をつけたまま、上半身をロープでシートの背もたれに括りつけた。念のため、由羽が足も拘束した。

ウーッ、ウーッ、ウーッ。

菊田が由羽に咬みつこうと、頭を振って唸る。謙介が泣きながら笑った。

「結局親父は、由羽ちゃんが一番なんだよ。最後の瞬間まで、由羽、由羽、由羽って言ってら」

泥酔し潰れていた東辺が甲板に上がってきた。

「菊田さーん！」

瀬戸潜水の作業員に体を支えてもらい、なんとか立っている。世界のヒガシベが泥酔し、泣きじゃくっている。息子の謙介が慰めるほどだった。

瀬戸潜水を始め、日出サルベージやＪＳＵ、御母衣丸の乗組員なども集まってきた。甲板は菊田を見送るサルベージ業界の人々で、すし詰め状態になっていた。

「菊田さーん！　ありがとう！」

「菊やーん、世話になった！」

海の仲間たちが口々に別れを惜しむ。来栖がエンジンをかけたところで、慌てて謙介が呼び止めた。

「由羽ちゃん。渡すものがあったんだ」

ガーゼのハンカチに包まれたものを、謙介が渡す。

由羽が受け取り、ガーゼハンカチを開いた。彼女が晴翔に分けてやっていたレモングラスの葉と、メッセージカードが入っていた。

「工藤晴翔君から」

『由羽ちゃん、がんばるよ。がんばれ』

由羽が再びそれを包み、胸に押し当てるようにして抱く。震える手でガーゼを顔に近づけ思い切り息を吸う。来栖の方にまで、レモングラスのにおいがした。

多くの惜別の声に包まれる中、来栖は船を出した。

菊田は顔に防声具をつけた状態で、搭載艇のシートの上でもがき続けている。

「犬じゃあるまいし、かわいそう」

黄血島の大根ヶ浜海岸沖、五百メートルまで来たところで、由羽が防声具だけ外してやった。父親に咬まれないように背後に回る。手つきは慎重だった。途端に菊田は大きく首を振りかぶり、娘に咬みつこうとする。歯を剝くように上唇を持ち上げ、鼻の上に皺をつくる。銀色の髪が海風に涼しげに吹かれている。

体の腐敗は始まっていない。灰色になってしまった肌はぴんと張り、元気なころの菊田と変わらない。菊田がふざけて顔を灰色に塗りたくっただけみたいに見えた。

再び、夜が明けかけていた。

西側に、平べったい黄血島が見える。親鳴山と子鳴山だけがぽっこりと夜明けの空に突き出ていた。東の水平線はオレンジ色で帯状に輝いていた。濃紺色の夜空にはまだ星が瞬いている。冬のオリオン座が、西の空に消えかけていた。

由羽が帯革からシグを抜いた。緩慢な動きで再び弾倉を確かめる。由羽の涙が雨のように、シグをポツポツと濡らしていく。張り詰めていないと、来栖も涙が溢れる。あえて事務的に、菊田のしたことについて話した。

「船内の備品――たとえ砂の一粒であっても、娘の贖罪《しょくざい》のためであっても、無断で持ち出して陸に送ったのはよくない行動だった」

来栖は空を見上げて必死に涙を押し戻す。

「だが結果的に、QM号船内の堆積物にウイルスが残っていることが判明したのはよかった。遺骨収集チームの感染を未然に防ぐことができたんだ」

船内の堆積物は遺骨以外は全て焼却することが決まった。作業工程は変更されるだろう。

「怪我の功名だね、お父さん」

由羽は父親の背後に立った。シグの銃身をスライドさせて弾を装塡する。由羽を食べたくて頭をふらつかせる父親の後頭部に、ぴたりと銃口を付けた。

銃を持つ由羽の手は力んでいる。引き金にかかる人差し指には力が入っていなかった。

「傘の話、したでしょ」

由羽が突然、すがりつくような目で来栖に話しかけた。銃口を向けたままだ。

「雨が降りしきる中、突然家に帰ってきた父親を私が追い出した。母親の治療方針を巡って争っているときだった。百円ショップの傘ですら譲ってくれないケチな娘だとお父さんは思ったでしょうけど……」

違うのよ、と由羽は泣いた。

「あんなのくれてやってよかったんだけど——あえて、ちゃんと返しに来なさいよと言ったの」

しゃくりあげながら由羽が続ける。

「また家に来てほしかったから。また会いたかった。帰ってきてほしかったから」

父親への想い。それを相手に伝えることも外に出すこともできず、ぎゅうっと胸の内側に秘めたまま、由羽は大人になった。いまその想いが悲劇的に爆発していた。来栖はシグの銃身をつかんだ。

「俺がやろうか」

由羽があっさり来栖にシグを譲った。来栖の足のすぐ脇にしゃがみこむ。両耳を塞いで、顔を伏せ、ガクガクと震えている。

来栖は前後左右に激しく動く菊田の後頭部に銃口を向けた。小さな船に乗っているので、波の動揺もある。深呼吸して、涙を引っ込ませる。引き金を引いた。至近距離の発砲なのに、どうしてか、外してしまった。

「終わった?」

由羽が泣きじゃくりながら訊いてくる。

「外した」

来栖はもう一歩前に出て銃口を構え直す。由羽が来栖の足元で少女のように泣いている。どうしても由羽の感情が来栖に流れてくる。断ち切れない。来栖の心を経由して、由羽の感情が来栖のけん銃を握る手に出てしまう。これではどれだけ努力しても、照準が合わない。

来栖は一旦けん銃をしまい、しゃがみこんだ。彼女の顔を両手で包み、自分の方を向かせる。

「由羽。そんなに泣いていたら、撃てない」

決して言うまいと思っていたことを、いま、口に出す。

「治療する道もある。無理に射殺する必要はないんじゃないか」

それを自らの口で言うことの卑怯さと罪深さで、来栖は腹の底が焼けるように熱くなった。由羽はぴたりと泣き止んでいる。

「治療しよう。菊田さんの体で、治療の道を探るんだ――」

その道を選ぶことを、来栖は『逃げ』とは思わないようにした。また別の可能性を探る『道』だ。そうに決まっていると、必死に言い聞かせていた。

「何人殺してきたと思ってるの」

由羽の返答は、ぞっとするほど冷淡だった。

「一昨日も、中露の人々を殺害した。あの人たちにだって、国に帰れば家族がいる」

罪悪感に満ちた苦悶の目で、由羽は来栖をにらみ上げる。

「なにより、怖いよ。生かすことを決めた灰人から、警備や研究者の不手際でウイルスが蔓延するかもしれない。その可能性に常に怯えながら生きることになる」

引き返しているからだよ、と由羽は囁いた。

「だから怯えるんだよ。怖いんだよ。それは前進じゃないから」

灰人は灰人だと由羽は言い切った。愛する人であっても、『ゾンビ』という記号に早く昇華しないと、負ける。

「負けない。前に進め、って……」

誰かに言われた言葉を再認識するように、由羽は宙を見た。立ち上がる。手にガーゼハンカチの包みを持っていた。晴翔が由羽に託したレモングラスの葉を絞るように握りしめ、強く、目を閉じた。

来栖には由羽がなにを考えているのか、手に取るようにわかった。

あのウイルスが誕生したせいで、いくつもの悲劇が起こった。中でも工藤一家を襲ったものほど悲惨なものはないだろう。父親との一件もそうだが、最終的に十一歳の少年は母親の頭にバットを振り下ろさざるを得なくなった。

由羽は操舵席の脇に置かれていたボートフックを、つかみ上げた。

灰人の前に立つ。

無言で、ボートフックを振り上げた。二度、三度と振り下ろす。海に生きていたこの灰人は、頑強だ。致命傷には程遠い。それでも由羽は、打撃をやめなかった。四度、五度と頭に振り下ろし、六度目は野球のバットを振りかぶるように側頭部を狙い撃ちした。皮膚が割れて、搭載艇に血が飛び散った。

由羽は足を広げ、重心を落とした。七度、八度と場所を変えながら、頭部を殴打し続けた。

灰人の頭や顔の皮膚がぱっくりと割れて、黒い血がだらだらと首や上半身に垂れ落ちる。風に吹かれていた銀色の髪が、黒くどろりとした血に染まる。毛先から血がぽたりぽたりと垂れて肩や腕を打つ。振り下ろすたび周囲にも飛び散った。ボートフックの先は鉤《かぎ》状になっている。とうとうその鉤が頭皮を抉り、髪の毛がついたままの肉片をまき散らした。搭載艇に、黒い血の海が広がりつつあった。由羽の手にも飛び散っている。滑るのか、由羽は何度も血で汚れた両手をジーンズで拭きながら、ボートフックを振り下ろし続ける。

由羽の打撃はやがて骨を砕く音に変わる。血塗れの骨の破片が来栖の半長靴の足の先に転がる。それでもまだ灰人は、由羽を食べようともがいていた。やがて、骨の中に収められたものすらも飛び散り始めた。

由羽はもう泣いていなかった。

何度、それを振り下ろしただろう。

そこにあったものが原形をなくし、一回り小さくなった。首の上に血塗れのしぼんだ風船を置いたみたいだった。

菊田吾郎は――由羽の『お父さん』は、動かなくなった。

東の水平線から、太陽が顔を出している。

由羽は血と肉片の散らばるボートに立ちつくしていた。オレンジ色の朝日に包まれている。

お父さーん。

ボートフックを放すのと同時に、由羽は来栖の腕の中に落ちてきた。抱きついてきた。抱きしめる。愛ではない、情でもない。同志の絆《きずな》でもない。

来栖と由羽が抱きしめているのは、

『罪』

解説

彩坂美月《あやさかみつき》
（作家）

ホラーが好きだ。ミステリーも、パニックものも大好きだ。
そんな私にとって、「ゾンビ×海保×警察」という惹句《じゃっく》のついた本作はまさに「読むしかない」一作である。

吉川英梨氏の『感染捜査』は、異様な惨殺事件で幕を開ける。
お台場のスペインバルでバラバラになった複数の遺体が発見され、東京湾岸警察署の天城《あまぎ》由羽《ゆう》巡査長は現場で凄惨な光景を目にする。生存者の少女によれば、客として来ていた彼女の家族と従業員が次々と互いを襲い、さながらゾンビのように食い合い始めたのだという。

同じ頃、豪華客船クイーン・マム号内でも同様の事件が発生し、これらは新種のウイルスへの感染が原因と判明する。東京オリンピックを目前に控え、客船は感染した乗客と医療チーム、警察官と海上保安官の選抜者からなる「感染捜査隊」を乗せて海上に隔離されることとなる。感染捜査隊の一員としてクイーン・マム号に乗船した由羽は、海上保安庁

ＳＳＴ（特殊警備隊）の腕利き、来栖《くるす》光《ひかる》に反発しながらも彼とタッグを組んでこの非常事態に対峙する。しかし、船内は危機的な状況に陥ってしまう――。

　私事で恐縮だが、シリーズ一作目にあたる『感染捜査』を、私は大学病院の待合室で読了した。家族の八時間に及ぶ大手術が終わるのを待ちながら、ずっとこの小説を読んでいたのだ。

「家族の生死がかかった手術の待機中に読む本が、よりによってなぜゾンビ警察小説？」と我ながらツッコむ気持ちがないでもない。既にお読みになった方ならご存知の通り、『感染捜査』は人が次々と（しかも残酷な形で）殺される場面が満載の容赦ない小説だ。

　今にして思えば、自分の中に否応なしに浮かんできてしまう身内の「血」や「死」といった不安なイメージから逃れたくて、あえてインパクトの強いこの作品を手に取ったのかもしれない。

　病院に本を持ち込みつつも、精神的に落ち着かないこんな状況ではきっと集中して読書などできないだろうな、と思っていた。パラパラとページをめくるだけでも気が紛れるだろう、くらいの単純な気持ちだった。

――結論から云《い》えば、その予想は大外れとなった。

読み始めてすぐに不穏な展開に引き込まれ、気が付けば、物語に深く没入していた。拡大する恐ろしいウイルス。〈灰人《ハイド》〉と呼ばれる、人を食らう発症者。政府の保守的な対応に縛られ、苦悩しつつも未曽有の事態に挑む現場の人々。血飛沫《ちしぶき》が上がり、由羽の身近な人たちまでもが無残に餌食となっていき、やがておぞましいウイルスが生まれた衝撃の理由が明かされる。

このエンタメ小説が単なる絵空事《えそらごと》に感じられなかったのは、あまりにも現実社会を重ねてしまう部分が多かったからだ。

新種のウイルスに社会や人々が翻弄されるさまは、云うまでもなく私たちが経験したコロナ禍を彷彿《ほうふつ》とさせる。東京オリンピックの開催が迫る中、豪華客船で感染が広がるエピソードなど、読者の多くが実際に起こった出来事を連想するだろう。

読みながら、ウイルスに関する意見の対立による分断や、日に日に増えていく死亡者数、感染者への風評など、あの頃の胸がざわつくような不安と息苦しさがよみがえった。現実における緊張と恐れが、作中の緊迫感や恐怖とリンクして絡み合い、のめりこむようにページをめくる手が止まらなかった。襲い来る危機に健気《けなげ》に立ち向かうヒロインを、息を詰めて応援する。手術が無事終わる頃には、私はこの小説をとっくに読み終えてしまっていた。

吉川英梨氏は、多様な警察小説や海上保安庁を舞台にした作品など、複数の人気シリーズを精力的に発表し続けている。

その作品の魅力を私なりに語らせてもらうならば、大きく三つの要素が挙げられると思う。

まずひとつ目は、リアリティの高さ。

「警察組織と海上保安庁がゾンビと戦う」。そんな一歩間違えれば荒唐無稽になりかねない設定のストーリーを成立させているのは、どこまでも緻密でリアルな描写だ。

もし現実にこんな事件が起こったら、警察や海上保安庁はどう捜査するのか。どんなふうに対処するのか。その辺りのディテールが実に巧みで、数多く存在する他の「ゾンビもの」とは一線を画する。このリアリティの高さは、「海上保安友の会」理事であるという作者が積み重ねてきた取材経験と知識に裏打ちされているのだろうと感じさせる。

迷走する政府の対応や、手を出せない自衛隊など、現代日本の歪みの描き方もまたリアルだ。こうした社会の歪みに関する現実的な描写は、作者のデビュー作であり第3回日本ラブストーリー大賞エンタテインメント特別賞を受賞した『私の結婚に関する予言38』から既に顕著であるように思う。

二つ目は、力強いエンターテインメント性。

作中に惜しげもなく盛り込まれたスリリングなサスペンスや、スピード感あふれるアクションシーンは、読者の興味をがっちりと摑《つか》んで最後まで離さない。もちろんゾンビ作品の肝といえる、人を襲い食らうゾンビ対感染捜査隊の壮絶な攻防は手に汗握る面白さだ。現実的な社会や組織を精緻に描く一方で、作品の根幹には、とことん読み手を楽しませようとする「エンタメ魂」が感じられる。

そして三つめは、人間ドラマだ。

登場する人物がいずれも人間くさく、体温や息遣いを感じさせる生身の人間なのである。理想や矜持を抱きながら、それと同時に弱さや卑近さを併せ持つ登場人物たちが生き生きと描かれているからこそ、物語が輪郭を持って鮮やかに立ち上がってくるのだと思う。

大切な存在を守ろうとする者と、守れなかった者。ゾンビウイルスによる危機を題材にしつつも、作中で描かれているのは、人と人との本質的な物語だ。

個人的に、吉川氏の作品に出てくる男性キャラクターには「イケメン」ではなく、「男前」という言葉がよく似合う気がする。特に、物語のキーパーソンとなる来栖光が魅力的だ。こんなキャラ、男女問わず惚《ほ》れてしまう。

そしてもちろん、ヒロインの由羽が格好いい！

正直に申し上げれば、続編にあたる本作『感染捜査　黄血島決戦』を手に取るにあたり、期待と同時にいくばくかの不安があった。

『感染捜査』を大満足で読了したからこそ、派手でスケールの大きい前作と同じくらい（あるいはそれ以上に）楽しめる続編になど、はたしてなりうるのだろうか？　と純粋に疑問に思ったのだ。

それは全くの杞憂《きゆう》だった。

凄惨な事件から、約一年半。太平洋の孤島・黄血島《おうけつじま》近海に沈むクイーン・マム号を引き揚げ、船内に残された最後の灰人を回収するため、極秘プロジェクトが動き出す。由羽は来栖と共に黄血島へと向かう。そこで由羽は、母と離婚後は長年交流がなく、わだかまりのある父親である潜水士の菊田吾郎《きくたごろう》と再会する。

本作においても、作者の持ち味はいかんなく発揮されている。

太平洋戦争で激戦地だった黄血島（硫黄島《いおうとう》がモデルと思われる）を舞台に、巨大客船を引き揚げる大掛かりなプロジェクトが進行していく設定は読み応えたっぷりだ。沈没船の引き揚げなどを行うサルベージ船についての描写は興味深く、飽和潜水や船を引き揚げる具体的な技術など、私のようにその分野についての知識が皆無の読み手でも、光景が目に浮かぶかのようにリアルだ。

さらに本作では、ハラハラドキドキする危機に加えて、由羽の内面により深く踏み込んだ人間ドラマが展開する。家族のつながりが濃密に描かれるのだ。

父と過ごした幼い頃の思い出や、潜水士としての人間味あふれる父の姿に、由羽は心をかき乱される。距離ができてしまった父と娘の心情や関係性が実にもどかしく、切ない。

由羽の周りの人たちが抱く様々な思いもまた、印象的だ。家族の絆や、戦争というものの悲惨さ。過去に対する苦悩と後悔、生き残ってしまった者の罪悪感。工藤《くどう》一家が灰人となってしまった父親と対面する場面はあまりにも残酷で、おぞましく、哀しみが胸に迫った。

緊迫したストーリーに加え、どうか登場人物たちが救われて欲しいという思いが、強力なエンジンとなって読者にページをめくらせる。

悪夢にうなされ、思い悩み、時に涙を流しながらも、由羽は自らの罪と責任から逃げない。信念を貫こうとあがくヒロインが格好よくて、どうしようもなくいとおしい。

私自身、解説や後書きを先に読むタイプの不埒《ふらち》な読者なので、未読の方のために核心に触れるようなネタバレは避けるけれど、後半は怒濤《どとう》の展開にきっと言葉を失うはずだ。ページをめくる指先からひりひりと熱が伝わってくるようで、読んでいるこちらまで思わず汗がにじんでしまう。
――そして訪れる、決定的な瞬間。

ふと、コロナ禍真っ只中の時期が思い出された。あの頃、社会全体で不要不急が声高に叫ばれ、娯楽やエンタメは後回しにすべき、どこか後ろめたいもののように扱われていたと思う。薄闇で息をひそめるような閉塞感と無力感の中で、物書きに、フィクションに、できることとはいったい何なのかを漠然と考えていた。

作中で天城由羽は恐ろしいウイルスに屈せず、自らの罪を背負ったまま、それでも必死に立ち向かおうとする。

この小説は、どこまでも地に足をつけながら、息苦しい現実を全力で吹き飛ばしてくれたような気がした。

普段、作家を性別や年齢で語ることはあまりしない。けれど個人的に、自分と同い年の女性作家がこのパワフルな作品を上梓したことに、力強く背中を押してもらったような気持ちになった。

ラストシーンは、目頭が熱くなった。父が自らの体験を通じて由羽に告げた言葉が、ずしん、と胸に落ちてくる。

前へ。引き返すことなく、前へ進む。

大量の血が流れ、いくつものやりきれない悲劇が描かれているのに、本書を読み終えてどこかすがすがしさを感じたのは、きっと私だけではないと思う。

これからお読みになる方はぜひ、本作で力強く羽ばたくヒロインの姿を見届けていただきたい。

《参考資料》

『北朝鮮工作船がわかる本』　海上治安研究会編　成山堂書店
『水中考古学　地球最後のフロンティア　海に眠る遺跡が塗り替える世界と日本の歴史』佐々木ランディ著　エクスナレッジ
『水中考古学　クレオパトラ宮殿から元寇船、タイタニックまで』　井上たかひこ著　中央公論新社
『破船からの贈物　世界サルベージ12譚』　ウォルター・オレクシー著　関　邦博／横山曠大訳　井上書院
『海底に眠る蒙古襲来　水中考古学の挑戦』　池田榮史著　吉川弘文館
『シャドウ・ダイバー　深海に眠るUボートの謎を解き明かした男たち』　ロバート・カーソン著　上野元美訳　早川書房
『海上の巨大クレーン　これが起重機船だ　数千トンを吊り上げる〝職人技の世界〟』　出水伯明著　洋泉社
『硫黄島　国策に翻弄された130年』　石原　俊著　中央公論新社
『十七歳の硫黄島』　秋草鶴次著　文藝春秋

『英雄なき島　硫黄島戦生き残り元海軍中尉の証言』　久山 忍著　潮書房光人新社
『硫黄島決戦 新装版　付・日本軍地下壕陣地要図』　橋本 衛ほか著　潮書房光人新社
『群青の追憶　海底に眠る戦争遺産を追う』　戸村裕行著　OCEAN PLANET
『蒼海の碑銘　海底の戦争遺産』　戸村裕行写真　イカロス出版
『五島列島沖合に海没処分された潜水艦24艦の全貌』（一社）ラ・プロンジェ深海工学会
代表理事　浦 環著　鳥影社

取材協力／日本サルヴェージ株式会社
多目的作業台船「海進」

二〇二二年十一月　光文社刊

※本作品はフィクションであり、実在する人物、団体などとは一切関係がありません。

光文社文庫

感染《かんせん》捜査《そうさ》　黄《おう》血《けつ》島《じま》決戦《けっせん》

著　者　吉《よし》川《かわ》英《え》梨《り》

2024年12月20日　初版1刷発行

発行者　三　宅　貴　久
印　刷　新　藤　慶　昌　堂
製　本　ナショナル製本

発行所　株式会社　光　文　社
〒112-8011　東京都文京区音羽1-16-6
電話（03）5395-8147　編　集　部
8116　書籍販売部
8125　制　作　部

ISBN978-4-334-10526-6　Printed in Japan

組版　萩原印刷

毒蜜　七人の女　決定版　南　英男
毒蜜　首都封鎖　南　英男
接点　特任警部　南　英男
盲点　特任警部　南　英男
猟犬検事　南　英男
猟犬検事　密謀　南　英男
猟犬検事　堕落　南　英男
猟犬検事　破綻　南　英男
悪党　南　英男
スコーレNo.4　宮下奈都
神さまたちの遊ぶ庭　宮下奈都
つぼみ　宮下奈都
ワンさぶ子の怠惰な冒険　宮下奈都
クロスファイア（上・下）　宮部みゆき
スナーク狩り　宮部みゆき
チヨ子　宮部みゆき
長い長い殺人　宮部みゆき

鳩笛草　燔祭／朽ちてゆくまで　宮部みゆき
刑事の子　宮部みゆき
贈る物語　Terror　宮部みゆき編
森のなかの海（上・下）　宮本　輝
三千枚の金貨（上・下）　宮本　輝
美女と竹林　森見登美彦
奇想と微笑　太宰治傑作選　森見登美彦編
美女と竹林のアンソロジー　森見登美彦　リクエスト！
棟居刑事の代行人　森村誠一
棟居刑事の砂漠の喫茶店　森村誠一
春や春　森谷明子
南風吹く　森谷明子
遠野物語　森山大道
友が消えた夏　門前典之
神の子（上・下）　薬丸　岳
ぶたぶた日記　矢崎存美
ぶたぶたの食卓　矢崎存美